期間限定、
第四騎士団の
キッチンメイド
～結婚したくないので
就職しました～
2
著 皿うどん
画 茲助
キャラクター原案 あまよかん
TOブックス

二章✦貴族学校のメイド令嬢

イラスト　茲助
デザイン　AFTERGLOW

Contents

CHARACTER

ロア

仲間からも一目置かれる努力家の
騎士。穏やかイケメン。
ある大きな秘密を持つ。

アリス

前世の記憶を持ったまま、貧乏な子爵令嬢に転生。
家計を助ける為、キッチンメイドとして第四騎士団に
就職した。前世のトラウマから「イケメン」と
「結婚」から距離を置いている。

エドガルド

黒髪短髪のイケメン騎士。
寡黙。ロルフと仲が良い。

レネ

好奇心旺盛で人懐っこい
イケメン騎士。実は腹黒。

ロルフ

赤髪のチャラい系イケメン
騎士。エドガルドと仲が良い。

アーサー

王子様フェイスのイケメン騎士。
数少ない公爵家の嫡男。

二章

貴族学校のメイド令嬢

kikangentei
daiyon kishidan no
kitchen maid

第二の始まり

わたしは平凡なキッチンメイド、アリス・ノルチェフ十八歳。建国祭でしばらくお休みだったお仕事が始まる前夜、なんとロアさまが夜這いを⁉

きゃあっ！　ドキドキ・キッチンメイド！

なんてことはなく、なんとロアさまには敵がいて、ついでにわたしも狙われているみたい！　うっそだー、と思っていたら、本当に敵が来ちゃった！

ロアさまのほかにも、いつも休日に一緒に過ごす騎士さまたちもいるみたい。秘密の通路で逃げて、弟のトールがいる貴族学校に隠れるんだって。

ここに隠れながら反撃するって……そんなの急に言われても、びっくりしちゃう！

次回、ドギマギ☆キッチンメイド！　アリス、危機一髪！　死は目の前に！　来週もきらきらスタンバイ！


今の状況を、幼女向けのアニメの次回予告風に言うのなら、きっとこんな感じだと思う。

真顔のまま、脳内でひとり次回予告をして、ようやく状況が整理できた気がする。建国祭からいろいろとありすぎて、すぐにはついていけない。たぶんちょっぴり現実逃避をしている。

「ダリア家からの連絡です。王都に少数の敵の影あり。大半は王城でいまだ捜索中」

「敵は第四騎士団に見張りをたて、ほかの場所を探索しはじめました！」

「使った秘密通路の存在は知らないようです」

みんながバタバタと動いているあいだ、邪魔にならないように、ソファーの端っこに座る。状況を聞ける雰囲気でもないので、せめてお茶でも淹れることにした。

キッチンに立ち、なにがあるか確認する。

「ロアさまはなんでも好きに使っていいと言ってくれたけど、メイドさんに聞いてないから、どうしても気が引けるなぁ……」

美少女メイドの主はロアさまみたいだけど、勝手にキッチンのものを使われて、いい気はしないだろう。

「エドガルド様は砂糖たっぷりのロイヤルミルクティー。ロアさまとアーサー様とロルフ様はブラックコーヒーだけど、疲れてるロルフ様は甘いものを飲みたいだろうな。レネ様は飲み物より、ガッツリご飯を食べたい気がする」

それぞれの好みはわかっているけれど、相変わらず飲み物を淹れるのはそんなに上手ではない。

「あっ、飲み物の瓶がある！　よかった！」

注ぐだけのコーヒーと紅茶は本当にありがたい。ついでに冷蔵庫の食材を借りて、ご飯を作ることにした。

今からまた移動するかもしれない。せめて食べられるときに食べてもらいたい。

「メイドさん、すこし使わせてもらいます！」

冷蔵庫を開けて、ソーセージや卵、野菜を取り出す。

ゆで卵を作っている間にソーセージをゆで、レタスを洗ってちぎる。バゲットを軽く焼いて切れ目を入れて、マスタードとマヨネーズを塗る。具を詰めて食べやすい大きさに切れば完成だ。

大きなお皿にサンドイッチを盛り付け、テーブルに運んだ。

「みなさん、お腹が空いていたらどうぞ。ずっと走っていて疲れたでしょう」

「ノルチェフ嬢……。そうだな、ちょうど一段落ついたところだ。みなで食べよう」

みんなの前に、飲み物の入ったカップを置いていく。

「作業を中断させてしまって、すみません。何かしながら食べられるようにサンドイッチにしたので、どうぞ、そうしてください」

「いや、休憩を忘れていた。思い出させてくれてありがとう、ノルチェフ嬢」

微笑んでみせるロアさまの顔色は、やっぱり悪い。みんな夜中に起きて、警戒しながらずっと走ってここまで来たんだから、当たり前だ。

カーテン越しの窓からはうっすら明かりが差していて、夜明けが近いことがわかる。

「もう少しして落ち着いたら、ノルチェフ嬢にもきちんと説明する。待っていてほしい」

「それは後でいいですよ。エドガルド様、おかわりはいかがですか？」

「ください」

そう思って、ミルクティーを五杯分くらい持ってきている。ロルフにも同じものを入れると、ほうっと息をついた。

「あー、甘いのが染みわたる……。疲れるとたまに甘いものがほしくなる時があるんだよ。さすがアリス、俺の好みも覚えてくれてるんだな」

「コーヒーも用意しているので、お好きなほうを飲んでくださいね」

レネにもお茶を渡すと、口の端が汚れていることに気付いた。

「レネ様、ついてますよ」

ちょっと失礼して、マヨネーズをナフキンでぬぐう。

「はっ、恥ずかしいことしないでよね！　ボクだって気付いてたし！」

赤くなったレネが微笑ましい。乱暴に口をぬぐい、照れ隠しのように大きく口を開けてサンドイッチにかぶりつくレネは、一番男らしい食べ方をしている。

「ノルチェフ嬢、私にもついてしまいました。取ってください」

振り返ると、大きなハムをべろんと口の横につけたアーサーがいた。

「えっ……ふふっ、あははっ！　それ、どうやってつけたんですか？」

「頑張りました。今も落ちないように微妙に顔を傾けています」

「や、やめてください！」

本当に久々にお腹を抱えて笑った。

ハムを落とさないようににじり寄ってくるアーサーがおかしい。笑いながらナフキンでハムをつまみ上げると、アーサーがそのハムを食べてしまった。

アーサーらしくない行動に驚く。

「ノルチェフ嬢が作ってくれたものですからね」

アーサーのおかげで、張り詰めていた空気がいい意味で緩んだ。

「私もいただきますね」

ソファーの端っこに座って、サンドイッチを頬張る。甘いミルクティーとしょっぱいサンドイッチの組み合わせは、とてもおいしい。

不安はどうしても消えないけれど、みんなで笑ってご飯を食べることができるのなら、きっと大丈夫だ。

不意に、アーサーが機敏に立ち上がった。

「お下がりください」

アーサーが剣を抜くと同時に、ドアがノックされた。さっと緊張が走る。

立ち上がったロアさまがわたしの前で剣を抜き、その前にアーサーが出る。背後には、いつの間にかレネがいた。

動くとみんなの邪魔をしてしまう。固まるわたしの前でドアが開く。

「遅くなりまして申し訳ございません。ただいま戻りました」

美少女メイドが素早くドアを閉め、優雅に膝を折る。

「クリスか。収穫は?」

ロアさまが剣をしまいながら尋ねた。顔は険しいままだ。

「ご報告いたします」

みんなが話を聞く体勢になったのを見て、そっと立ち上がった。わたしがいたら話せないことがあるはずだ。

「ノルチェフ嬢は、ここにいてくれないか」

ロアさまに、引き止められるように手を握られた。

「ノルチェフ嬢を巻き込んでしまった。ここまできて、ノルチェフ嬢にだけ事情を伏せようとは思わない。一緒に聞いてほしい」

まわりを見ると、それぞれ頷いてくれた。手を引かれるまま、ロアさまの隣に座る。

美少女メイドは、てきぱきと話し始めた。

「ダイソンはこちらを見失っています。王城を出たことさえ掴めていない様子。シーロのおかげです」

「……そうか」

「シーロの安否は不明です」

思いがけない名前に顔を上げる。

ロアさまがわたしを迎えに来たとき、シーロの姿はなかった。シーロも仲間だったのなら、あの時どこにいた？　もしかして、ひとりで戦って……。

血の気が引いていくわたしとは対照的に、ロアさまは安心したように息を吐き出した。

「遺体が見つかっていないのなら、シーロは生きている」

「そうですね。あいつはしぶといですから」

当たり前のように言うアーサーを見上げる。

「生きています。シーロですから」

にっこり微笑まれた。

「……わかりました。会えたらお礼を言いたいです」

ふたりが言うのなら、わたしもそう思うことにした。

ここでわたしがいくら心配しても、事実は変わらない。ほかの人の不安を煽《あお》るだけだ。

それならば、シーロが無事でいることを信じよう。運がいいシーロなら、ピンチになっても切り抜けられるはずだ。

「当面の無事は確保できました。あとは陛下にお任せいたしましょう。皆様、お休みください」

「いや、今日はこのまま学校に行く。その前に、ノルチェフ嬢に説明をしよう」

「かしこまりました。お茶を淹れてまいります」

サンドイッチがのっていたお皿や、空になったカップを持って、メイドさんは下がっていった。

「……まずは、ノルチェフ嬢に謝罪をさせてほしい。巻き込んですまない」

ロアさまが深く頭を下げる。

「巻き込もうと思っていなかったことは、よくわかっています。顔を上げてください」

数秒経ってから見えたロアさまの顔には、後悔がにじんでいた。

「なにも知らず不安だっただろう。ここまでついて来てくれたことに感謝する」

ロアさまは、どこまでも真摯《しんし》だった。走れないわたしは足手まといだったはずなのに、そんなことはおくびにも出さない。

「私は反王派に狙われている。そのため、魔道具で姿を変え、第四騎士団に身を隠していた。昨晩、反王派に見つかり、ここへ逃げてきた」

「どうして、わたしも逃げる必要があったんですか？」

「私がノルチェフ嬢と懇意にしていることが敵に知られたからだ。ノルチェフ嬢を寮に残したままだったら、人質にされたり、服従の首輪をつけられていた可能性が高い」

「服従の首輪って、禁止されている魔道具のはずじゃ……」

「国に禁止されているものを所持し、使うのをためらわないのが、私の敵なんだ」

それって、わたしが寮で呑気に寝ていたら、結構なピンチだったのでは？

「一緒に連れてきてくれて、ありがとうございます。わたしの家族は狙われていますか？」

「絶対に安全だとは言えないが、おそらく無事だ。そのような証拠を残す敵ではない。そもそも、第四騎士団のキッチンメイドがノルチェフ嬢だと露見していないかもしれない」

「え？　あっ……第四騎士団の守秘義務？」

「そうだ。ノルチェフ嬢があそこにいたことは、第四騎士団にいた騎士のほかには、王城にいる私の側近しか知らない。だが、病気の母君を人の少ない家においておくのは危険だ。明日……いや、もう今日か。王城にて大規模な人事異動が発表される。混乱している間に、母君を保護する」

人事異動はたまにあるらしいけど、大規模なものは滅多にない。

要職についている貴族を変更するには、陛下の許可が必要だ。そして、それは国の重鎮を集めた場で発表される。

「王弟殿下が支援している特効薬の治験と称して、秘密裏に研究室に連れていくので、目立たないだろう」

「ありがとうございます!」

「礼は不要だ。……原因は私なのだから。私がノルチェフ嬢と仲を深めたいと思わなければ、こんなことにはならなかった」

顔を歪《ゆが》めて自嘲の笑みを漏らすのは、ロアさまらしくない。

「わたしは、ロアさまと会えてよかったです」

「渦中に巻き込まれても? 家族と会えず、こうして逃げることになったのに」

「それでもです。ロアさまと会えて、仲良くなれてよかった。はい、この話はこれでおしまいです」

強引に打ち切ると、ロアさまはぽかんとした顔をした。

「それとも、わたしの意思は、ロアさまには取るに足らないことですか?」

ちょっと意地悪な聞き方をしてしまった。

「もし時間が巻き戻っても、わたしは第四騎士団のキッチンメイドをします」

ロアさまの目が、すこし潤んだ気がした。

「……ありがとう」

「お礼を言うのはこちらです。足手まといのわたしをここまで連れてきてくれて、ありがとうございます。家族のことまで気を配ってくれて、とても嬉しいです」

いつもまっすぐ伸びている背筋が、今は丸まってしまっている。その背を、感謝が伝わるようになでた。

「敵に見つからないように変装しながら、学校で情報を集めるんですよね？　任せてください！　ぐうの音も出ないほどの証拠を掴んでみせます！」

建国祭でレネといたときに遭遇したのは、きっとロアさまの敵だ。汚れたドレスと靴の仇《かたき》をとってみせる！

タイミングを見計らってメイドさんが持ってきてくれた、あたたかいお茶を飲む。もう夜明けはとうに過ぎていて、外から人の気配がする。

ロアさまは両手ほどの大きさの白紙をテーブルの上に出し、さっきから時間を気にしている。

「……きた」

ロアさまがつぶやいた途端、ただの紙だったそれが淡く光り、するすると文字が書かれていく。

「通達終了、思惑通り。敵は城にあり。経過はまた報告する。きちんと休むように」

やや急いで書いたような字だが、達筆だ。それを読んだロアさまは、細くて長い息を吐いた。体から緊張が抜けていく。

「……これで今日は追跡がかなり減る。疲れているだろうが、アーサーとロルフはもうしばし私に付き合ってくれ」

「もちろん、どこまでもお供いたします」

「終わったら強制的に、今日清掃して休ませますよ」

アーサーのダジャレを聞いて、こんなに安心する日がくるなんて思ってもいなかった。ダジャレを言う余裕ができるくらい、今の報告はいいものだったみたいだ。

「エドガルドとレネは、午後から連れて行く。その前に休んでおくように」

「かしこまりました」

「御用の際はお呼びください」

ふたりが頭を下げる。

「クリスは引き続き使用人からの情報収集を頼む」

「お任せください。守護の魔道具を起動させます。これを持っている者しかドアを開けられないようにいたします。出入りの際にはこちらをお持ちください」

メイドさんが差し出した小さなペンダントを受け取り、ロアさまはわたしを見た。机に置いた紙の上に手を置く。

「これは、もうひとつの紙と対になっている魔道具だ。紙に書いたものが、もう一方の紙に転写される」

それ、結構なお値段の魔道具じゃない？

「さきほど陛下から連絡がきた。人事異動の発表を終えたそうだ。王城は混乱している。これで反王派に揺さぶりをかけ、誰がどう動くか、何をするか確認する。追手はいなくならないだろうが、人数はかなり減っただろう。ノルチェフ嬢は、今のうちにゆっくり休んでくれ」

「はい。では、先に休ませてもらいます」

陛下と直接連絡がとれる、高価な魔道具を持っているロアさま。反王派に狙われているロアさま。

エドガルドとロルフとレネの主。公爵家のアーサーの、主。

もしかしなくても、ロアさまってとても身分の高い人では……？

「ロアさま……あの」

一瞬、聞こうかと思って、やめた。

ロアさまはロアさまだ。言わなくちゃいけないのなら、ロアさまは自分から打ち明けてくれる。

「たぶん、寝たら起きないと思います。何かあったら、叩き起こしてもらえますか？」

「わかった。存分に寝てくれ。……ああ、ずっとマントのままだったな。気が回らなかったな……」

「こんなときに、わたしのマントなんて気にしないでいいですよ」

下がネグリジェだから脱げなかっただけだし。

「浴室はあのドアだ。ノルチェフ嬢の寝室と繋がっているから、そのまま眠ってもらって構わない」

閉め切った通路を通ってきたから、体が埃《ほこり》っぽい。疲れてこのまま寝たいけど、ベッドを汚すのは申し訳ないので、シャワーを浴びることにした。

メイドさんが、すっと出てきてお辞儀をする。

「御髪《おぐし》にふれてもよろしいでしょうか？」

「はい」

適当に結んだ髪は、あちこち跳ねてぐちゃぐちゃになっているはずだ。

メイドさんは確かめるように髪をさわったあと、お辞儀をした。

「ご入浴の準備をしてまいります。浴室にあるものは全てご自由にお使いください」

すぐに出てきたメイドさんと入れ違いに、浴室へ入る。白と金で統一された浴室は、とても広くてきれいだ。

シャワーを浴び、涼やかな花のような香りのするシャンプーで髪を洗う。ボディーソープはきめ細やかな泡が出て、しっとりつるつるだ。

ふかふかなバスタオルで体と髪をぬぐい、新しい下着とネグリジェに着替える。座っているだけで髪を乾かしてくれるドライヤーを使っている間に、化粧水で顔を潤した。

「髪がさらつやだ……！」

うっとりする香りに包まれて、髪はシャンプーのコマーシャルのような仕上がりになった。ほとんど徹夜なのに、肌も荒れていない。ぷるんぷるんだ。

「高い化粧品って、やっぱりすごい！」

浴室にあったもうひとつのドアを開けると、広い寝室に出た。

品よく調度品が置かれていて、細やかで豪奢《ごうしゃ》だ。白が基調となっているので、なんとなくほっとした。あちこちに本物の金とかが使われていたら、歩くことさえ怯えていた気がする。

さっきのリビングに繋がっているドアを開けて、顔だけ出す。さすがにネグリジェを見せるのは恥ずかしい。

部屋には、エドガルドとレネしかいなかった。ロアさまたちは、もう出かけたみたいだ。

「エドガルド様、レネ様、先に休みます。おやすみなさい」

「ゆっくりお休みください。レディーにこんなことを言うのは失礼だとは思うのですが、ドアの鍵だけは閉めないようお願いします。有事の際は、鍵を開ける時間が惜しいので」

「わかりました。みなさんを信頼しているので、鍵を開けて寝ます。なにかあれば起こしてください」

「今日は大丈夫だって言われたでしょ？　アリスは好きなだけ寝ていて。お疲れ様。よく頑張ったね」

「頑張ったのは、みなさんのほうですよ。ふたりも、休めるときに休んでくださいね」

長い会話でふたりの時間を奪うのも悪い。早々に会話を切り上げて、休むことにした。

ドアを閉めてから、大きなベッドにもぐりこむ。興奮して眠れないかと思ったけれど、体は疲れていたみたいだ。

目を閉じると視界がぐるぐると回り、そのまま眠りに落ちていった。


のどが渇いて目が覚めると、もう午後のお茶の時間だった。気だるさのなかで寝返りをうって、うとうとと二度寝との境をさまよう。

「起きなきゃ……」

わたしに何かできるかはわからないけど、お茶を淹れたりご飯を作るくらいはできる。

ベッド横のテーブルに水差しが置いてあったので、ありがたく頂くことにした。冷たい水とあたたかいお茶が、それぞれ魔道具の水差しに入れてある。

何杯かおかわりをしてのどを潤してから、浴室を覗いた。

よかった、誰もいない。今のうちに顔を洗ってしまおう。

「……あれ？　これってデイドレス？」

吊るされていたのは、サーモンピンクのドレスだった。襟元には緻密な刺繍と、極小の宝石が散りばめられている。袖口には、薔薇の飾りボタンがつけられていた。

ドレスの前にメモが置いてある。

――ノルチェフ嬢へ。こちらのデイドレスをどうぞ。化粧品はご自由にお使いください。

ご丁寧に、ドレスを着る時の孫の手まで置いてくれていた。デイドレスは基本的に背中にチャックがついていて、ひとりでは着られないようになっているから、とても助かる。

「このメモはメイドさんが書いてくれたのかな？　可愛いうえに気が利くなんて、すごいなぁ」

高そうな服を着るのは怖いけど、ネグリジェで出るわけにもいかない。

化粧品は新品だったので使うのをためらったけど、逆の立場だったら新品を用意するので、ありがたく使わせてもらうことにした。

いつもは薄化粧だけど、気合いを入れて濃いめにメイクする。ぱっちりアイラインは、自分を奮い立たせるための鎧だ。

そうっとドアを開けてリビングを覗くと、アーサーが座っていた。

黒を基調とした、侍従の服を着ている。黒いシャツとパンツに、白いベスト。太い紐のような金色の刺繍糸で、全体的にふち飾りがされている。

シンプルだからこそ、アーサーのスタイルと顔の良さが存分に発揮されていた。

「おや、ノルチェフ嬢。休めましたか？」

アーサーの顔色があまりよくない。いつもは綺麗に整えられている髪が、やや乱雑にかき上げられている。

「おかげ様で、ゆっくり休めました。アーサー様こそ……」

休めたか聞こうとして、言葉が不自然に消える。

アーサーはたくさん動いてくれていた。代わりがいない存在だから、休めないのだ。

「休むよう言われたのですが、気が高ぶってどうにも寝付けなくて」

苦笑したアーサーは、脚を組み替えた。

「楽観するのは得意ですが、ひとりだと……いろいろ考えてしまいます」

これからのこと、これまでのこと……それに、シーロも見つかっていない。わたしの何倍も不安なはずだ。

「少し待っていてくださいね」

浴室へ行き、きれいなタオルを取って熱いお湯で濡らす。タオルをよく絞ってから、部屋に戻った。

「アーサー様、長椅子に横になってください。少し休まないと、パフォーマンスが落ちますよ」

「それは……確かに、そうですね」

優雅な曲線を描く背もたれとひじ掛けに手をかけ、アーサーが横たわる。長椅子の近くにあったソファーに座り、熱いタオルを丁寧にたたんだ。

「目の上に、ホットタオルを置きますね。熱いと思いますが、すこし我慢してください」

素肌にさわらないように、アーサーの目にかかる前髪をそうっとどけてタオルをのせる。

「ああ……これは、気持ちいいです」

「でしょう？　冷たくなってきたら、あたたかいタオルと替えますね」

ここでマッサージでもできたらいいんだけど、疲れていそうな脚や腰を、令嬢が揉むのはよろしくない。

貴族のご令嬢がさわってもいいところ……。

「そうだ！　手のマッサージでもしましょうか。嫌だったらしませんので」

「まさか。光栄ですよ」

「痛かったら言ってくださいね」

お腹の上で組まれていたアーサーの手を取る。曖昧な知識でツボを押していくうちに、アーサーの手から力が抜けていった。

「なんて心地良いんだ……」

「それはよかったです」

アーサーはずっと斥候《せっこう》をして、途中からわたしを抱えて走ってくれた。今は少しでも休んでほしい。

皮膚がかたく、厚くなっている大きな手を揉む。しばらくしてアーサーの寝息が聞こえてきたので、静かに手を離してアーサーのお腹の上に置いた。無心でもう片方の手を揉んでいると、どうしてもいろいろと考えてしまう。

……情報がほしい。どうなっているか知りたい。

「母さま、父さま。トール……どうか無事でいて」

祈る気持ちで、家族の名前をつぶやく。

大丈夫と言ってくれたロアさまの言葉を疑うわけじゃない。自分の目で家族が無事だと確認するまで、不安なだけ。

のんびり過ごしていた下流貴族の我が家が、いきなり反王派の争いに関わることになってしまった。

証拠を掴んでみせると言ったけれど、自信はない。これからどうなっていくんだろう。

落ち込みかけたところで、ぶんぶんと頭を振った。

「……ううん。わたしはロアさまを信じる。わたしの大切な人たちも、ロアさまを信じてる。それにロアさまは、わたしを安心させるために嘘をついたりなんかしない」

状況が悪かったら、はっきり言ってくれるはずだ。

目を閉じると、家族の顔が浮かんだ。きっと、大丈夫。ハッピーエンドを信じよう。


「ノルチェフ嬢。起きてください」

ゆっさゆっさと体を揺さぶられ、まどろみから浮上する。長椅子の背にもたれ、いつの間にか寝てしまっていたみたいだ。

「アーサー様……。寝てしまってすみません」

「お疲れでしょう。今晩もゆっくり眠れそうですよ」

「アーサー様も、少しすっきりした顔をしていますね。よかった」

笑うと、アーサーはなぜか目を見開いた。

「そのような笑顔は初めて見ました。寝起きのノルチェフ嬢は可愛らしいですね」

「恐れ入ります」

リビングで寝てしまったのを、からかわないでほしい。

つんとすまして顔を背けると、アーサーはおかしそうに笑った。

「そろそろ、みんなが帰ってきます。ノルチェフ嬢の寝顔を見るのは私だけにしたかったので、起こしてしまいました」

「では、さきほどのアーサー様の寝顔も、わたしだけの秘密にしておきますね」

言い返すと、アーサーがちょっと驚いてから笑った。アーサーがこれだけ笑顔ということは、学校は安全だと確信が持てたのかもしれない。

洗面所の鏡で寝起きの顔をチェックしていると、誰かが帰ってきた気配がした。どんなことがあったかはわからないけど、せめて笑顔で迎えたい。

「みなさん、おかえりなさい！」

笑顔で迎えたのに、帰ってきたのはまったく知らない三人だった。

「だ……誰⁉」

武器になるものは持っていない。必死に視線を走らせるが、手の届く範囲には何もなかった。

「落ち着いてくれ。私だ、ロアだ」

そうは言っても、見知らぬイケメンが話しているようにしか見えない。

アーサーが立ち上がって、安心させるように微笑んだ。

「ノルチェフ嬢、大丈夫ですよ。変身の魔道具を使っているだけです」

ようやく少し落ち着いて周囲を見てみると、アーサーは身構えていなかった。

ロアさまらしき人の後ろにいる人がネックレスを外すと、見知らぬ人の輪郭が、ゆるやかに景色に溶けていく。

現れたのは、レネとエドガルドだった。

「ただいま、アリス。起きたんだね」

「レネ様……おかえりなさい」

「ただいま帰りました。顔色がよくなったようで、安心しました」

「エドガルド様もおかえりなさい。ゆっくり休ませていただきました」

ロアさまはひとりだけ動かず、じっとわたしを見ている。

「おかえりなさい、ロアさま。どうかしましたか？」

「……変身の魔道具は、ひとつしか使用できないことは知っているだろうか？」

「え？　はい。ふたつ以上使うと、姿が歪んで見えるんでしたよね」

画風やサイズがまったく違う似顔絵をつぎはぎしたような、福笑いでめちゃくちゃに置いたような、そんな姿に見えるはずだ。蜃気楼のように輪郭がゆらゆら揺れるから、すぐにわかると聞いた。

「その通りだ。だから私は……今からノルチェフ嬢に、本当の姿を見せることになる」

「え？　あ、そうか……騎士団にいた時も、逃げる時も、魔道具を使っていたんでしたっけ」

「ああ。……少し色は変えているが、今度こそ、本当の私だ」

ロアさまが、意を決して、ネックレスを外した。ゆらりと、本物のロアさまが現れる。

ゆるく後ろになでつけた銀色の髪に……緑色の瞳。

逃げる時から、一回り大きくなった体は変わらない。柔らかな印象から一転、凛々しくたくましい顔は、かなりのイケメンになってしまった。

すっと通った鼻筋に、涼やかな目。薄すぎず厚すぎない唇。眉毛まで凛々しい。

「ノルチェフ嬢……どうして残念そうな顔をしているか、聞いてもいいだろうか」

「……格好よくなってしまったので……」

「それが残念なのか？」

「……はい」

「そうか……」

それきり、言葉が途切れる。

ロアさまの綺麗な銀髪を見ると、王弟殿下を思い出してしまう。このあいだ会ったばかりだし、わたしが接した異性の上流貴族で、銀髪なのは王弟殿下だけだからだ。

万が一ロアさまが王弟殿下だったら、つじつまが合う。合うけど、ロアさまが王弟殿下だと確信が持てない。

パーティーで話したときも数メートル離れていて、逆光のようになっていた。顔立ちははっきり見えなくて、覚えているのは銀色の髪と、ロイヤルブルーの瞳。

今のロアさまの目は緑だ。貴族は銀髪が多いから、それだけで王弟殿下だと断言できない。

「ロアさまが誰かわからなくて、すみません……」

あと思い当たるのは、アロイスだ。公爵家の嫡男で、親王派の筆頭だったはず。翡翠《ひすい》色をした瞳が吸い込まれそうで素敵なの、とは友人談だ。

王弟殿下よりも、アロイスの可能性のほうが高い気がする。王弟殿下がこんなわずかな人とともに逃げるなんて、あり得るんだろうか。

「いや、いい。ノルチェフ嬢は知らないままのほうがいいかもしれない」

ロアさまの声は、あからさまにホッとしていた。

「これは、揃いの魔道具だ。身に着けた者たちには本来の姿が見え、その他には違う姿が見える。ノルチェフ嬢にも渡しておく」

ネックレスを受け取る。六角形の、虹色に光る宝石のようなものがついている。

……魔道具の核だ。絶対に壊さないようにしなくちゃいけない。弁償できる金額じゃない。

「私たちの姿を変えるだけでは、学校内にいる者に正体が気付かれてしまう可能性がある。お互いに名前を呼び合わないようにしよう。私たちがここにいることを、誰にも知られてはならない」

この学校は、先生も生徒も貴族ばかりだ。アーサーは誰もが知っている上流貴族だし、エドガルドとロルフとレネも、それぞれ名前を知られている。

名前で呼び合えば、ロアさまたちが変身の魔道具を使って正体を隠し、こっそり学校にいることがバレてしまう。

「私はロアの名をそのまま使う。ノルチェフ嬢のことは、お嬢様と呼ぶことにしよう。ノルチェフ嬢も、外ではみなの名を呼ばないように。令嬢が従者の名を呼ばないのはよくあることだ」

「は、はい」

「もうすぐロルフが……ああ、来たな」

ドアがノックされ、ロアさまが素早く魔道具をつける。促され、わたしも変身の魔道具をつけた。

途端に、周囲が見知った人に変わる。

アーサーがドアを開けると、ロルフとメイドさんが帰ってきた。素早くドアが閉められると、外と部屋が区切られたようで安心する。

メイドさんが軽く礼をして、口を開いた。

「やはり、今のところ学校は安全のようです」

「そうか。……ここに潜伏し、なんとしてもダイソン伯爵の狙いと証拠を掴む！　今まで通り学校外の調査も続けるから負担は増えるが、よろしく頼む」

ロアさまの力強い声にみんなが同意し、決意を宿した目で頷きあう。ちょっぴり乗り遅れてついていけないことは隠して、すまし顔をしておいた。

学校が安全だとわかると、室内にはやや緩んだ空気が流れた。

敵がこちらの居場所を掴むとしても、まだ先のことだ。ずっと気を張り詰めていると、いつか限界がきてしまう。今日くらいはゆっくりしてほしい。

メイドさんもそう思っているのか、お茶を用意しながら優しく言った。

「本日はもうお休みください。明日からまた動きましょう」

「……そうだな。明日からは本格的に動くことになる。今日は各自ゆっくり休んでほしい」

ロアさまが目頭を押さえる。きっと、昨日から動きっぱなしで寝ていないんだ。

どこか気だるげに手を離したロアさまの視線が、わたしに向けられる。

「ノルチェフ嬢は、なにか欲しいものはあるだろうか。反王派の証拠を掴んだとなれば、相応の褒美がある。考えておいてほしい」

気が早いと言おうとして、口をつぐんだ。

……ロアさまは本気だ。本気で反王派を一網打尽にするつもりなんだ。もしも捕まえられなかったら、なんて口にはしない。

「ノルチェフ嬢は、すぐに思いつかないかもしれないが」

「いえ、あります」

みんなが驚いた顔をするのが不思議だ。わたしにだって欲しいものはある。

「図々しいお願いだとは思うんですが……」

「遠慮なく言ってほしい」

「……わたしが騎士団に入ってから、ずっと支えてくれたものです。ひとりで騎士団でご飯を作り続けられたのも、側にいてくれる存在があったから……。わたし、ずっと、欲しかったんです」

図々しくても、要望を言えるチャンスを逃せない。

「下ごしらえくんと調理器くんがほしいです！　新品じゃなくて、第四騎士団にいるのがいいです！」

騎士団の備品を欲しがるなんて、と顔をしかめられるかもしれない。でも、反王派に関するなんらかの功績があれば、不敬にならないはず！

勢いよく頭を下げるが、返事がない。そうっと顔を上げると、なぜかみんな下を向いて沈み込んでいた。

「や、やっぱり不敬でしたか……？」

「……いや、そうではない。不敬ではない。不敬ではないんだ……」

「それなら、ロアさまはどうしてそんな項垂《うなだ》れて……」

ロアさまの横で、ロルフがソファーに沈み込んでいく。

「わかっているさ。少しでも期待した俺が愚かだって。だけど、期待させて落とすなんて、アリスもなかなか悪女だな……」

「あ、悪女ですか？　申し訳ありません……？」

「いや、アリスは悪女じゃない。俺が悪かった。ごめん。俺が悪いんだ」

「みんながわたしに望んでいることと、違うことを言ってしまったんですね？」

余計に沈み込んでしまったロルフに駆け寄ろうとすると、エドガルドに止められた。

「アリス嬢はまったく悪くありません。これは僕たちの問題です。勝手に期待した僕たちが悪いのですから」

「エドガルド様、わたしは望みを変えます」

レネが立ち上がる。

「だから、今の願いでいいんだって！　アリスはなにも悪いことはしてないから、安心して！」

「でもレネ様、みんなが」

「今の状況を簡単に言うと……アリスが福引を回してて、みんなの欲しいものが当たらなくてがっかりしてる状態。アリスは悪くない」

「福引を回しているなら、わたしが悪いのでは……？」

「悪くないってば！」

頭を振るレネの肩に手を置いたアーサーが、優しく笑いかけてくれた。

「みんなは、結果にただ落ち込んでいるのです。ですから、ノルチェフ嬢は気に病まないでください」

「……アーサー様も、落ち込んでいるんですか？」

「少し。そんな自分に驚いて……少し、心が躍っています」

それってやっぱり、わたしが悪いのでは？

おろおろしていると、メイドさんがすっと進み出た。

「口をはさんで申し訳ございません。アリス様の望みは、反王派を捕まえる褒美としては、あまりに貧相でございます。応分なものを望まねば、陛下への侮辱とも受け取れます」

「わたしにとって下ごしらえくんと調理器くんは、とても大事なものなんです。下ごしらえくんがいなければ、わたしは仕事をまっとうできませんでした。とても大事で、心の支えになってくれていたんです」

わたしにとっては、とても大事なものだけど、メイドさんの言うことはもっともだ。

「今はほかに思いつきませんが……あ、ではヒールが武器になる靴をお願いします。建国祭のパーティーでレネ様と反王派を目撃したとき、わたしには攻撃手段がありませんでした。あの時は靴のヒールで攻撃しようと思っていたんですが」

「そんなこと考えてたの⁉」

「はい。レネ様はわたしを守ってくださるつもりだったんでしょうが、わたしが逃げても何にもなりません。わたしが攻撃しているあいだにレネ様が逃げて、伝えるべき人に説明するのがベストだと思いました」

「そんなの、アリスがどうなるか！」

「わたしが逃げても同じでしたよ。むしろ、悪化していたかも。だから、武器になる靴が欲しいんです。できたら敵の目をえぐれるやつがいいです」

「……なにそれ」

レネは笑った。

「あの時ボクは、どうやってこの場を切り抜けるか、どうすればアリスと逃げきれるか考えてたのに」

「騎士を守るレディーがいてもいいと思います」

「……アリスはほんと、思い通りにならないよね」

レネの笑顔は儚くて、綺麗で、透明だった。令嬢に引けを取らないくらい綺麗な顔は、すぐにしかめられる。

「そういう時に一番助かるのは、一目散に逃げること！　相手はアリスの動きなんかすぐに抑え込めるんだから！　足手まといにならないように逃げるのが一番なの！」

「は、はい」

「よし！　でも、万が一捕まったときのために、ヒールの部分に縄を切れるものを仕込むとかはいいかも。そういう時、とにかくアリスは逃げてね。騎士はレディーを守りたいものなんだから」

「わかりました」

レネは満足そうに頷いた。

「お腹すいちゃった。休む前に、久しぶりにアリスのご飯が食べたいな。建国祭のお休みで、アリスのご飯を食べられなかったでしょ？　恋しかったんだよね」

レネの言葉は、素直に嬉しい。

「俺も食べたいな。安心したら腹が減ったよ」

「ロルフはサンドイッチしか食べていないからだろう？　その……僕もなにか食べたいです。甘いものでなくてもいいです」

「ノルチェフ嬢さえよければ、作ってもらえないだろうか？」

ロアさまにご飯を頼まれて、少し戸惑ってしまった。

みんながわたしのご飯を食べたいと言ってくれるのは、とても嬉しい。これなら店を開いても常連さんが出来そうだ。

……でも。

「ここには下ごしらえくんと調理器くんがいて、第四騎士団と同じものが作れます。作れるけど……わたしは、第四騎士団にいる下ごしらえくんと調理器くんが欲しいんです！」

ぐっと拳を握りしめて、心から叫ぶ。

「ほかの下ごしらえくんと調理器くんじゃ駄目なんです！　これだけ欲しているのに、学校にある下ごしらえくんと調理器くんを使うなんて……浮気じゃないですか⁉」

「うわ……き？」

つぶやくロアさまを見据える。

「わたしがこの世で一番大嫌いで許せないものは、浮気と不倫です！　そりゃあ事情を聞いたら仕方ない場合もあるんでしょうけど、嫌いなものは嫌いです！　滅べ浮気男！」

ロアさまが、そっと視線を逸らした。

「浮気と不倫をする男は、切り落とすべきです！　それなのに、わたしが下ごしらえくんと調理器くんを裏切るなんて……！」

なまってしまった体では、ひとりでこの人数のご飯を用意するのにかなり時間がかかってしまう。危惧していた通り、本当に下ごしらえくんなしでは生きていけない体にされてしまったのね……！

「ノルチェフ嬢、落ち着いてください」

アーサーの大きな手が肩にそっとのせられ、しおしおと顔を上げる。

「すみません、取り乱してしまって……」

せっかく吹っ切れたのに、前世の元夫を思い出してしまった自分が憎い。存在ごと忘れてしまいたいのに、お風呂場のとれないカビみたいにしつこい。

「ノルチェフ嬢の気持ちは、よく伝わりました。ダリア家に受け継がれる考えをお話ししてもいいでしょうか」

「……はい」

「騎士は剣を使うもの。どんなに大事にしていても、いつかは壊れてしまいます」

ハッと顔を上げる。

「その時は、こう思うようにしているのです。私と共に切磋琢磨し、時によりそい、励ましあった相棒に魂があるのならば……新しい剣に宿り、私を支えてくれていると。ノルチェフ嬢がこれほどに思っているのならば、ここにある魔道具に魂が入り、学校でもノルチェフ嬢を支えてくれるでしょう」

「そう……思ってもいいんでしょうか。あまりにわたしに都合がよすぎるのでは……」

「ノルチェフ嬢は、あの魔道具がいいと言いました。それに応えてくれるのが、大切にしていた物たちです」

「……わかりました。下ごしらえくんと調理器くんの魂は、わたしと一緒に逃げてきたと信じます！」

「ええ、きっとそうです。ノルチェフ嬢は、いつもあの魔道具を大切にしていました。私ですらわかったのですから、魔道具はもっとそれを感じていたでしょう」

拳を握って立ち上がる。

「ニュー下ごしらえくんと調理器くんに挨拶をしてきます！　アーサー様は何が食べたいですか？」

「悩みますが、肉でしょうか。疲れたときは肉が一番です」

「では、久しぶりにとんかつにしましょうか。勝負に勝つで、とんかつです」

「おっ、いいですね！」

新たなダジャレに、アーサーがにっこりする。

「ロアさま、使ってはいけない材料などはありますか？」

「どれでも好きなものを使って構わない。ノルチェフ嬢も疲れているのに、ありがとう」

「わたしはゆっくり寝かせてもらいましたから、大丈夫ですよ」

メイドさんへ向きなおってお辞儀をする。

「キッチン、使わせてもらいますね」

「私のことは気にせず、ご自由にお使いください。食事を作ってくださり、ありがとうございます」

キッチンへ行き、下ごしらえくんと調理器くんを見つめた。第四騎士団のキッチンにあるものと変わらない。

アーサーには丸め込まれたけど、ここで駄々をこねて、みんなの邪魔はしたくない。わたしだって力になりたい。

「……ここでも、わたしを支えてね」

下ごしらえくんと調理器くんにお辞儀をしてから、冷蔵庫にある豚肉の塊を取り出す。ロースではなくヒレだけど、これから寝る人もいるだろうから、ヒレのほうがいいかもしれない。

揚げ物なので肉の種類は些細なことなのではと思ったけど、それは考えないことにした。とんかつと言ったときのみんなの目の輝きを見ると、いまさら他のものがいいか聞くことはできない。

パンよりお米のほうが早くできるので、今日はご飯にすることにした。

調理器くんに米をセットし、調理開始ボタンを押す。

「作っておいたとんかつソース、第四騎士団のキッチンに置いてきちゃったな。レシピはメモしてあるけど、いまはお米を任せているから調理器くんが使えないし……。そうだ、かつ丼にしよう！」

この世界では卵は完全に火を通して食べるものなので、半熟とろとろたまごはやめておこう。生でも食べられるので、わたしだけは半熟にしておこうかな。やはりかつ丼は半熟に限る。

下ごしらえくんに、とんかつ用のお肉をカットして衣をつけてもらったあと、鳥団子を作ってもらう。野菜と鳥団子を鍋に入れて、スープを作ることにした。

とんかつを揚げると、じゅわわっといい音と匂いが広がった。

揚げ終えたとんかつを、だし汁と玉ねぎが入った小鍋に入れ、少し煮込む。溶き卵を流しいれたら蓋をして煮込んで、火を止めて少し蒸らして……。

「できた！　おいしそう！」

これを七回繰り返して、炊き立てのご飯にのせる。キッチンから顔を出すと、メイドさんがすぐに気付いて来てくれた。

「ひとりじゃ運べないので、手伝いを頼んでもいいですか？」

「調理ありがとうございます。あとは私が運びますので、ソファーにおかけしてお待ちください」

「ここまでしたんだから、最後までしますよ」

か細いメイドさんに任せるのは気が引ける。ふたりで手分けして運んで、みんなでテーブルを囲んだ。

メイドさんが戸惑った様子で聞く。

「……私のものまであるんですか？」

「あっ、ご飯は嫌でしたか？　パンは時間がかかるので、お米にしてしまったんです」

「そうではなく……」

「いいではないか。クリス、一緒に食べよう」

「……かしこまりました」

ロアさまの一言で、メイドさんが端っこに座る。

「いただきます！」

スプーンでかつ丼をすくって頬張った。よく知る甘じょっぱい味に、ほっとする。

とろとろ半熟卵が、揚げたてのかつによく絡んでいる。お米は少なめにしたので、罪悪感も少ない。

「もう日が暮れてますねえ……」

「本当に……長い一日だった」

気の抜けた、誰に向けたわけでもない言葉を、ロアさまがすくいあげて返事をしてくれる。それが嬉しかった。

かつ丼を食べ終えてお腹がいっぱいになり、メイドさんに食後のお茶を用意してもらうと、眠くなってきた。たくさん寝かせてもらったと思っていたけど、やっぱりまだ疲れているみたいだ。

「ノルチェフ嬢は、今日は早めに休んでほしい。明日からは、他国の令嬢になりきるための特訓を受けてもらう」

「他国の令嬢ですか？」

そういえば、学校へ来たばかりの時、そう言われたっけ。ロアさまに手にキスをされたのが衝撃的すぎて、その直前のことが吹っ飛んでしまっていた。

「他国ならば、振る舞いなどに多少の違和感があっても見逃される。どこの出自か調べるのに時間も金もかかるから、調べられることは少ない。自国の令嬢であれば、調べられたらすぐに架空の存在だと気付かれてしまう」

「目立たない存在なら、調べようと思う人も少ないでしょうしね。ダイソンの情報があるから、学校に来たんですか？」

「ダイソンの手がかりがあるかは不明だ。学校は、いざという時に逃げ込める場所として用意しておいたものだ。たとえば、こういう時のために」

ロアさまは、軽く笑ってみせた。

「令嬢の侍従として、私とアーサーは何度か学校で生活したこともある。普段は別の者が侍従をしてくれているが、私たちが来たので、別の場所で仕事をするよう手配した」

「学校の人たちからすれば、他国の令嬢もその侍従も前からいたから、中身がロアさまたちになっても気付かずに学校に隠れられるってことですね」

私たちが学校に来るまで侍従をしてくれていた人と同じ変身の魔道具を使えば、姿だけは変わらない。

ロアさまは前からダイソンに命を狙われていたっぽいから、こっそりこういう場を作っていたのかな。

「クリスは今まで、他国の令嬢、令嬢のメイド、執事と、三役をこなしてもらっていた」

「他国の令嬢って、わたしがする予定の？　それなら、クリス様にそのままリしてもらったほうがいいのでは？」

「元はその予定だったが、今はノルチェフ嬢がいる。クリスは、メイドの時は化粧をし、侍従の時は素顔で、令嬢の時は変身の魔道具を使っている。この中で学校に一番長くいるクリスは、メイドと侍従姿の時、それぞれ立場と信頼を得て情報収集をしてもらっている。ノルチェフ嬢が他国の令嬢になると、そのぶんクリスが動ける時間が増える。令嬢になる時は、基本的に誰とも話さず、仲の良い人間は作らないようにしているから、ノルチェフ嬢でもできるだろう」

そう言われると、わたしにできるのは他国の令嬢役だけだと思い知らされる。

「城で人事異動が発表されたため、学校内でも今までと違う動きがあると予想される。教師や生徒の動きをよく見て、ダイソンとつながっている者がいるか確認してくれ。それらを調べつつ、今まで情報を得ていたルートも疎かにしてはならない。忙しくなるが、みな頼む」

「お任せください。ようやく私にも活躍の場がきましたね」

嬉しそうに胸を張るアーサーに、ロルフがからかうように言う。

「アーサーは目立つからなぁ。変身の魔道具を使えば、その貴族オーラも少しは減って、行ける場所が増えるかもな」

「……このオーラは隠しきれないかもしれません」

意気込んでいたアーサーが途端に落ち込んだ様子を見せて、やわらかな笑いがおこる。

アーサーは目立つから、こっそりどこかに潜り込むとか向いてなさそうだもんね。

みんなと笑っているロルフを、レネがじっとりと見上げる。

「ロルフ、今はシーロがいないんだからね？」

「あっ……！」

「ボクも頑張るけど、人と仲良くなるのはロルフには敵わないよ」

「ロルフなら大丈夫だ。僕もダイソンに関わるものを見つけてみせる！」

めらめらとやる気を出しているエドガルドを見て、わたしも意力がわいてくる。

「ロアさま、わたしも令嬢役を頑張りますね！」

「ああ、頼りにしている。申し訳ないが、基本的にノルチェフ嬢はひとりで身支度してもらうことになる。本来なら、メイドを数人つけなければいけないが……。そこまで信頼できる人間がいないのだ」

「慣れていますから、気にしないでください。こんなに素敵なところに寝泊りできるんですから、こっちがお礼を言いたいくらいです。学校には行けなかったので、嬉しいです」

ロアさまは、申し訳ないという顔を崩さない。

わたしの言葉が本気だと伝わっていないのかと思ったけど、次の言葉で何もかもがぶっ飛んだ。

「男性が苦手なノルチェフ嬢には本当に申し訳ないが、これ以上隠すわけにはいかない。……クリスは、男なんだ」

「……クリスは、男なんだ？」

クリスって、確か、メイドさんがそう呼ばれていたような。

ソファーの後ろに立って控えているメイドさんは、女性の平均より少し背が高いくらいだ。目が大きくて睫毛《まつげ》は風を起こせそうなほど長くて、鼻筋が通っている。唇は小さく赤く色づいていて、ぷるぷるだ。

クラシックなメイド服がよく似合っている。たっぷりのフリルがついている黒のシャツでは、胸がないかわからない。

白いエプロンも、フリルがたくさんついているのに、それが嫌味にならないくらいよく似合っている。文句なしの美少女だ。

「ご挨拶が遅れて申し訳ございません。どうぞ、クリスとお呼びください」

「こちらこそ、名乗らず申し訳ございません。アリス・ノルチェフと申します。これからどうぞよろしくお願いいたします」

頭を下げると、目線がちょうどクリスのスカートのあたりになる。

……思わず、股間のあたりを凝視してしまった。

「……あの、宦官《かんがん》でしょうか？」

「いいえ、ついております」

「ついてるんですか……」

「はい」

こんなに可愛いのに、ついてるんだ……。

「……わかりました。クリス様に質問をしてもいいでしょうか？　触れられたくないことかもしれないので、答えたくなければ、答えなくて構いません」

どこかでこっそり聞こうと思ったけど、クリスは動かなかった。

「どうぞ、ここで質問してください。聞かれて困ることはなにもありません。それから、どうぞクリスとお呼びください。部屋の外でそう呼ばれると困ります」

「では、クリスと呼びますね。クリス、質問させてください。あなたは体は男で、心は女ですか？体も心も男だけど、女性の服や化粧が好きとか。あるいは体も心も男で、女装の趣味もないけど仕事でメイド服を着ている。このうちのどれかに当てはまりますか？　あっ、もちろん答えなくてもいいです！　クリスがどう接してほしいか、希望を聞こうと思っただけなので。それと、今まで可愛いと言っていたのが不快だったのなら、謝りたいんです」

クリスは、しばらくわたしを見つめたまま動かなかった。

「……やっぱり、デリケートなことに踏み込みすぎましたね。すみません……」

「……心も体も男ですが、仕事の都合上このような格好をしております。私は女顔ですし声を高くすることもできるので、この役目を与えられました。好きになるのも異性です」

クリスの声が低い。

低いとは言っても、今までの声と比べてだ。中性的だが、目を瞑《つむ》って聞けば、間違いなく男性だと思う声。

「不快な思いなどしておりません。メイド服を着ている時は、女として扱ってください。そうしないと、事実に気づく者が出てくるかもしれません。ですので、謝罪は不要です。あなたから見て女性だと思われたのならば、それは私の誇りです」

「……余計なことを言ってすみません」

クリスが女装をしている理由が、きちんとあってよかった。ちょっぴり、ロアさまがそういう趣味かと疑ってしまった。

「あなたは、事前に必要なことを確認したに過ぎません。これから先、指導やマッサージの際に触れることがありますが、メイドの姿でいたします。男性であることに変わりなく、異性が苦手ならば苦痛でしょうが……」

「その姿のクリスは、立派な女性です。今までそう思っていましたし、これからも変わりません」

こんなに可愛いのに男性と言われても、すぐにイメージできない。女性と思い込んで接したほうが、お互いにいいはずだ。

クリスは、初めて少しだけ微笑んだ。

「……明日から、みっちりお教えいたします。どうぞ、お早めにお休みください」

わたし抜きで話し合いをしたい空気を感じて、立ち上がる。

「では、お言葉に甘えて先に休ませてもらいますね。皆さん、おやすみなさい」

口々におやすみを言ってくれるみんなにお辞儀をしてから、私室へ入った。言われたとおり、鍵は閉めずにドアだけ閉める。

寝るには早い時間だけど、パジャマに着替えて、ベッドに横になった。

「……ついてるんだ」

思わずつぶやいてしまう夜だった。

クリスの葛藤

アリス・ノルチェフがドアの向こうに消えるのを見送ってからお茶のお代わりを用意して、皆様の前に置いていきます。

「ありがとう、クリス」

ライナス殿下は尊い血が流れているお方なのに、いつもこうして礼を言ってくださいます。

不躾《ぶしつけ》だと理解していながら、じっとライナス殿下を見つめます。落ち着いた今、聞いておかねばなりません。

「……これはどういう状況ですか？　特筆すべきことがない令嬢に、皆様が揃って骨抜きなご様子。

まさかとは思いますが」

言葉を区切って、ライナス殿下のお言葉を待つ。

ライナス殿下は、まっすぐな瞳で私を見つめました。

「……私は、アリス・ノルチェフ嬢を、とても……好ましく思っている」

その言葉に、ガツンと頭を殴られたような衝撃が走りました。

アリス・ノルチェフ。聞けば子爵家の貧乏な娘で、第四騎士団のキッチンメイドをしていたという。たしかに、少し変わった娘だった。普段からメイドにも丁寧に、人間として接していることが窺えた。……下流貴族のそれだ。

それが新鮮で、騎士団にひとりしか女がいなかったゆえの気の迷いだと思いたい。

「私には婚約者がいる。……わかっている。いつか婚約解消をする予定だが、うまくいかなかった場合は、責任を取ってエミーリアと結婚するつもりでいる。だが……もし。もし許されるのならば……」

「王弟殿下と子爵家の娘が結婚なんて、無理があります！　……いえ、違いますね。ライナス殿下のお立場なら、無理を押し通すことができるでしょう。ライナス殿下の父君のように」

ライナス殿下は、苦悩の表情で黙り込みます。身分が釣り合っていない結婚の余波で苦しんでいるのが、ライナス殿下なのです。

ご自身の両親の時より身分差のあるアリス・ノルチェフとの結婚が、何事もなく終わるはずがないことは、ライナス殿下が一番おわかりなはずです。

「アリス・ノルチェフも、ライナス殿下のことを好ましく思っている様子。今のうちに、しっかりと身分について釘を刺しておくべきです」

「……ノルチェフ嬢は、私がライナス・ロイヤルクロウだと知らない」

「……え？」

思わず、間抜けな声が漏れました。

「知らない、なんて……そんなはず」

「知らないんだ。私の身分は伏せて事情を説明したし、ずっとロアという偽名で接していた。一度、本来の姿で接触したことがあるから、正体に気付くかは賭けだったが……気付かなかった」

ライナス殿下は、なぜか優しく微笑みました。

「ノルチェフ嬢のことだから、王弟である私の顔を見ないように話していたんだろうな。変身の魔道具を外したあと、どこかで見たことがある気がするが思い出せないという顔をしていたが……すぐに、残念な表情になった」

「残念？　何がですか？」

「私の顔が整っているのが残念だと言っていた。ノルチェフ嬢は、顔が整っている男性が苦手なんだ」

意味がわからない。

ライナス殿下と会ったことがあるのに、そのお姿に気付かない？　貴族なのに、今までライナス殿下の肖像を見る機会もなかったのか？

下流貴族だから……。いや、もしかして。

……ライナス殿下のご尊顔が、整っているから……関心がなかった？

「いくら目の色を変えているとはいえ、ライナス殿下のお顔はそのままなのです！　ご尊顔を見れば、どれほど尊いお方なのか気付くはずです！　気付かねばおかしい！」

「そのおかしい令嬢がノルチェフ嬢なんだ。令嬢どころか、貴族の思考でもない。独特の考えを持っている」

「それは……」

……確かに、思い当たることはありました。

私が女装していることを知り、一番に聞いたのは、私の魂の在《あ》り方でした。

男性でありながら女性の服を着ることを楽しむ人間がいたり、体と心で性別が違うことがあるなど、どう生きていればすぐに思いつくのでしょう。

アリス・ノルチェフは、あざ笑うために聞いているのではなかった。どう接してほしいか知るために聞いてきた。

「だからこそ……惹かれるのだ」

ライナス殿下のお言葉は、静かな部屋にぽつりと落ちて、さざなみのように広がっていきました。

「私が前を向き、ダイソンと敵対することを選んだのは、ノルチェフ嬢のおかげなんだ。ノルチェフ嬢ははっきり言わないが、おそらく男性に傷付けられて生きてきたのだと思う。それなのに腐ったりせず、家族のために異性ばかりの騎士団に働きに出て、いつも前向きだ。そんなノルチェフ嬢の在り方が……好ましいと思う」

私を除く全員が、納得したような顔をしています。

「だから、ノルチェフ嬢が誰を選んでも、妬みはなしだ」

アーサー様が、わざとおどけて首をすくめました。

「できればノルチェフ嬢と結婚したいので、簡単には譲りませんよ。私の性格を受け入れ、ジョークを言い合い、新しいダジャレを教えてくれる。素敵なレディーです」

エドガルド様が立ち上がりました。

「ぼ、僕もそうです！　僕自身が不要だと思っていた僕を、アリス嬢は自然に受け入れてくれました。僕は……アリス嬢と結婚できたらと、願っています」

エドガルド様の顔は真っ赤です。初々しい様子に微笑んだロルフ様に気付いたエドガルド様は、赤いままロルフ様を睨まれました。

「ロルフはどうなんだよ」

「俺？　俺は……そんなふうにきっかけとか、アリスのおかげとか、そういうことはないんだ。ただ……気付いたら、心にアリスの部屋があっただけで」

気付けば好きになっている……そんな甘酸っぱい恋を、この中で一番遊び慣れているようなロルフ様が言うのは、ギャップがあります。

最後のひとりとして自然と視線が集まったレネ様は、微妙な顔をしていました。

「ボクは、まだ結婚とか恋愛より、騎士の腕を磨くことに時間をとりたい。さっきアリスが言った、敵の目をえぐれる靴がほしいとか……そういうところは、すごくアリスらしくていいと思うけど」

ふんわりと微笑を浮かべるレネ様は、絵画になりそうな美しさです。

「だから、まだよくわからない。だけど、アリスのことが気になってるのは確かだから、今後は未定！　よろしく！」

この空気と流れの中、レネ様は自分の言いたいことを言いきりました。

卑屈になるでもなく、威圧するでもなく、他者を不快にさせずに自分の気持ちを伝えたレネ様。外見は可愛いけれど、自分の芯を持っていることを感じさせます。

ライナス殿下は、側近でありながら恋敵でもある皆の意見を聞き、笑ってみせました。

「ここでそれぞれの気持ちを聞けたこと、嬉しく思う。だが、今はダイソンのことを一番に考え、対処しなければならない。ノルチェフ嬢のことは置いておく」

さすがライナス殿下です。色ボケ……ごほんごほん、異性に夢中になりすぎているわけではないようです。安心しました。

「私の側近となった以上、一番は王位簒奪《さんだつ》を防ぐことだ。だが、もし、この中の誰かとノルチェフ嬢が恋仲になっても、互いに恨みや怒りを持つことはしないと誓いあおう」

顔を見合わせて、頷きあいます。

「では、休めるときに休んでおくように。明日からはまた忙しい」

ライナス殿下の言葉で、一度お開きの雰囲気が出てきます。

「あのう、お話し中すみません」

みんな、数センチは体が浮いたような感覚だったでしょう。

そこには、私室のドアから顔だけ出したアリス・ノルチェフがいました。できるだけ冷静に聞きます。

「もうお休みになられたかと思っておりました。いつからそこに？」

「たった今です。ドアを開けたら、ロアさまが休めと言って、ちょうどお話が終わった雰囲気でしたので声をかけました」

「どうかされましたか？」

「エドガルド様のマジックバッグを預かったままだったことを忘れていました。私物をたくさん入れてしまいましたが、ケーキが入っているので、先にお返ししておきます」

「……ありがとうございます」

エドガルド様が歩いていき、マジックバッグを受け取ります。

「今度こそおやすみなさい。お邪魔しました」

ドアが閉まり、緊張の糸が切れました。

「……本当に、心臓に悪い……」

ライナス殿下のお言葉には、いくつもの意味が込められているように思えましたが、聞くのはやめておきました。

新たな扉

たっぷりと眠って目を覚ますと、第四騎士団でいつも起きている時間だった。濃紺のカーテンからわずかに漏れる朝日が心地いい。

ぐうっと伸びをすると、背筋がぽきっと鳴った。

……カーテンに青色が使われているのは気にしないことにした。

元をたどれば、アーサーにだって王族の血が流れているんだから、不自然じゃないよね。うん。カーテンが暗い色だと、朝日が入ってこなくて安眠できるよね。

「……ここ、ロアさまが使う予定だったって感じだったよね」

わたしが来たから、ロアさまはこの部屋じゃなくて侍従用の部屋で寝ている。侍従の部屋もそれなりに豪華な個室だと聞いているけど、この部屋ほど広くはないだろう。

わたしじゃなくてロアさまが寝る予定だったであろう部屋に、堂々と王家の青が使われていることは置いておいて、さっさと洗顔してしまうことにした。

ロアさまが隠している正体を邪推するのはよくない。

「失礼しまーす」

いちおう声をかけて洗面所に入り、鍵をかけた。顔を洗って髪を束ねて、軽く化粧をする。

今日のデイドレスは、オフホワイトだった。光沢のある生地に細かく刺繍がされていて、可愛くて優雅だ。

静かにドアを開けると、そこにはクリスがいた。

「おはようございます。朝早いですね。クリスは眠れましたか？」

「お嬢様、おはようございます。私のことはお気になさらず。朝食はいかがなさいますか？」

「いただきます」

ソファーに座ると、クリスはまず温かい紅茶を淹れてくれた。

「ミルクとお砂糖は？」

「ミルクはたっぷり、砂糖はふたつで」

「かしこまりました」

この紅茶に合うであろうミルクと、蝶の形をした角砂糖が紅茶に溶けていく。クリスが静かに、音を立てずにかき混ぜてくれた紅茶を飲んでいるあいだに、朝食が運ばれてきた。

ほかほかのクロワッサンに、チーズたっぷりのオニオングラタンスープ。きのこがたっぷりかかったデミグラスソースのオムレツ。バターと何種類ものジャムもある。

「お肉もご用意しておりますので」

「いえ、これでじゅうぶんです」

たぶん、お肉はロアさまたちの分だな。レネなんか、朝から元気にから揚げを食べるくらいだ。

「では、レッスンに入ります」

クリスはにっこりと笑った。

「え？」

「学校は午後から始まりますから、お嬢様が飲食をするのならばお茶の時でしょう。飲む行為はお嬢様自身が行いますが、その他は従者がいたします。さきほど紅茶にミルクを入れたような行為ですね。ジャムをつけるのも従者の役目」

こ、これは、食事指導……！

「お嬢様は、キッチンメイドという職業上、従者のようなことをしておいでだと伺っております。食事をしつつ、お嬢様がすべきではない行動を覚えていただきます」

クリスは微笑んだ。

「食事に関することでお嬢様が特訓するのは、お茶を飲む一連の動作だけです」

それなら、何とかなるかもしれない。食事のマナーを詰め込んでも、付け焼刃だと見破られるだろう。

「お嬢様に意識していただきたいのは、ご自分では動かないこと。お嬢様がしている動作のほとんどは、侍従にさせるべきことです。敬われて当然、してもらって当然。それらは自然とにじみ出ます。それらを覚えていただくために、これからは私が動きます。すべてをしてもらうのが当たり前という気持ちをお持ちください」

「……はい」

前世の感覚がまだ抜けず、家でも第四騎士団でも動きまくっていたわたしが、すぐに身に付けられるとは思えない。でも、するしかない。

「幸いと言うには学校の品位が疑われますが、学校では複数の異性の侍従をはべらせ、世話させることが流行しております。食事すら、侍従に口元へ運ばせるとか。もちろん、それをしているのは一部の品のない者だけです。ですが、これからお嬢様が演じるご令嬢は、そうしてもおかしくはない性格だと周囲に植え付けてきました」

「わかりました。頑張ります！」

わたしが恥ずかしいのは二の次！　一番は正体がバレないことだ！

「先ほどお伝えしたとおり、お嬢様が飲食するのはお茶の時ですが、いざとなれば食べなければいいのです」

「あ、そうですね。お菓子を食べないご令嬢もいるらしいですから」

わたしと友人たちはもりもり食べていたが、ダイエットをしているご令嬢も多い。一口だけ食べて、あとはお茶だけ飲んで過ごすことも珍しくはない。

いざとなれば、その最初の一口を食べさせてもらえばいいだけだ。

「本日から、食事は私が口元へお運びします。一刻も早く、この感覚を掴んでください」

「……はい」

女装した可愛い子にお世話されるのは、なんというか、慣れてはいけない背徳感があった。

……ちなみに、クリスはスパルタだった。

「背筋を伸ばして、脚を組む！　少し気だるげに……そうです！　ティアンネは左手の小指を立てる癖《くせ》がありますよ」

「はいっ！」

ティアンネとは、わたしがなりきるご令嬢の名前だ。

甘やかされてきたワガママな令嬢は、留学という名目で、この学校へやってきた。帰ったら政略結婚が待っているので、拗ねて少し荒れている。ティアンネの家名は伏せられているので誰も知らない。という設定だ。

「ティアンネには三つの癖を作ってあります。それを完璧に行えば、疑う人間はほぼいないでしょう。ティアンネと深く関わっている人はいませんから。あとは、姿勢と立ち振る舞いですね」

これぱかりは、すぐに身につかない。

「私が使っていたコルセットを持ってきましょう。これはご令嬢にふさわしい動きを強制的に取らせるものです。これを着ければ、服から出ている部分に注意を払えばいいだけなので、少しは楽になるはずです」

しばらくして戻ってきたクリスが持ってきたのは、コルセットというよりボディスーツだった。通気性のよさそうな黒い生地で作られており、さわると意外にも硬かった。

デコルテの部分がないだけで、手首から足首まである。

このボディスーツは、着る者を綺麗に見せるのではない。着た者すべてを同じ体型と姿勢にするのだ。そんな威圧を感じる一品だ。

「私が着用していたもので申し訳ございませんが」

「いえ、ありがたいです。少しお待ちくださいね」

さっそく私室へ戻って、デイドレスの下に着てみる。

「あれ、少しゆるい……？」

余裕があったコルセットは、着終わった途端に、きゅうっと締めつけてきた。強制的に姿勢を正され、脚はきゅっとくっついて楚々とした佇まいになる。

慣れない感覚に苦労しながらデイドレスを着る。が、後ろのファスナーが上げられない。

このボディスーツは可動域が狭い……というより、いいところのご令嬢がしない動きはできないようになっているのだろう。肩より上に腕を上げることすら出来ない。

「駄目だ、孫の手でファスナーを上げられない……」

しばらく格闘して諦めた。

ボディスーツのおかげでちょこちょこと姿勢よく歩きながら、指先を意識してドアを開ける。

「着られましたか？」

「ドレスの後ろのファスナーが上げられません……」

「失礼いたしました」

少し慌てた様子でクリスがやってきた。ドアの陰でファスナーを上げてもらって、ようやく完成だ。

元の部屋へ戻り、さっそく特訓の続きをする。ソファーに腰かけ、ティアンネの癖と動きをたたき込み、また立つ。これは学校でティアンネがする主な動きの流れだ。教室へ行き、自分の席に座り、授業を受けて帰る。

できれば他の人の噂話を聞いたり、お茶会に参加してほしいと言われている。でも、今までのティアンネが滅多にしていなかったので不審に思われるかもしれず、わたしの教育が追い付いていないこともあり、追々ということになっている。

「おはようございます……」

お昼前に、わたしの私室があるのとは反対方向にあるドアが開いた。

目をしょぼしょぼとさせたエドガルドが、やや寝ぼけまなこでやってきた。黒いシャツとパンツに、白いベスト。揃いの侍従の服だ。

まだ成長期の青年独特の、少し薄い胸板。すらっとしたパンツ姿は脚の長さがよくわかる。

「エドガルド様、おはようございます。眠れましたか？」

「おはようございます、アリス嬢、クリス。ぐっすり眠れました」

いつもと違う、ふんにゃりとした顔で微笑むエドガルドは大変に貴重だ。トールを思い出して、懐かしくなると同時に少し怖くなる。

トールは可愛い可愛い弟だけど、わたしに関してはちょっと壊れているところがある。学校で見かけても、近付かないようにしよう。バレるかもしれない。

「ようやく休めたのですから、もう少し寝ていてもいいのではありませんか？」

「もうじゅうぶんです。それにしても、アリス嬢は一気にご令嬢らしくなりましたね。見違えました」

「口調も指導されていますから」

前は令嬢らしくなかったと、遠まわしどころか直球に言われてしまった。

「もしかして、以前のわたしは不敬だったでしょうか？」

「いえ、そんなことは」

エドガルドは何かに気付いたように顔を上げた。半分閉じていた目がぱっちりと開く。

「そんなことはありません！　僕は前のアリス嬢も好きです！」

「まあ、ありがとうございます」

しまった、言わせてしまった。慌てるエドガルドに微笑んでみせる。

「ティアンネは少し意地悪なご令嬢なので、そう振る舞えるように練習しているんですよ。エドガルド様、こちらへ来て、見ていただけませんか？」

「は、はいっ」

駆け寄ってきたエドガルドを、ティアンネらしく睨む。

「……いつまで立っているつもり？」

「もっ、申し訳ございません」

慌てて跪《ひざまず》いたエドガルドの喉仏から顎のラインを、すうっと撫でる。

「わたくしが今欲しいものがわかって？」

ここでティアンネの癖、少し目を細めて首を左にかしげる！　左手の小指を立てるのも忘れない！

「お……お茶でしょうか」

「よくわかったわね。わたくしに給仕する褒美を与えるわ」

まだ顎に触れたままだった指先にわずかに力を込めると、エドガルドが察して顔を上げた。

「……こんな感じです。いかがでしたか？」

「あっ……その……とても、いいと思います」

エドガルドの顔がやや上気して目が潤んでいたのは、気付かないふりをしておこう。

……もしエドガルドの新しい扉が開いていたらどうしよう。責任が取れない。最初からこういう性癖だったと思いたい。

助けを求めてクリスを見ると、とてもいい笑顔でにっこり微笑まれた。……助けを拒否された。

「エドガルド様、朝食はどうしますか？　わたしはもう少ししたら昼食をいただきますが」

「あ……いただきます」

名残惜しそうなエドガルドのことは、気付いていないことにした。

クリスが昼食を用意してくれているあいだに、全員が起きてきた。気だるそうではあるけど、顔色はいい。

みんなでテーブルを囲みながら、寝起き特有の、ちょっとふわふわした会話を聞く。わたしはひたすらお茶の入ったティーカップを上げ下げしている。特訓中なのだ。

「お待たせいたしました」

テーブルにたくさんのお皿が並べられる。朝と同じ食事に、ローストチキンがついていた。綺麗に色づいたチキンは、じゅわじゅわと脂をしたたらせている。

ローストチキンの中には、細かく刻んだ玉ねぎやセロリとパンが入っていた。セージの香りが食欲をそそる。

「お嬢様、失礼いたします」

配膳を終えたクリスが、わたしの横に立つ。

頷いて自分に言い聞かせる。わたしは女王様、わたしは上流貴族のティアンネ！

クリスが、デビルドエッグを小さく切る。スモークサーモンとハーブが散らしてあり、見た目が華やかだ。

クリスが口元に運んでくれたそれを、小さく口を開けて受け入れて咀嚼する。濃厚で、マスタードとスモークサーモンがよく合っていて、とてもおいしい。次に、ローストチキンを切り分けたクリスに、ちろりと視線を送る。

「申し訳ございません。パンにいたしましょうか」

視線を外すことで答え、差し出されたパンを食べる。ふわふわもっちりしていて、意外と食べごたえがある。

みんなの視線を浴びながら食べ終え、布ナプキンで口をぬぐってもらう。クリスが頷いた。

「ティアンネらしくて、とてもいいですね。あとは細かい動きを練習していきましょう。上流貴族の振る舞いをよく見ていらしたのですか？」

「……そういう行動をする人を、見ていたので」

これは、前世で元夫にされたことだ。

絶対に自分では動かず、わたしばっかり動いていた。視線やため息で不満を伝えられ、いつも謝って縮こまっていた。最終的には吹っ切れて、貯金を根こそぎ奪ってやったけど。

……ここに来て、クズのことを思い出すことがあって嫌になる。家族と離れて先も見えなくて、不安になっているのかもしれない。

「あっ、父と弟じゃないですよ！　ふたりはこんな嫌なことをしませんから！」

言葉にしてしまってから、失言に気付く。

「上流貴族の方が嫌だと言ってるわけじゃないです！　ただ、わたしだったら……こんなふうに不満を伝えられるのは、嫌だと思っただけで……。ティアンネらしく振る舞えてよかったです」

上流貴族の侍従なら、主の意を汲めないなど失態だ。だから、ティアンネのこの行動は正しいとわかっているのに。

「……やっぱり、あのクズを一発殴っておけばよかった」

メリケンサックをつけて。

あの時は弁護士に止められたからやめたんだよね。その後も、わざわざ元夫のところまで行って殴るのは時間の無駄だと思ったから、記憶から消去するほうを選んだんだっけ。

「……お嬢様の食の好みは大体わかりました。人前で食べることがあれば、好みのものを取りますので、先ほどのような行動はとらなくて結構ですよ。元は、上流貴族らしい立ち振る舞いを覚えるためのものです。やりたくない行動はしなくてもよろしいのですよ」

「クリス……いいんですか？」

「お嬢様の覚えがいいので、そこまでしなくてもいいでしょう」

「クリスがボディスーツを貸してくれたからです。これを着れば、勝手にお嬢様らしい動きをしてくれるので、助かっています」

「それは試作品ですが、最新の技術を詰め込んだものなのです。魔法を込めた糸を服にすることで、色々とできるように研究中なんです」

着ただけでこれだけ行動が変わるのなら、色々なことができるはずだ。

「もしかして、理想の形で筋トレができるようになる……!?」

スクワットとかヨガとか、やり方や姿勢が合っているかわからないままましていた。服を着るだけで強制的にしてくれるのならば、弱い意思に負けることもない。

クリスは驚いたあと、くすっと笑った。

「そうですね。トレーニングにも使えるかと」

「貴族のお嬢様は筋トレをしますか?」

「しません」

このボディスーツは、お嬢様らしい動きができるけど、それしかしてくれない。ボディスーツを着ただけで筋トレができる未来はまだ遠いようだ。残念。

「ティアンネが学校を休む期間は、いつも一週間から十日ほどです。一週間後に学校へ行くことを目安に頑張りましょう。午後からは、皆様に交代でお嬢様の侍従役をしていただきます。お嬢様は、複数の異性をはべらすことに慣れてください。皆様は跪いてお嬢様のお世話をする覚悟をお願いいたします」

「それって、みんながわたしの周囲に跪くんですか……？」

「はい。慣れてください」

慣れることはないと思うけど、表情に出さないことはできる。

「ポーカーフェイスは得意なので、大丈夫だと思います」

「そうですね。引き続き、表情の作り方も教えていきます」

今までわたしのポーカーフェイスを見てきた人たちを見ると、なんとも言えない顔をされた。解せぬ。

光り輝く美少年

「今日は、ついに学校に行く日……。頑張らなくちゃ」

制服に袖を通し、気合いを入れる。制服は、白いブラウスと深紅のスカートというシンプルなものだ。貴族の皆様は改造して着ているんだとか。

レースをつけるのは基本で、宝石で飾り立てたり、形も様々らしい。派閥ごとにお揃いのものをつけていたりと、独自のルールがたくさんあるとか。……覚えきれる気がしない。

ちなみにわたしは、なんの改造もしていない、素の制服だ。他国から来ました、この国に染まる気はありませんという意思表示なんだって。喧嘩売ってるよね。

服を着ているだけで喧嘩を売っている状態なのは嫌だけど、可愛い制服はテンションが上がる。

襟がない白いシルクのブラウスには、真珠のボタンがついている。深紅のフレアスカートは、歩くたびに綺麗に揺れた。ハイヒールで歩くのが下手なので、パンプスはヒールを低くしてもらっている。

「トールは大丈夫かな……」

学校に、こんなに変なローカルルールがたくさんあるなんて知らなかった。トールは敏いようで変に意地っ張りだから、心配だ。

最後に全身鏡でチェックしてから、部屋を出た。変身の魔道具で顔を変えるから、顔や髪を整えても意味がないんだけど、クリスはとても綺麗にしてくれた。

「お待たせしました」

もうみんな待っていて、慌てて駆け寄ろうとしたのをボディスーツに止められた。

「ノルチェフ嬢……ではなく、アリス」

ロアさまの、低くて艶のある声で呼ばれて、耳がぞわぞわする。

「よく似合っている。……とても綺麗だ」

「あ、ありがとうございます。ロアさまも素敵です」

ロアさまもみんなも、揃いの侍従の服を着ている。この服が、ティアンネの侍従であることの証だ。

「名を呼ばれるのは慣れないだろうが、耐えてくれ。外でうっかりノルチェフ嬢と呼んでしまえば、ノルチェフ家の者だとすぐ露見してしまう。外ではお嬢様と呼ぶが、万が一のために、今から名前で呼ぶことを習慣づけておこう」

「はい」

「お嬢様と呼ばれることはなかったのだろうか？」

「ありましたけど……」

これだけ顔のいい男に囲まれてお嬢様と呼ばれた経験はない。こんな状態で平常心でいられるなんて、もしかしてイケメンに慣れてきたのでは？　学校にイケメンがたくさんいても大丈夫かも！

と思った希望は、すぐに打ち砕かれた。

「遅くなって申し訳ございません。どんな時でもフォローいたしますので、何かあれば不用意に発言せず、こちらにお任せください」

「ヒッ……！」

不意に出てきたのは、とんでもない美少年だった。顔面が輝いている。

思わず、一番大きいエドガルドの後ろに隠れてしまった。後ずさりしたいのに、ボディスーツがそれを許してくれない。

「落ち着いてください、アリス嬢。あちらはクリスです」

エドガルドに優しく言われ、呼吸を取り戻した。

「クリス……？　本当に？」

広い背から顔を出して、美少年を見つめる。一重で切れ長の目と、すっと通った鼻。唇は、メイドの時よりやや大きい。

メイドの時は、目が二重で睫毛がバシバシだった。目が違うだけで随分と印象が変わる。金色の髪は、後ろで編み込んでひとつの三つ編みにしている。おそらくトールと同年代の、十代半ばの少年だった。

「あの……クリス、ですか?」

「はい。驚かせてしまい、申し訳ございません」

「いえ、わたしが勝手に、線の細い美形を怖がっているだけなので……」

油断している時に、不意打ちで美形が出てくると心臓に悪い。

「す、すみません。少し待ってください」

目を閉じて、深呼吸をする。こんな時は自己暗示だ。

……クリスはトールの友達。家に連れてきた友達。クリスはトールの友達!

バッと目を開けると、光り輝く美少年と目が合った。

「うっ、駄目だ……！　トールはこんな美形を家には連れてこない！」

トールは、わたしがイケメンが苦手なことを知っている。それに、我が家に来た男はわたしに惚れるという謎の思考回路を持っているので、こんなイケメンを連れてこない。

「……申し訳ございません。お嬢様が異性を苦手だと聞いておりましたのに、今まで一度も素顔をさらさずに当日になってしまいました。慣れる時間を設けるべきでした。どうすれば……」

「クリスは悪くありません！　わたしが悪いんです！」

エドガルドの後ろから飛び出ようとして、ボディスーツに止められた。ちょこちょこ歩きながら、クリスを真正面から見つめる。

……怖くない。これまでとてもよくしてくれたクリスが、嫌なことをするはずがない。

「怖がってしまって、すみません。クリスは何も悪くないです。……もう大丈夫ですから。クリスの輝く顔にも慣れました」

「顔が輝く……？」

「わたしの弟のトールがこんな顔になっていた可能性だって、ほんの僅かですが、あります。つまり、パラレルワールドのトール」

無理があるが、時間がない今は、無理やり自分を納得させるしかない。

「申し訳ありませんが、その顔に慣れるまで、顔がよく有能に育ったパラレルワールドの弟という設定でいきます！」

「……かしこまりました」

クリスはとてもよくできた侍従だった。よくわからないだろうに、何も聞かずに頷いてくれる。

「本日は、校内をよく知る私と、ロア様とロルフ様の三名がお嬢様の侍従になります。どうぞ、ご安心ください」

「……はい」

クリスがドアを開ける。部屋の外に出るのは、ここへ侵入した日以来だ。震える脚で、なんとか一歩を踏み出す。

あちこちで人の気配はするが、昼の女子寮は静かだった。天井には複雑な模様の彫刻があり、窓は天井に届くほど大きい。

きょろきょろせず、女子寮には慣れていますけど何か？　という顔で歩く。

「すごく今更ですけど、従者とはいえ男性が女子寮にいていいんですか？　そもそも、異性が同じ部屋で寝泊りするのは、よろしくないのでは……？」

本当に今更だけど、この状況を見られるのはよくないかもしれないと思うと、心臓が縮みそうだ。

「使用人について、学校の規則には記載されていないのです。ただ、皆様は節度をわきまえて、同性のみを自室の使用人部屋で寝泊りさせているのですよ」

クリスは落ち着いていた。

「ですが、昨今は異性の侍従が複数いるのが一種のステータスとなっております。ですので、異性が同じ部屋にいるのは、非常に珍しいことではなくなりました」

「それって……」

思わず、十八歳以下は禁止なことを思い浮かべてしまった。

「男性なら有り得ますね。女性は結婚前に処女検査がありますので、一線を越えることはないかと」

さらりと言われたけど、流せなかった。

「それってつまり、わたし……ティアンネもそう思われてるってこと……!?」

「そうです」

複数の男をはべらせて一線を越えない程度に遊んでいる、人を顎で使う高飛車なお嬢様になるの？　わたしが？

「一気に自信がなくなってきた……」

「大丈夫だ、お嬢様」

左にいたロルフが、優しく手を握ってくれた。

「誰にどう思われていようと、俺たちは知っている。本当のお嬢様は、優しくて、ちょっと抜けて て、とびきり素敵なレディーだって。迷いながらも前を向くお嬢様は、最高に素敵だ」

ウインクをしたロルフの唇が、手の甲に当たる。すぐに離れていったけど、柔らかい感触が、手の甲でじりじりと焼けている。

「ろっ、あっ……お、お前、何をしているの！」

ロルフの名を呼びそうになって、慌ててティアンネらしく侍従を呼ぶ。

「何って、緊張をほぐして差し上げているのですよ。頬にキスのほうがよろしかったですか？」

「お化粧がつきますよ」

じっとりとロルフを睨むが、ロルフはどこ吹く風だ。

「お嬢様を彩るものに触れられるのなら、これ以上の僥倖《ぎょうこう》はございません」

「……口が汚れても知りませんからね」

どこぞのご令嬢にキスして、本当だったと思い知るがいい。

「おや、本当にキスしていいので？」

「そこまでだ」

ロアさまの声に、ロルフがさっと真面目な顔をする。

「もうすぐ階段だ。人も増える。……気を抜かずに、お互いフォローし、無事に帰ってこよう」

ロアさまの言葉に頷く。ここは、それなりに身分が高い令嬢が住む女子寮の二階だ。ティアンネは、この女子寮の中では高い身分となる。

人が少なかった二階と比べて、一階は人が多くなる。ロアさまとロルフにエスコートされながら、転ばないように階段を下りた。つんとすました顔も忘れない。

女子寮を出て、ご令嬢らしく、ゆっくりおしとやかに並木道を歩いていく。季節の花が咲き乱れて、エドガルドと行った庭園を思い出した。

……また行きたいな。あの頃みたいに、隠れず堂々と外を歩いて、買い食いをしたい。

「あれが学校？　すごく大きくてきれい……」

ようやくたどり着いた学校を見上げて、間抜けな感想が漏れた。白い長方形の建物がいくつかと、大きな塔がひとつある。

入口を通って中に入ると、大きなステンドグラスが等間隔に並んでいて、爽やかな明るさに満ちていた。白い壁と紫紺の絨毯の対比が厳かだ。絨毯には、白で複雑な模様が描かれている。

壁だって、ただ白いだけじゃなくて何かが彫られている。ステンドグラスは透明だけど、ところどころ薄い差し色が入っていて綺麗だ。

天井にも模様がある。柱にも何かある。ドアですらただの板ではない。できるだけ顔をきりっとさせ、クリスに話しかけた。

「わたくしの自信は、先ほど帰宅いたしました」

「私が捕まえております」

「いえ、逃げているはずよ」

「捕まえております。自信をお返しいたしますね。私の特訓を受けたのですから、不安になることはございません」

クリスは言う。前ティアンネの自分がついているのだから大丈夫だと。

クリスが頷いたのを見て、ロルフが教室のドアを開けた。たくさんの視線が集まるが、すぐに逸らされていく。

教室は、横に長かった。席は二列しかなく、隣とはたっぷり距離が取られている。後列の椅子は、前の席と重ならないように置かれていた。この教室の生徒は、十人程度のようだ。

「お嬢様、お手をどうぞ」

クリスにエスコートされながら、ティアンネの席らしき場所へと進んでいく。ロアさまに引いてもらった椅子には分厚いクッションが置いてあって、お尻が沈み込んだ。

ロアさまが跪き、スカートの裾を直してくれる。うぅっ、いけないことをしている気分……！

「ティアンネ様、お久しぶりじゃない」

声をかけてきたのは、隣に座っていた美少女だ。猫目と、ツンとしてやや上を向いた鼻がチャーミングだ。

はじけるオレンジ色の髪に、きらきらと輝いた茶色の目。話しかけてくるのならばこの令嬢だろうと言われていた、キャロラインだ。

「あなたったら、貴族に関するスキャンダルがあれば、すぐに学校へ来なくなるんだもの。今回は大ニュースだから、もう少し来ないと思っていたわ」

そういうキャラクターにして、ロアさま達が逃げてきたときに休んでも不自然じゃないようにしていたのかな。

「いつ来たっていいじゃない」

キャロラインが不思議そうな顔をするのを確認して、先手を打つ。

「どう、この声。だいぶ印象が変わったと思わない？」

わたしがつけている変身の魔道具は、姿を変えてはくれるけれど、声までは変えてくれない。声を変える魔道具は、とても貴重なのだ。

逃げ出したあの夜から、姿どころか声まで変わってしまったロアさまのことは、今は考えないでおく。

「随分と印象が変わるのね。声を変える魔道具を何に使うの？」

意地悪く笑ってみせるだけで答えなかったけど、キャロラインは気にしていないようだ。

「もう少し休んでいてもよかったかもね。前代未聞の人事異動だもの、みんなまだ動揺してるわ。あなたは退屈なんじゃなくて？」

「右往左往する群れを見るのもいいかと思って」

「いい性格してるわ」

キャロラインはにっこりと笑った。嫌味っぽくなく、さっぱりした笑顔に、好感度がぐんぐん上がっていく。

「キャロラインは踊らなくていいの？」

まだ距離を探りかねている人々を見やる。

「あら、私はそこまで愚かじゃなくてよ」

お互い、にやりと笑い合う。キャロラインは、意外そうにアーモンド形の目を細めた。

「あなた、随分と話しやすくなったじゃない」

どきりとしたが、お得意のポーカーフェイスで受け流す。

「好きに生きることにしたのよ」

声を変えたのも、お喋りになったのも、情報収集のために他の人と接触するのも、これで押し通す！

「他国とはいえ、あなたのお家に影響があってもおかしくはないものね」

目を細めて、首を左へ傾げてみせる。ティアンネの癖を見たキャロラインは、追及をやめて首をすくめた。

「まぁいいわ。今度、お茶をしない？　みんなダンスに夢中で、誰も座ってくれないのよ」

視界の端でクリスとロアさまがかすかに頷いたのを見て、口を開いた。

「いいわよ。でもわたくし、お行儀が悪いかもしれなくてよ」

侍従である誰かに食べさせてもらう予定だからね。

「あら、素敵なマナーね。ぜひ参考にしたいわ」

学校初日で、まさかのお茶会への参加権をゲットした。早すぎるとは思ったけれど、ここは素直に喜んでおこう。

なにせ、ティアンネはやや嫌われ者。結局、キャロラインしか話しかけて来なかった。キャロラインがお茶に誘ってくれたことは、確実な前進だった。

授業を終えて女子寮へ帰ると、ちょうどレネが帰ってきたところだった。アーサーとエドガルドが帰るのは、もう少し遅くなるそうだ。

クリスが丁寧な仕草でお茶を置いてくれたので、お礼を言って受け取った。ようやくクリスの侍従姿に慣れてきた気がする。

ティアンネらしくお茶を飲みながら、ロアさまがゆったりした仕草でコーヒーを飲むのを見る。こんな風に、どんな時でも気品がにじみ出るようにできたらいいんだろうな。

「今日のアリスは素晴らしかった。情報通のキャロラインに気に入られ、お茶に誘われたのだ。嬉しい誤算だな」

「すごいじゃん、アリス！　ボクも負けてられないな」

フォンダンショコラを小さく切り分けたレネが、フォークをこちらに向けてくる。

「はい、どうぞ」

口を開けなくても食べられるように、ほんの少ししかフォークに刺さっていないフォンダンショコラを見つめる。

とろけるチョコがおいしいフォンダンショコラは、大好物だ。ひとりならぺろりと食べられるのに、今は食べるのが恥ずかしい。

「クリスには食べさせてもらってたのに、ボクは駄目なの？」

「その時のクリスは女の子だったので」

「まだティアンネの練習をしなきゃいけないんでしょ？　ほら」

ティアンネを演じて部屋へ帰ってきて、一度素に戻ってしまった後では、恥ずかしさが勝つ。でも食べたい。

すました顔で小さく口を開けると、フォークが優しく唇にふれた。口の中にチョコの甘さが広がり、ほうっと息を吐く。

「……おいしい」

知らないうちにこわばっていた体から、ゆっくり緊張が溶けだしていく。

「食べ方、貴族らしくなったね。ボクは前のほうが好きだけど、こっちもいいと思うよ。アリスが一生懸命すました顔をしてるのが見られるから」

どういう意味か聞こうかと思ったけど、再び差し出されたフォンダンショコラには勝てなかった。続いてティーカップを差し出され、紅茶を飲む。

ロアさまがコーヒーを置き、沈んだ顔をした。

「ここへ来てから、あまり料理をしていないだろう。せっかく、自分の店を持ちたいという目標ができたのに」

「言ったじゃないですか、ロアさまに出会う未来を選ぶって。せっかくなので、ラーメンでも作ってみようと思っているんです。陛下から、下ごしらえくんと調理器くんをいただけるはずなので、作るのは難しくないはずです」

毎日の温度や湿度に合わせて仕込みを変えるなんてことはできないが、自分で食べるにはじゅうぶんなものが作れるはずだ。

なんていったって、わたしには下ごしらえくんと調理器くんがついている！　とろけるチャーシューもメンマも半熟味付き卵も、ボタンひとつでできる！　ラーメンのスープを調理器くんにいくつか作ってもらって、ブレンドしたっていい。調理器くんは麺だって作れるのだ！

「ラー、メン……とは、あのラーメンか？」

「はい。麺をすするので、貴族の方は食べないでしょうが」

ロルフが顔を輝かせた。

「聞いたことがある。アリスが作るんだ、絶対にうまいだろうな。一度食べてみたい」

「男性は好きだと思いますよ。いろんな味があるので、食べ比べてみたいですね」

「それはいいな！　楽しみが増えた」

「今度作ってみますね。ティアンネらしく」

「ティアンネは料理しないと思うけど」

レネのツッコミは無視だ。

レネに食べさせてもらいながら、ご飯前の禁断のおやつを味わっていると、エドガルドとアーサーが帰ってきた。

みんなが真剣に報告を始めるのを見て、そっとその場を離れる。夕食を作っているクリスを手伝いに行くと、追い出された。

「練習をお願いいたします」

「……はい」

自室でひとり寂しく、ティアンネの特訓をすることにした。

その夜、メイドになったクリスが、顔のマッサージをしてくれた。こういうところから自信がついていくんだと言われると、確かにそう思う。

美容院の帰りとか、ばっちりメイクをした日は、いつもより自信が持てた記憶がある。

「本日は、本当に申し訳ございませんでした。メイドでいる時を増やすようにいたします」

「だいぶ慣れましたから、大丈夫ですよ。それに、お化粧で顔を変えているんですよね？　メイドになるのに時間がかかるんじゃないですか？」

目を二重にして、口紅やコンシーラーで唇の大きさを変えたり、アイメイクだってばっちりだ。

「……はい。実はそうなのです。以前は、女性の支度はどうして時間がかかるか、理解できませんでした」

マッサージをするクリスの手に、わずかに力がこもる。

「あの顔を作り上げるまで、どれだけの時間がかかったか……。女から男へは、化粧を落とすだけですのですぐに変われますが、その逆は時間がかかります。ですので、できるだけ化粧をして過ごしているのです。女性のほうがお喋りですから、情報収集にも向いていますし」

「そうですよね。それに、女性がお化粧していないと変に見られたりしますから」

「その通りです！　妊娠しているがごとき腹の、腕や指に毛が生えているくせに頭頂部は薄い御仁に、もう少し可愛ければ愛人にしてやったのにと言われるなど、屈辱の極み！　己の姿を見てから出直せと！」

「ありますよねぇ。そういう時は、股間を凝視してやればいいですよ」

「悔しさを踏み台にし、化粧をどれだけ学び、実践したか！　……申し訳ございません。取り乱しました」

「思えば、こうしてクリスとお喋りをすることはあまりなかったですね。気遣ってくれてありがとうございます」

たぶん、初めて部屋の外に出たわたしのために、マッサージでリラックスできるようにしてくれている。

「いえ。何かあれば、いつでもお申し付けください」

「ありがとうございます」

顔を蒸しタオルでぬぐわれ、ひんやりと心地いい化粧水が肌に浸透していく。

「……ところで、お嬢様。ご一緒におられる騎士の方々は、どなたも眉目秀麗、優秀な方ばかり。どなたと一番仲がいいのでしょう？」

「うーん、そうですね……」

エドガルドは早いうちから仲良くなって、付き合いも長い。弟みたいだから、一緒にいて楽しい。

ロルフといると空気がやわらかだ。いつも気を遣ってくれるけど、たまにはワガママになってほしいと思う。

レネは価値観が合っていて、いつも素敵な言葉をくれる。意外にも、アーサーが一番気取らないまま過ごせるかもしれない。ダジャレを言い合うからかな。

そしてロアさまは……ロアさまは。

「……ここへ来て、ロアさまは一人じゃなかったんだって、嬉しくなりました」

「嬉しい？」

「第四騎士団でのロアさまは、いつも一人でいるように見えたので、友達がいないと思っていたんです。でも、離れたところで、こんなふうに慕ってくれる人がいたんですね」

「ロア様が気になると？」

「うーん……」

気になる、けど。

「気になっていたとしても、わたしは誰とも結婚する気はないです。ロアさまはおそらく身分の高い方でしょう？　わたしじゃ釣り合わないので、安心してください」

「……差し出がましいことを言いました。申し訳ございません」

「クリスの立場なら、気になりますよね。ロアさまに聞いても、そういう関係じゃないってきちんと言いますよ。聞いてみたらどうですか？」

「……そうですね」

それきりクリスは黙り込み、マッサージも終わった。

「おやすみなさい。明日もお願いいたします」

「おやすみなさい」

暗くなった部屋で、ゆっくり目を瞑る。ロアさまと釣り合わないのは当たり前なのに、自分の発言に少し胸が痛む。これはよくない兆候だ。すぐに忘れなければ。

「にんにくマシマシ煮卵チャーシュートッピングメンマねぎどっさり……」

その夜、ラーメンで溺れる夢を見た。最悪の寝起きだった。


ラーメンの悪夢を見たからといって、食欲がなくなるわけではなかった。むしろ、もっとラーメンを食べたくなったわたしは、なかなかに図太いのかもしれない。

みんなの要望もあり、夕食にラーメンを出すことになった。ほぼ調理器くん頼みだけど、こういう時に頼りになるのが調理器くんなのだ。

既存のレシピを自分好みにしたものや、アレンジしたものは、調理器くんに登録できる。それを活用しつつ、いくつかスープを作ってもらい、ブレンドした。クリスが。

「大体ですが、味の予想がつきました。お嬢様はどうぞ、お茶会に向けて食事の練習をしていてください」

「煮卵だけは、わたしの煮卵だけは半熟にしてください……！」

「かしこまりました」

結局わたしは、指先で指示を出すだけになってしまった。ティアンネらしいと言えばらしいので、貴族令嬢っぽくなったと喜んでおこう。

「お嬢様、味見をお願いいたします」

「わかりました」

差し出されたスプーンには、おいしそうな醤油ラーメンのスープが湯気をたてている。音を立てないように口に入れた。

何種類もの野菜を煮込んだスープに、煮干しや昆布の出汁、焦がしネギの香ばしさに、すっきりした醤油。

「おいしい！」

クリスは女装をするようになってから料理を始めたというけれど、わたしより調理器くんを使いこなしている。努力家のロアさまの元には、努力家が集まるんだな。

ラーメンの上に、チャーシューと煮卵をトッピングする。みんながにんにく臭ければ大丈夫な第四騎士団と違って、今はみんな侍従として人と接する立場だ。

「クリス、みんなは近くで人と接するでしょう？　本当に、にんにくを入れて大丈夫ですか？」

「ロアさまがお好きだと伺いました。ブレスケア用品は用意してあります」

「じゃあ大丈夫ですね！」

遠慮なく、にんにくを入れた。

「みなさん、ラーメンができましたよ！　運んでくれますか？」

クリスは慌てたけど、ふたりで運んでいる間に麺が伸びてしまう。麺が伸びきったラーメンほどまずいものはない。

みんないそいそとラーメンを取りに来て、テーブルに置いていく。

「クリスが、おかわりも用意してくれていますよ。これは追いにんにくです。よく考えてにんにくマシマシにしてくださいね。いただきます！」

「アリス、これはどう食べればいいんだ？」

ロアさまが困ったように聞くので、みんなの注目を浴びながら、最初に食べてみせることにした。今は貴族らしい仕草は放り投げておく。

「これは強制ではないんですが、まずはスープを味わいます」

れんげはなかったので、スープ用のスプーンで、いい香りが漂うスープをすくう。

「はぁ……おいしい……」

やはり醤油ラーメンは王道でおいしい。

「次に麺をすすります。音が出ますので、嫌な方はスプーンの上に麺をのせて食べてください」

一本しかのせられなかった麺を、スプーンで口に運ぶ。おいしいけど、やはりラーメンはすすりたい。貴族からすれば行儀が悪くても、わたしにとってラーメンはそういう食べ物だ。

「以上です。皆さん、どうぞ麺が伸びる前に食べてください」

「いただこう。……どこか香ばしいな、これがラーメンか」

「ロアさま、熱いので気を付けてくださいね」

「ラーメンっておいしそうだね！　カリーの時より見た目が普通だから、驚いちゃった」

「あの時は、私の代わりにレネが最初に食べてくれたね。さすがに躊躇《ちゅうちょ》してしまって」

そういえば、そんなこともあったよね。あの時のレネは、まだ猫をかぶっていた。

「アーサー様がそう思うのも仕方がないことかと。アリス嬢が作ったものとはいえ、僕も口にするには勇気が必要でした」

「俺が食べたら、エドガルドもすぐ食べただろう？　驚いたけど、おいしかったな。またカリーを作ってくれないか？」

「ロルフ様の頼みなら喜んで。……と言いたいところなんですけど、カレー粉は第四騎士団の冷蔵庫の中なんです。スパイスが足りないので、もう少し先のことになりそうです」

「お嬢様は、カリーも作れるのですね」

みんなでお喋りしながら、スープを飲む。おいしいという声があがって、クリスと視線を合わせて、よかったと微笑みあった。

その後、食べにくいフォークを使って勢いよく麺をすすって驚かれたけど、スプーンに麺を一本一本のせて食べるのがまどろっこしくなったみんなは、同じようにフォークですすりだした。

わたし以外、全員がおかわりした。特にエドガルドにクリーンヒットしたらしく、二回もおかわりをしていた。成長期ってすごいな。

アリスのお茶会

学校に行くのも少し慣れてきた。キャロラインとはかなり仲が良くなり、明日のお茶会でへまをしても、笑って許してくれそうな雰囲気だ。

今日はアーサーとエドガルド、ロアさまにエスコートされながら、授業を終えた。ひとりだけ話し方が子守唄みたいな先生がいて、寝ないようにするのが大変だった。

女子寮へ帰るために廊下を歩いていると、エドガルドがさっと前に出た。

「お嬢様、そこでお待ちください」

アーサーにそっと腕を押されて立ち止まる。

「いたたた！　あぁぁハーブが落ちた！　集めなきゃっ、って、ひぃっ！　申し訳ございません！」

ひとりの女子が、持っていたものをぶちまけながら盛大に転んだ。なかなか愉快なレディーのようだ。

「お前、拾ってやりなさい」

「かしこまりました」

エドガルドが跪き、絨毯の上に散らばったハーブと紙を拾う。

「ありがとうございました！」

ハーブを握りしめて、ぶんっと音をたてながらお辞儀をしてきた女の子は、瓶底眼鏡《びんぞこ》をしていた。黒ぶちで、レンズが厚すぎて目がよく見えない。

髪は可愛らしいピンク色で、両耳の横の低い位置で長いおさげにしている。顔立ちは可愛いのに、瓶底眼鏡と三つ編みのせいで野暮ったく見える。

「お気をつけなさい」

「本当にありがとうございました！　よろしければ、おらがとっておきのハーブティーを淹れますんで、どうですか？」

「ハーブティー？」

「おら、ハーブの研究しとるんです！　ハーブっちゅうか、薬味とかの香草もひっくるめてなんだすけど、料理に使って健康になるっちゅう目的で……あぁっ申し訳ございません！　言葉遣いがすぐ直らなくて、今すぐ直しますので！」

正直に言うと、なんの研究をしているか、すごく気になる。話を聞きたい。ハーブティーも飲みたい。

ちらっとロアさまを見る。駄目だと言われたら、いさぎよく諦めよう。

「……少しならいいでしょう」

ロアさまの瞳が親愛を込めて、仕方ないなと揺れている。ちょっと笑いをこらえているような顔が、また格好いい。

この低い声のロアさまに敬語を使われるのは、未だに慣れていない。耳がぞわぞわするのを感じながら、睥睨《へいげい》してみせた。

「あなたのハーブティーとやらを飲ませてみなさい」

「はいっ！」

偉そうに言っているのに、笑顔でわたしを見上げたこの子は、きっといい子だ。こんな態度をとって申し訳ない気持ちになってくる。

女の子が案内してくれたのは、一階の入口から一番遠い部屋だった。研究室と書かれた部屋には、いろんなものが置いてある。

「この部屋を学校に貸してもらって、研究をしとりますです！」

乾燥中のハーブが、ずらっと壁に吊るされている。棚には、中身が入った手のひらに乗るサイズの瓶が並べられていた。全部にラベルが貼られ、丁寧に扱われているのが伝わってくる。

アーサーが椅子にハンカチをかけてくれたので、エスコートされながら座った。

「私物の持ち運びコンロを持ってきてますんで、いま淹れますだです！」

「怒らないから、普通に話しなさい。お前は……」

そういえば、自己紹介してない。

「わたくしはティアンネよ。お前は？」

「もっ申し遅れました！　マリナと名付けられております！」

「普通に話しなさいと言ったはずよ」

「もっわっ、わかりました！」

怯えながら、勢いよく頭を下げられた。おさげが鞭《むち》のようにしなり、エドガルドのお腹に直撃した。

アーサーとロアさまが、笑いをこらえている。驚くエドガルドには悪いが、わたしも笑わないように腹筋に力を込めた。ちょっと顔を赤らめたエドガルドが、こほんと咳をして前へ出た。

「失礼。あなたを疑っているわけではありませんが、作るところを見させていただきます」

「どうぞ！　ティアンネ様は苦手なものなどありますか？」

「特にないわ」

「少々お待ちください！」

マリナはお湯を沸かしながら、ティーポットにハーブを入れてブレンドしていく。手が震えて物を落としたり、ティーポットにヒビが入りそうなほどガチャガチャいわせたりしながら、マリナはお茶を淹れていく。

ハラハラしながら見守っているうちに出てきたお茶を、エドガルドが手に取る。

「お嬢様、失礼いたします」

エドガルドが一口お茶を飲む。口をつけたところが、黒い手袋をつけた手でぬぐわれた。ティーカップがくるりと回され、エドガルドが口をつけたのと反対のところが差し出された。

「どうぞ、お嬢様」

一瞬、飲むのを躊躇してしまった。

こういうこともあると聞いていたし、飲食の世話をされる練習は何度もした。それなのに、いつまでたっても恥ずかしさだけは消えない。

動かないことを不自然に思われる前に、ティーカップに口をつける。

「……おいしい」

爽やかな味に、ちょっぴりの酸味。後味がすっきりしていて、とても飲みやすい。オレンジやレモンのような香りもすがすがしくて、何度も嗅ぎたくなる香りだ。

「お前、やるじゃないの」

「ありがとうございます！」

「ほかにも何か研究しているんじゃなくて？」

乾燥したニンニクや岩塩などを入れた瓶に目を向ける。ハーブティーだけじゃなくて、食べ物に関しても研究しているはずだ。

「そうなんだす！　肉や魚に合うハーブソルトを作ったり、化粧水にしようとしとるんですが、なかなかうまくいかなくて……特に肌は人によって違うけ、かぶれたりなぁ……。肌に関しても悩みが人によって違うんで、肌荒れと毛穴だったら、また違うもんブレンドしたりして」

「化粧は深く、底のない世界よ。アロエとヘチマは試したの？」

「まだだす！　試してみますだ！」

前世でも、アロエの化粧水とかヘチマ水とか、よく聞いていたからね。

「ありがとうございます、ティアンネ様！　ハーブティーをうまいって言ってくれた上にアドバイスまで……！　おら、こんな口調だし田舎者で、たまに気にかけてくれる人以外、だんれも喋ってくれなくて……」

「お前、何をしに学校へ来たの？」

　王都から離れたところに領地を持っている下流貴族は、学校へ来ないこともよくある。マリナは女性だし、田舎から出て王都の学校へ通うことには反発もあったはずだ。

「おらの家は子供が全員女なもんで、長女のおらが跡継ぎになる予定なんだす。だけどおら、領地の経営よりも、領地で育ててる野菜とかの研究のほうが好きだ。家族みんなでお金を貯めて、おらが好きな研究ができるように、運が良ければ誰かに見初めてもらえるように、学校へ行かせてくれた。だけどおら……ひとりで……」

　向かいの席で俯くマリナに、手を伸ばしてふれる。肩を何度か労わるように優しく叩いた。

「あなたのハーブソルト、いただくわ」

　おいしかったら、わたしが店を持った時に定期的に仕入れたい。

「ありがとうございます。でも、同情は……」

「同情じゃない。おいしくなかったら、もう購入しないもの」

　ゆるゆると顔を上げたマリナの目が揺らぐ。

「あなたのハーブソルトとハーブティーを買うわ。そして、口に合わなかったり飽きたら、もう買わない」

　厳しいことを伝えたのに、マリナは笑った。

「へえ、ありがとうございます！　おら、それがいいです！」

「人間は食べたものでできている。だからお前の、飲食で体を健康にする試みは、いいものだわ。

お金はすぐに支払うわね」

わたしのポケットマネーから支払うつもりだけど、お金は持ち歩いていないから、あとで届けてもらわなきゃ。

「お金は急がないんで、よければ、食べた感想を聞かせてもらえないだすか？」

「明日は予定があるから、明後日に支払うわ。その時に教えてあげる」

「はい！」

その後、何度もお礼を言って見送りをしてくれたマリナと別れ、女子寮へと帰った。部屋に入ってから、みんなに頭を下げる。

「ワガママを止めないでくれて、ありがとうございます！　わたしのお金で払いますので！」

「アリスがあれだけ熱心なのは珍しいからね。それだけハーブティーがおいしかったのだろう」

優しく肯定してくれるロアさまに、じーんとする。

「とてもおいしかったです。それに、部屋にいろんな食材がありました。組み合わせを研究しているんだと思います。マリナの力があれば、ラーメンがもっとおいしくなるはずです」

エドガルドの目がきらりと光った。

「僕とロルフの領地でもハーブを育てています。家の役に立つと思いましたが、そうですか、ふふ……ラーメンがもっとおいしく」

「一言にラーメンといっても、たくさんの味がありますからね」

「そうなんですか⁉」

「皆さんが食べたのは醤油ラーメンです。塩に味噌、つけ麺豚骨サンラータン麺、鶏白湯《とりぱいたん》タンタンメン……さらにこれらをブレンドをしたり」

「そんなに種類が……」

エドガルドの喉が、ごくりと鳴る。

「調理器くんがいるので、作るのも楽なはずです。マリナから購入したものが、きっとおいしくしてくれますよ」

その日の夜ごはんは、醤油ラーメンと、マリナから買ったハーブソルトを使った料理の数々だった。肉や魚にまぶし、焼いたり蒸したりして、みんなで感想を言い合いながら食べる。どれもおいしくて、マリナの腕は確かだという結論になった。

買ったものを使いきって、新しいものを購入するのが楽しみだ。


今日はついにお茶会の日だ。上流貴族らしく食べる練習をしたので、食べさせてもらわなくてよさそうなのが嬉しい。

どれだけ情報を手に入れられるか、ほかのご令嬢がいるお茶会にも誘ってもらえそうかなど、このお茶会はとても重要だ。

お茶会は、女子寮にあるキャロラインの自室で行われる。ごく私的なものは、そうすることが多いらしい。

今日は、ロアさまとクリスとレネがついていていてくれる。女性のみという展開になっても大丈夫なように、クリスはメイド姿での参戦だ。女性しか入れない場所にもついてきてくれる予定なので、心強い。

レネがキャロラインの部屋のドアをノックすると、すぐに開けて招き入れられた。

侍女がふたりと、侍従がひとり。わたし達が使っている部屋と形は変わらないが、部屋が一回り小さい。調度品も明るいカラフルなものが多く、活発なキャロラインらしい部屋だった。

「ティアンネ様、よく来てくれたわね」

「お招きありがとう」

立ち上がって迎えてくれたキャロラインと軽くお辞儀をしあって、レネが引いてくれた椅子に座る。

「今日は楽しんでもらえるように、色々と用意したの。ティアンネ様らしい、忌憚《きたん》のない意見を期待しているわ。寮にはきちんとお茶会の申請をしているから、ドアをノックされて中断はしないと思うけれど、もし私のせいでそうなったらごめんなさい」

よくわからないことを言われて、反応が遅れる。

「だってほら、わたしは商家の娘だから。……貴族からすればね」

キャロラインは明るく言って、首をすくめてみせた。

貴族は王城と自分の領地以外で働くことは卑しいとされているので、商人を下に見ているのだ。

商人がいないと物が買えないのに、未だによくわからない思考だ。

「あら、商人の娘だったの。知らなかったわ」

「そう思っていたわ」

探るような、それでいて含みを持たせるような視線を向けられる。ここでキャロラインが求める答えを言えればいいんだろうけれど、正解がわからない。

「じゃあ、あなたはいろんな土地に行ったの？」

「ええ」

「ぜひ聞かせてほしいわ。知らない土地の話って楽しいわよね」

キャロラインは虚をつかれた顔をした。猫のような目が丸くなる。

返事を待ったけど、キャロラインは何も言わなかった。ただ、じっとわたしを見て、ぽつりと言った。

「商人の娘なのに馴れ馴れしくしていたと、糾弾されると思っていたわ」

「そうなの」

どう答えればいいかわからず、あっさりした答えになってしまった。

「あなたが商人の娘でも、貴族令嬢でも、関係ないいんじゃなくて？　キャロラインはキャロラインなのだし」

わたしの友人たちはみんな貴族令嬢だけれど、割とアグレッシブだった。それを思うと、キャロラインが貴族に生まれても、あまり変わらなかった気がする。

「でも、お気をつけなさい。貴族令嬢に生まれたならば、お茶会では異性の話をしなくちゃいけなくってよ」

「どこのお茶会でも、異性の話しかしていないじゃない。ティアンネ様は何を話しているの？」

「お肉の話とか」

友人のひとりが非常にお肉が好きで、どこ産の肉をどのように調理したらおいしかった、と語るのを毎回聞いていた。

思えば、お茶会ではみんな好きなものを好き勝手に話していた。気心が知れた友人ばかりの内輪なものだから、それが許されていたのだ。

キャロラインはきょとんとしていたけど、数秒して弾けるように笑い出した。

「おっ、お肉！　お肉の話って！　ティアンネ様がこの学校に来た理由が、ようやくわかったわ。ティアンネ様の国では、性格が知られていて結婚できないのね！　全然話さなかったのも、その性格が露見するからでしょう？」

……そういうことにしておこう。

すまし顔をしていると、キャロラインは勝手にひとりで納得して、目じりをぬぐった。

「はぁ、久しぶりにこんなに笑ったわ。ティアンネ様ってば、とても面白いのね。私ばかり楽しくなって悪いわ。ティアンネ様も、どうぞ楽しんで」

ティーポットからお茶が注がれた。白と金で彩られた上品なテーブルクロスの上には、鮮やかな花と、たくさんのお菓子が並べられている。

「では、遠慮なくいただくわ」

そうは言ったものの、お菓子はどれも繊細で綺麗すぎる。食べる特訓が活かせないものばかりだ。

視線をやると、ロアさまが動いた。一口大の大きさの薄いパイ生地の上に、花のように薔薇色のクリームが絞り出されているお菓子を、お皿に取る。

ロアさまは跪き、音を立てずにお菓子を切り分けた。

「どうぞ、お嬢様」

当然という態度で口を開けると、ゆるやかな動きでフォークが唇に届いた。

「なんておいしいの！　素晴らしいわ」

サクッとした生地に、後味にわずかな酸味がある軽やかなクリーム。思わずこぼれた素直な言葉に、キャロラインは笑みを深めた。

「でしょう？　私の侍従が作ったの」

「そうなの。素晴らしいパティシエね」

「……やっぱり、ティアンネ様は変わっておられるわね。それとも、ティアンネ様のお国ではそうなのかしら」

差し出されたお菓子を食べながら、合間にお茶を飲む。キャロラインは自分で食べているので恥ずかしいけど、ここでカトラリーをガチャガチャ言わせるよりはマシだ。

「キャロラインは、お相手はいらっしゃるの？　わたくし、嫉妬されてしまうんではなくて？」

「いないので安心なさって。私、噂話が好きでしょう？　みんな何かあると私に話を聞きたがるのに、日頃は近付かないの。きっと、後ろめたいことがあるのでしょうね。そろそろ貴族と結婚してつながりを持ちたいのだけれど、こんな性格だし商家だしで、お相手がなかなか見つからないのよ」

「焦って結婚するとよくないわ。反対される結婚もおやめなさい」

本当にね！　やめたほうがいいよ！

「それまで、情報屋でもすればいいかが？　結婚相手も探せるし、ちょうどいいじゃないの」

「情報屋？」

キャロラインは首をかしげた。

「噂話を集めて、裏を取って、売るのよ。あなたは学校で噂を集める。あるいは、あらゆるところに人を潜り込ませて、情報を得る。それを欲する人に、対価としてキャロラインが望む情報かお金をもらえば、まさに互恵関係。実家が商家なら、いろんなところで噂を集められるし、ぴったりじゃないの」

「でも……私は女だわ」

「お飾りの男を、情報屋のトップに立たせればいいわよ。みんなが苦労して突き止めた情報屋の責任者が実は虚像で、実際は裏であなたが取り仕切っているの。格好いいじゃない！」

「……そう。そうね」

はっきりしたキャロラインらしくない、曖昧な笑みを浮かべて、彼女はティーカップを置いた。

「……一度、ゆっくり考えてみるわ」

……その後、この国で初となる情報屋が誕生した。

あらゆる情報を知り尽くし、それゆえに信頼され、同時に恐れられた。組織のトップを探る者は必ず消され――ある者はそれが女性だと主張したが、数日後には姿が消えた。

依頼を断ることすらままある情報屋が、絶対に断らず、格安で請け負う相手がいるという噂もあったが、それもいつの間にか聞かなくなった。

貴族も恐れる情報屋を爆誕させたことに、アリスは長い間気付かなかった。正体を明かしたときの、してやったりというキャロラインの顔は、アリスが知るのみである。

シスコンの本気

キャロラインの部屋から帰ってくると、一気に気が抜けた。プライベートな空間で、お互いいつもよりリラックスできたこともあり、キャロラインと仲良くなれたと思う。

キャロラインの家は商家らしく、おいしいものもたくさん出た。キャロラインの侍従が作ったというお菓子は本当においしかった。おいしいと連呼していたので、キャロラインがお土産に包んでくれたほどだ。

「お茶会がなんとか無事に終わってよかったですね」

「ああ。本当に……アリスのおかげだ」

やることがあると部屋を出ていったレネとクリスを見送ったあと、ロアさまは気が抜けたように微笑んだ。ソファーに背を預けるのが珍しくて、まじまじと見てしまったけれど、ロアさまは怒らなかった。

部屋の中で、ソファーに並んで座って、ふたりきり。第四騎士団で、夕食の後に談笑していた時のようだ。

「キャロラインは情報通だ。何か情報を得られないかとティアンネに話しかけていたのだろう。アリスがキャロラインと仲良くなってくれたおかげで、今後はキャロラインから情報を聞けるかもしれない」

「お役に立ててよかったです」

「……アリスはずっと、私を助けてくれている」

こちらを向いて微笑んでくれるロアさまの顔が綺麗だ。男の人は綺麗と思われるのが嫌かもしれないけど、ロアさまの顔には、今までロアさまが積み上げてきたものが現れている気がする。

そういうのをひっくるめて、綺麗だと思う。

「第四騎士団にいる時から、ずっと。暗闇の中でも光り、希望を与えてくれる。私の……」

そこで言葉を切ったロアさまが口を開くことはなかった。

ど、どうすればいいんだろう。

気のせいであればいいけど、ロアさまが少し熱っぽい視線で見つめてくる気がするし、わたしはわたしで、先に目を逸らすのは不敬な気がして、見つめ合ったままでいる。

「……ロアさまは、男前になってしまいましたね」

ロアさまは、おかしそうに笑った。

「そういえば、私が本来の姿に戻った時、アリスは残念そうだった。そんなに前の私がよかったのか？」

「あちらのほうが親しみやすかったので」

「今の私はどうだろうか？」

「本音を言うと、体が一回り大きくなったので、よかったと思いました。細い体でたくさん鍛錬しているのは心配でしたから」

さすがに本人に、ぼっちじゃなくてよかったねとは言えない。

「では、何か食べようか。たくさん食べなければ大きくなれないから」

「ロアさまは何歳なんですか？」

わたしより年上なのは確かだが、これ以上大きくなれる年齢なのだろうか。

「二十二歳だ。……ようやく聞いてくれた」

嬉しそうにロアさまが微笑んだので、黙って微笑み返しておいた。さすがに、堂々と偽名を使う人に年齢は聞けない。

「今くらいは、自分で食べてもいいですよね。お茶会でいただいたお菓子はとてもおいしかったのに、食べさせられるのは恥ずかしくて、あまり味わえなかったんです」

キャロラインがお土産にと包んでくれたお菓子をテーブルに並べ、うきうきとお茶を注ぐ。

生クリームや飾り切りされたフルーツで彩られたロールケーキを選び、口に入れる。濃厚でありながらさっぱりした生クリームとふわふわのスポンジ、フルーツの酸味がちょうどいい。

「やっぱりおいしい。あの侍従の方、作るのがとっても上手ですね」

「ああ。どれも考え抜かれた味だ」

ふたりでお菓子を食べながら、途中でサンドイッチなどの軽食も食べる。甘いものの後にしょっぱいものは、無限ループへの入口だ。

「……あの侍従はきっと、アリスで運命が変わったひとりだろうな」

「そんな、大げさな」

「大げさではない。わが国では、女性の雇用を安定させるために、飲食関係は女性ばかりになっている。喜んでいる女性は多いと聞くが、料理が好きな男性にとっては、肩身が狭いだろう。それを解決したいが、なかなかうまくいかない。お茶会で侍従が調理したものが出ると、侮《あなど》られていると激昂するのが普通だ。それなのにアリスは、おいしいと、素晴らしいパティシエだと称えた。あの時の、侍従の輝いた目。……きっと、生涯アリスを忘れることはないだろう」

「それは気付きませんでしたが、キャロラインが主なら、きっとうまくいくでしょうね」

しばらく、ふたりで黙々とお菓子を食べた。ロアさまの顔がちょっと険しい。お茶会でわたしが余計なことを言ってしまったのかもしれない。

ちらちら様子を窺っていると、ロアさまはフォークを置いた。

「アリスが悪いのではない。私が狭量なのだ」

ロアさまはようやくわたしを見て、それから目を細めた。大きな手がそっと伸びてきて、髪をひとふさ手に取った。

「……アリスは、素晴らしいことをした」

「ど、どうも」

気が動転して、よくわからない返事をしてしまった。

今日のロアさまは、どこかおかしい。私をそんな目で見たり、触れたり、なんだか……ちょっと。

ロアさまが下流貴族か平民で、わたしに前世の記憶がなければいい雰囲気になっていそうな空気に戸惑う。

だけどロアさまは上流貴族で、ダイソンに追われるほどの要人だ。一方のわたしは、ロアさまをどう思っているにせよ、絶対に結婚したくない下流貴族だ。うまくいくはずがない。

「……少し、疲れたな。誰か戻ってくるまで休もう」

「はい」

大きくてあたたかい手が離れていく。少し名残惜しく思うのに驚いた。

ソファーにもたれたロアさまが目を閉じたので、わたしも休むことにした。慣れないご令嬢役は疲れる。

しばらくして、ロアさまの頭が肩に乗ってきた。爽やかなシトラスの香りと、柔らかな重み。どきりとしたけど、どうすればいいかわからず寝たふりをしている間に、眠りの世界に落ちていった。

今日はマリナのところへ、ハーブソルトの代金を持っていく日だ。わたしが持っているお金で支払えるのに、みんなはそれを良しとしなかった。

「みんなが食べる料理に使われる調味料なのに、アリスがひとりで支払うのはおかしいよ！」

レネの言うことはもっともで、陛下にいただいた予算から出すことになった。ほかの物も購入していいと言われたので、足取りも軽い。

マリナは他にも作っているものがありそうだったから、色々と買って使うのが楽しみだ。マリナが学校から借りている一室を、アーサーがノックする。

「はぁい！」

元気のいい声が聞こえ、勢いよくドアが開けられる。

「あんれえ、ティアンネ様！　ようこそお越しくださいました！　どうじょ！」

慌てすぎて噛んでいることには触れずに、中へ入る。ハーブや香草が入り混じった、独特な香りがする。

「椅子に座ってお待ちくだせぇ！　今からお茶を淹れますだ！　今！　すぐに！」

「慌てて火傷しては駄目よ」

「へえ！」

「落ち着いてね！」

「へえす！」

「お嬢様、私が淹れてまいります」

クリスが申し出てくれたのに、正直ほっとした。マリナの手は震えていて、さっきから「あぁっ！」「痛っ！」という声がひっきりなしに聞こえてくる。

「頼むわね」

「かしこまりました」

クリスに促され、マリナがしょんぼりとやってくる。

「申し訳ございませんだ、おらが下手なせいで……」

「下手なのではないわ。わたくしがお前と話せるよう、代わってもらったの。待っている時間がもったいないじゃない」

「そっそれは気付きませんで！　ははぁー！」

椅子に座っているのに平伏しようとするマリナを、慌てて止める。

「時間がもったいないと言ったじゃないの。わたくしが話すから普通にしなさい」

「へぇ！」

「あなたのハーブソルト、おいしかったわ。使いきれば購入するから、そのつもりでいなさい」

「ほっ、本当だすか⁉」

「ええ。他にもぜひ購入したいわ。それと、今日はお願いがあって来たのよ」

アーサーに合図して、持ってきていた箱を開く。ふんわりと揚げ物のいい香りが漂ってきて、マリナのお腹がなった。

「フライドチキンよ。あなたのハーブソルトに、いくつかのスパイスと小麦粉を混ぜて揚げたの。これでもとてもおいしいけれど、あなたなら、もっと合うものが作れるのではなくて？」

フライドチキンとは言っても、骨回りの肉ではなく、モモ肉で作ったものだ。骨についているお肉にかじりつくのがおいしいと思うんだけど、さすがにそれはできなかった。

「食べてもいいんだすか？」

「ええ、もちろん。食べてみて」

みんなにも好評で、もう一度作ってほしいと言われている。このままだと、夕食がラーメンとフライドチキンになってしまう。

ジャンクなものはおいしいけれど、みんなの栄養を管理しているクリスの目が怖い。ラーメンの上に山盛りの野菜炒めをのせることで納得させたけど、こんな食事が続くとクリスの雷が落ちそうだ。

「おっ、おいしい！　おいしいですだ！」

「でしょう？」

色々と試しながら作ったからね。

「にんにくと……ほんのりと隠し味程度のショウガ……ブイヨン？」

「ええ、色々なものを粉末状にして、小麦粉と合わせたの」

下ごしらえくんと調理器くんがね。

「あなたは手作業でしなければならないでしょうから、色々と粉末にしたものを持って来たわ。ほかにも欲しいものがあれば言ってちょうだい。作ったものは、好きに売ればいいわ。もちろん、わたくしの取り分はいただくけれど」

「おら……おら、いいんだすか⁉　これは売れます！　おら、売る才能がないんで、妹に相談することになるけど、おら……！」

「わたくしが欲しいものをお前に作らせているのだから、怒ってもいいのよ」

「怒る⁉　まさか！　ありがとうございますだ！」

勢いよく、ぶんっと頭を下げたマリナのおさげが空を舞う。

「化粧品のほうは、気にかけてくれてる人に頼んでみますだ。その人は、お姉さんのために作りたいと言って、何度もここへ来とるんだす」

「そちらも、成果があるといいわね」

「へぇ！　フライドチキンの粉ができあがったら、ティアンネ様のところへ持っていきますだ！」

「……あなた、料理はできるの？」

「人に頼みます！」

自信満々に言うので、それ以上は聞かなかった。たぶん、マリナは料理をしないほうがいい。

「では、また来るわ」

「へいっ喜んで！　お待ちしとります！」

居酒屋のような返事に頷く。新たなスパイスを購入し、部屋を後にしようとしたところで、ノックが響いた。

アーサーがわたしの前に出る。クリスがドアを開け、廊下にいる人物に軽く頭を下げた。

「こちらが先に出てもよろしいでしょうか」

「はい。どうぞ」

クリスの言葉に、素直に道を譲ってくれたのは、まさかのトールだった。心臓が、ドッッと不自然に脈打つ。

……ヤバい。トールだ。パーティー会場のどこにいても、絶対にわたしを見つけ出すトールだ。

さすがに喋らなかったらバレないとは思う。たぶん。今はボディスーツも着ているから、いつものわたしの動きとは違うはずだ。

「お嬢様、どうぞ」

ドアの向こうでクリスが左右を確認し、トールとわたしの間にアーサーが入ってくれている。

……大丈夫。大丈夫だと信じたい。

ややぎこちなく歩きながら部屋の外へ出て、トールに背を向ける。後ろで、静かにドアが閉まる音がした。

「姉さま、何をしているんですか？」

不意打ちだった。やけに落ち着いた明るい声が床を這い、わたしの脚に絡みつく。

しまった、立ち止まってしまった！

「姉さまがこんなところにいるなんて、思ってもいなかったです」

「姉？　こちらは私のご主人様である、ティアンネ様です。あなたとは関係ありません」

クリスがやや棘のある声で言う。美人がすごむのは迫力があるが、トールは引かないまま笑顔だ。

「いいえ、姉さまです。僕は姉さまを絶対に見間違えません。あなた方こそ、なぜ姉さまと一緒にいるのですか？　姉さまの姿を変えて、何を企んでいるんです？　僕は、姉さまの敵を、絶対に許しません」

一触即発。

バチバチと火花が散り、視線でアーサーに助けを求めた。アーサーがかがみ、耳元で低く囁く。

耳がくすぐったい。

「あなたの弟君ですよね？」

「はい。どうして見破られたかはわかりませんが、トールはこのまま引き下がらないと思います」

「そうですか……」

アーサーが思案顔をすると同時に、トールが駆け寄ってきた。

「姉さまにみだりに近付かないでください！」

トールにぎゅっと抱きしめられ、アーサーから離される。少し会わない間に、また背が伸びたようだ。

「姉さま、大丈夫ですか？　男の人とこんなに近付いて、気持ち悪くなっていませんか？」

心配してくれるのは嬉しいけど、どう答えればいいかわからない。ティアンネとして接するべきなんだろうけど、声を出したらすぐバレる。

アーサーが、ふうっと息を吐き出した。

「これ以上騒ぐと、君が大切にしている人に迷惑をかけることになる。場所を変えよう」

この学校で唯一、絶対に安心できる、女子寮の部屋へ行くこととなった。

アーサーを先頭に、人気のない道を選んで女子寮の近くまで行く。途中から先に行っていたクリスが、侍従の服を持ってきてトールに渡した。

「ここで着替えてください。今なら人の気配はありません」

ここ、外ですけど!?

「わかりました。姉さまのためなら」

トールは近くの茂みへ行き、静かに着替えた。トールが侍従の服を着て戻ると、クリスが魔石を渡す。

「これに魔力を流してください。魔力登録をしていない者は、寮へ入れませんので」

そういえば、わたしも魔石に魔力を流したっけ。女子寮へ繋がっていた秘密通路は抜け道だから、そこだけは登録していない人も入れるんだと聞いた。

ロアさまとアーサーは、潜伏するならここが第一候補だったから、事前に登録しておいたんだとか。

「では、私は先に魔石を渡して登録してもらってきます」

「頼む」

クリスが行ってしばらくして、アーサーを先頭に女子寮へ戻った。階段をのぼり、部屋へ入って鍵を閉めると、ようやく呼吸ができた気がした。

部屋には全員いて、突然のトールに驚いている。アーサーが頭を下げた。

「独断で連れてきてしまい、申し訳ございません。レディーの弟君に気付かれました」

ロアさまが厳しい顔をする。

「どうして気付かれたかわからず、また、引かずにレディーが姉だと話すため、こちらへ連れてまいりました」

「どうして姉さまが違う人になって、学校にいるんですか？　姉さまを利用するのなら、僕は許しません！」

ロアさまとトールがにらみ合う。しばらくして、視線を先に外したのはロアさまだった。

「……どうして、その人を姉だと思った？」

「どうしてって……見ればわかるじゃないですか」

変身の魔道具が作動していて、今は別人に見えているはずなのに。

「姉さまは、僕の前で歩きました。それを見ればわかります。確かに前とは少し違いますけど、姉さまですから」

「ティアンネ様は、発言しておりません。私の背にティアンネ様を隠していましたが、小さな部屋から出るまでの間に気付かれました」

アーサーの言葉に、ロアさまはゆるく頭を振った。

「……君は、歩く姿だけで気付いたと？」

「もちろんです」

「ほかに気付く人は？」

「いないと思います」

「……わかった。他言無用だ。もしそうなれば、君の大好きな姉が危険な目に遭う」

「はい！」

元気に返事をするトールの隣で、必死に頭を下げる。

「皆様、申し訳ありません！　まさかトールがこんなことで気付くなんて……」

「この中の誰も想定していなかったことだ。予想外だが、下流貴族の味方が増えることは喜ばしい」

ロアさまはこう言ってくれているけれど、やっぱり申し訳ない。

「久々に会うのだろう？　しばし魔道具を外して語らうといい」

「……はい」

「みなの紹介と説明をする。全員、魔道具を外してくれ」

魔道具を外すと、トールが涙ぐんだ。

「姉さま……！　母さまが突然いなくなって、姉さまも帰ってこないと告げられ、父さまは違う部署に行って出世してしまって帰れなくなって、僕……！」

「トール……！　心配させてごめんね！」

ぎゅうっと抱きしめると、トールも抱きしめ返してくれた。わずかに震える手が、トールがどれだけ心細かったのか伝わってくる。

「まずはみな、ソファーにかけてくれ。話をしよう」

わたしに抱きついたまま説明を聞いたトールは、驚きながらもどこか納得したようだった。

「姉さまは素晴らしい人ですから、仲良くしてしまうのは当然です。それで巻き込まれてしまったのはそちらの責任ですが、姉さまは魅力があふれているので仕方ないかと」

「トールお願い、やめて」

「そうだな。アリスは素晴らしい人間だ」

「お待ちください、なぜ姉さまの名を呼んでいるんですか」

「ノルチェフ嬢と呼んでいたが、とっさにノルチェフの名を呼んでしまうことがあれば特定されてしまう。まだ名前ならば誤魔化せるので、名前で呼ばせてもらっている」

「仕方ありませんね。姉さま、気持ち悪くないですか？」

「大丈夫だからやめてトールお願い」

ここにいるのは、トールの暴走を許してくれている友人ではないのだ。

「アリス、構わない。最愛の姉が突然消えたあとの再会なのだから、興奮もするだろう」

「ロアさま……ありがとうございます。でも、きちんとしないと」

抱きつくトールを引きはがして向き合う。

「トール、この部屋にいるのは尊敬すべき人たちよ。足手まといのわたしを背負って、ここまで連れてきてくれたの。トールがわたしのことを心配してくれているのも、男性が苦手だから気遣ってくれているのもわかるわ。でも、不敬なことをしちゃだめ」

「……姉さま、男の人が苦手じゃなくなったんですか？」

「苦手よ。でも、この部屋にいる人は苦手じゃないの」

「もう、姉さまの一番は僕じゃなくなってしまったんですか……？」

うるうると上目遣いで見られる。

「トールが一番よ！　決まっているじゃない！」

「……わかりました。姉さまが脅されて嫌なことをさせられているんじゃないかって、不安だったんです。皆様、申し訳ございませんでした」

トールが深く頭を下げるのを、みんな笑って許してくれた。建国祭でトールの襲撃を受けて、なお許してくれるエドガルドの懐が深すぎる。

「僕、姉さまのために手伝います！　そうしたら姉さまはお家に帰ってきますよね。そうしたら、ずっと一緒にいましょうね！」

「トール、気になる子はいないの？」

「いません！」

「マリナに会いに行ったんじゃないの？」

「姉さまのために、化粧品と調味料の開発を手伝っていたんです。カレー粉も、あそこで作ったんですよ！」

「そうだったのね、ありがとう。トールのおかげでおいしいものが作れたわ」

「あとは、彼女が少し姉さまに似ているので手伝っていただけです。ほら、姉さまも思っていることがすぐ顔に出るでしょう？　それに、彼女も異性が苦手なんです。料理に関することをしているのも、家族が好きなところも姉さまみたいです！」

トールの世界は、わたしに似ている人であふれているのかもしれない。わたしがうじゃうじゃいるのを想像したらちょっと怖かったので、考えるのはやめておいた。

その日は、トールと久しぶりにたっぷりと話して、一緒にご飯を食べることにした。

「久しぶりに姉さまのご飯が食べたいんです……！」

うるうる見つめられて、張り切って作ってしまった。予定通りのフライドチキンと野菜たっぷり塩ラーメンだったけど、トールは喜んでくれた。

「少し離れていただけで、姉さまは素晴らしい料理を作ったんですね。すごいなぁ、さすが姉さまです！」

「ありがとう、トール。家で麺を作るのは難しいから、売っているか探してみようね」

パンが主食なので、麺や米はあまり見かけない。そして、パンよりちょっとお高いのだ。

「ラーメンを作る時、僕もお手伝いしますね。姉さまを守るのは僕ですから！」

可愛い！　けなげ！　そしてシスコンの気配！

「ありがとう、トール。仲のいい女の子はいないの？」

「いないです。……あ、マリナとはこれからもっと仲良くなって、一緒に姉さまを助けますね」

うーん、そういうことじゃない。でも、久しぶりに会って、ぴったり隙間なくくっつきながらご飯を食べるトールに言うのは、今じゃない気がする。

デザートまで食べたトールは、帰りたくないと可愛らしく言っていた。だけど、自分でも帰らなきゃいけないとわかっていたのだろう。

何度も何度もわたしを抱きしめてから、クリスに連れられて帰っていった。

トールは毎晩きちんと部屋に帰るいい子だったから、いきなり帰らなくなれば同室の子が不審に思ってしまう。トールは二人部屋なのだ。

そして同じ部屋にいるのは、昔からのトールの友人。トールが何かするのはわたし絡みだとよく知っているので、いつもと違う行動をすれば、わたし関連だと疑われてしまう。

たくさん喋って疲れてしまったので、みんなにもう一度トールのことを謝ってから、早々に寝てしまうことにした。トールについて一番知っているのはわたしなのに、シスコンの異常性については見誤っていた。

「まさか歩くだけで、あんなに確信を持ってわたしだと言うなんて……」

学校で、少しでも何か掴んで、ロアさま達にお返ししなくちゃ。ベッドに寝転んで、それからすぐに寝てしまった。

夜の証

不意にぱっちりと目が覚めた。周囲は暗く、夜の気配がする。どうして起きたかわからないままベッドの中で寝返りを打つが、寝られる気配はない。

「いつもより早く寝ちゃったからかな……」

起き上がって水を飲むと、余計に頭がさえてしまった。小腹も空いてきたので、キッチンに行くことにした。

デイドレスの中でも質素な、薔薇色の可愛いワンピースを身に着ける。髪は簡単にひとくくりにした。最近はクリスが編み込んだりハーフアップにして凝った髪型にしてくれるから、こういうのは久しぶりだ。

そうっとドアを開けてみると、真っ暗で誰もいなかった。いつもは誰かしらいるソファーが、ひっそりと暗闇に佇んでいる。

泥棒のようにこそこそとキッチンへ行くと、真っ暗な中で何かが動いた。まさか、刺客⁉

「ぎゃ……きゃあ……！」

ご令嬢らしく悲鳴を上げようとした口が押えられる。

「僕です。エドガルドです」

こわごわと顔を上げると、確かにエドガルドがいた。そっと手を離される。

「怖がらせてしまって、申し訳ありません」

ばくばくとうるさい心臓を押さえながら頷く。

「いえ……」

「本当に、申し訳ありません……。刺客かと思って手を伸ばしたところで、アリス嬢だと気付いたのです」

しゅんとするエドガルドは、犬だったら耳が垂れているに違いない。

「わたしこそ、普通に来ればよかったです。ちょっと小腹が空いてしまってキッチンへ来たんですが、クリスに見つかったら怒られると思って」

連日フライドチキンの試食をするのは太ると思って、夜ご飯を減らしたのがまずかった。

「僕もです」

エドガルドが、ふわりと微笑んだ。

「お腹が空いてしまって、夜食を食べていたんです」

エドガルドの手には、今日作ったジンジャークッキーがあった。

「焼き立てもおいしいですが、冷めてもおいしいですね」

「よかったです。エドガルド様のために作ったものなので、たくさん食べてくださいね」

甘いものをそんなに食べないロアさまやロルフには、ジンジャーやスパイスをたくさん入れた、甘さ控えめのものを作った。

エドガルド用のものは、蜂蜜をたっぷり入れて甘くした。わたしやクリスもつまむので、数日は持つようにたくさん作ったのだけど、思ったより早くなくなりそうだ。

レネとアーサーはお菓子よりがっつり食べたい派なので、ここへ帰ってきたときにすぐに食べられるよう、具がたっぷりのおにぎりやピザを作って冷凍してある。

「ホットミルクでも作りましょうか」

下ごしらえくんに頼んで、ホットミルクを二人分作ってもらう。キッチンに椅子はないので、二人で立ったまま壁にもたれて、あたたかいミルクと、スパイスのきいたクッキーを楽しむ。

「なんだか、あの日みたいですね。僕が夜食のサンドイッチを取りに行って、アリス嬢に見つかった、あの日」

見つからないように、近い位置でひそひそと話す。悪いことをしているみたいで、ちょっとわくわくする。

「ふふっ、確かに。噛んでしまった手は、傷が残ったりしませんでしたか？」

「ええ。残ってもよかったんですが」

「そんな傷が残ったら、エドガルド様の奥さんに恨まれるじゃないですか」

刃傷沙汰やドロドロの昼ドラは勘弁してほしい。エドガルドが、静かにカップを置いた。

「アリス嬢。あなたがそんな感情で僕を見ていないことは、さすがにわかっています」

……顔、が。

エドガルドの顔が、なんだか、いつもと違う。熱っぽい視線を向けられて、どうすればいいかわからずにうろたえる。

「どうか、僕を異性として意識してくださいませんか。異性に傷つけられたアリス嬢に、酷なお願いをしているのはわかっています。アリス嬢の心の傷が癒えるのを待つべきでしょう」

「……待って、待ってください」

これ以上聞いてしまったら、勘違いでしたとか、気付きませんでしたじゃ誤魔化せなくなる。

「あなたは僕をエドガルド・バルカではなく、エドガルドとして見てくれた。それがどれだけ嬉しかったか……。僕はアリス嬢よりも年下です。でも、たった一歳の違いだ。そのたった一年で、あなたは僕を庇護すべき対象とし、弟のようだと思ってしまう。そのおかげで、緊張せずに話してくれるのは嬉しい。でも僕は……」

エドガルドの大きな手がそっと伸びてきて、頬が包み込まれた。

「……建国祭であなたをエスコートできなかった時も、ドレスを贈れなかった時も……学校へ、逃げてきた時も。僕はいつも見ていることしかできなかった」

体も頭も、凍りついたように動かない。

「……好きです、アリス。どうか、あなたの心を、僕に向けてください」

宝物のように手を取られ、エドガルドが唇をよせてくる。残ったのは、やけに熱い手の甲の、忘れられない夜の証だった。

まばたきも、呼吸もできない。エドガルドの目も、声も、かすかに震える手も、すべて熱を持っている。

後で、この感情は思い込みや勘違いだったと、エドガルドが後悔する日が来るかもしれない。それを指摘するべきだろうか。

……でも、今のエドガルドの本気を、邪険にすることはできなかった。

「……突然、申し訳ありません。ですがこのままだと、いつまでもアリス嬢の弟のままだ」

頬を包んだままだった指が動き、頬をゆるくなでられる。愛しさをもって素肌にふれられるのには慣れていない。

「そんな顔もできたんですね」

エドガルドが嬉しそうに目を細める。

自分がどんな顔をしているか、考える余裕もない。わかっているのは、顔が真っ赤なことと、血液が体中をすごい勢いで駆け回っていることだけだ。

「……きちんとエドガルド様を見てくれる女性は、これからたくさん現れます」

「今のところアリス嬢しかいませんが」

「それは、たまたまです」

「偶然だろうと何だろうと、最初はあなたです」

「自分で言うのも複雑ですが、わたしの顔は平凡で、スタイルだってよくありません。実家のノルチェフ家は貧乏です。子爵だから身分差もあります」

「それらは諦める理由になりません」

「そ、そうですか……」

わたしが勝手にエドガルドの気持ちを決めつけていいのかという気持ちが湧き上がってくる。

……そんなの、よくないに決まってる。エドガルドにとても失礼だ。

これは……わたしに恋愛感情を持つ人がいる事実を、信じられないだけ。好きだと言われても、それを無条件に受け入れられない。

エドガルドはバルカ侯爵家の跡取りで、十七歳と若くて、性格もいい。そんな人が、どうして平凡なわたしを好きになるんだろう。

「突然で、信じられなくて……でも、わたしは」

「待って」

親指で唇をふさがれた。わずかに、優しくふれているだけの指の感触で、言葉が紡げなくなる。

初心《うぶ》で可愛いと思っていたエドガルドは、意外と肉食だった。

「まだ……悪あがきさせてください」

端正な顔が、どこか悲しそうに微笑む。

「アリス嬢にとって、僕が恋愛対象になるまで頑張ります。そのあとは、選んでもらえるよう、さらに努力します」

親指が離れていって、エドガルドとの距離が遠ざかった。

ゆだるような熱量が離れて、ようやく呼吸ができた気がする。赤い顔を隠しながら後ずさろうとしたけど、後ろは壁だった。三メートルくらいエドガルドと離れて、落ち着く時間がほしい。

「あ、あの……その」

赤くなってどもってばかりで、うまく話せない。

「今日はアリスの様々な顔が見れて、とても嬉しいです」

「か、からかわないでください」

「からかっていません。本心ですよ。信じられないなら、いくらでも言いましょう。アリスが好きです。僕の最愛の人」

「もう信じました！」

今度はからかった証拠に、エドガルドが喉の奥で笑っている。

「本音ですよ。アリスが可愛いので、つい微笑んでしまうんです」

「……やけになっていませんか？」

「いいえ。ただ、遠回しな態度や言葉では、僕の気持ちは伝わらないと、腹をくくっただけです。曖昧なままのほうが平穏だったのでしょうが……戦う前に棄権することだけはできなかった」

「はぁ」

気が抜けた返事をしたのに、エドガルドは咎《とが》めなかった。

「また、アリスと呼んでいいですか？」

「……はい」

もう呼んでるじゃん、とは言わなかった。わたしだって空気くらい読める。

「返事は、僕があがいた後にください。ふたりきりではない時は、今まで通りの関係でいましょう。僕がどんなにアリスを好きでも、ここを出て反王派を一掃することを第一にしなくては」

ためらってから頷く。

「最後に教えてほしいんです。……僕に愛を乞われて、嫌ではなかったですか？　嬉しかったですか？」

即答できなかった。

エドガルドを変に期待させないよう、言葉を選んで舌にのせる。

「……嫌では、ないです。衝撃がすごくて、驚いています」

「アリスの熟れた頰を見られたのだから、悲観しないでおきます」

「それは……だって、こんなふうにされたら」

「では、学園に通っている令息に同じことをされても、同じ反応をするんですか？」

「うえっ」

思わず素直な反応をしてしまい、エドガルドが声を出して笑った。

「だから、僕は希望を捨てられないんですよ」

「見ず知らずの人とエドガルド様を一緒にできませんよ」

「そうですね。騎士団で僕の秘密が知られたあの時までは、この学校に通っている令息と同じく、アリスと一緒の空間にいるだけでした。それから、これだけ変わりました。だから……」

エドガルドは言葉を切って、微笑んだ。

「もう寝ましょう。明日に響きます」

「あ……はい」

部屋まで送るという申し出を断って、足早に私室へ飛び込む。閉めたドアにもたれて、うるさい心臓を押さえた。

……もしわたしに気になる人がいるのなら、それはエドガルドではない。

それなのに、どうしてエドガルドにこんなにドキドキするんだろう。エドガルドのことはずっと弟のように思っていたのに。

浮気はしたくない。でも、これは浮気ですらない。

「……わたしは、ずっと同じ人を好きでいたいのかな」

好きな人に恋人がいても、その人がわたし以外の人と結婚してしまっても、死ぬまで一途に思い続けることは、おそらくできないのに。

ただわたしは……恋愛はもうしないと思っていた心に、わずかに芽生えたかもしれない感情を大切にしたいだけだ。この感情が、受け入れられずに枯れるだけだとしても。

「……今夜は寝れないだろうな……」

繊細な乙女を気取っていたのに、ベッドに寝転がって、エドガルドのことを考えているうちに眠っていたらしい。

翌日のわたしは、やや不調だった。寝不足の目に、朝日が眩しい。

寝不足と考えすぎで、頭にもやがかかったような感覚だ。体調不良は隠していたつもりだったけれど、起きてすぐロアさまに気付かれてしまった。

「疲れが出たのだろう。ここに来て、アリスは毎日ずっと精力的に動いてくれた。アリスの体のためにも、休んでほしい」

実際は告白に驚いて寝不足なだけだから、ずる休みのようで気が引ける。

「休める時に休んでいてほしい。また急に移動することもあるかもしれない。アリスのために、ひとりは残しておく」

ロアさまにそう言われると、頷くしかない。

「では、放課後にマリナの研究室に寄ってくださいませんか？　体調不良のことは隠して、トールへ手紙を書きます。授業の後に来たけれど、トールがいなかったからまた来ると。そうしないと、昨日再会したばかりのトールは、何とかしてわたしに会おうとすると思います」

あのトールが、わたしに会わずにおとなしくしているとは思えない。体調不良を知られたらと考えるだけで恐ろしい。

「アリスの言うとおりです。おそらく、何らかの方法で俺たちに接触し、また部屋に来たいと言うでしょう」

ロルフの言葉は的確だった。トールは、わたしのことになると、ちょっぴり暴走しがちだ。

ロアさまが頷くと、すかさずクリスが動いた。

「便箋を持ってまいります。私が届けましょう」

「では、最初はエドガルドが残っていてくれ」

心臓がどくりと音をたてる。

ロアさまの決定でみんなが動き出して、朝特有の慌ただしさが部屋に満ちた。こんな中で、私的な理由で嫌だなんて言えるはずもない。

しばらくしてエドガルド以外が出て行ってしまうと、沈黙が場を支配した。

「部屋で手紙を書きますか？」

「え？　……はい。そうします」

エドガルドから逃げているわけではない。手紙を書いているところを見られるのは、なんとなく恥ずかしい。

自室へ戻って、誰に読まれてもいいように、言葉を選んで手紙を書いた。要約すると、今日は会えなかったけどまたすぐに来るので、それまで勉学に励んでいるように、だ。

インクを乾かした手紙を手に、部屋を出る。

「エドガルド様、手紙を見ていただけませんか？　誰が読んでも不自然ではないようにしたつもりですが、確認してほしいんです」

「わかりました。お貸しください」

エドガルドのやや切れ長な目が、真剣に文字を追っている。

「全体的に、親しい相手に向けての手紙です。ティアンネが出したということにするのなら、もう少し事務的にするべきかと」

「どう変えるべきでしょうか？」

「そうですね……挨拶や勉学に励めという部分は削除して、次に用事があれば呼び出すと書くのはどうでしょう？　彼も事情を知っている身ですから、会える時には呼ばれると気付くのではないでしょうか。もちろん、呼び出さずに会いに行くことも可能だと思いますよ」

「ありがとうございます！　エドガルド様に聞きながら書いたほうがよさそうですね」

部屋からインクとペンを持ってきて、エドガルドに相談しながら書いていく。少し距離が近いけど、エドガルドがいつもの空気を保っていてくれるから、わたしも何でもないように振舞える。

手紙を書き終え、部屋に置いて戻ると、エドガルドが紅茶の瓶を持ってきていた。

「少し休憩しましょう。パイはいかがです？　フロランタンもありますよ」

エドガルドと並んでソファーに座ると、さっきまでどこかで静かにしていた緊張が、また忍び寄ってきた。横でエドガルドが項垂れる。

「……申し訳ありません。アリスを困らせるつもりではなかったんです。まさか体調不良になるほど嫌だったなんて……」

「違います！　寝不足になってしまっただけです。……告白は、初めてだったものですから」

今世では、という言葉が入るけど。真摯な告白をされたのは初めてだったから、あながち間違いでもない。

「初めてですか？」

エドガルドの頬が薔薇色に色づいて、わたしには出せない色気のようなものが漂う。

「はい。だから……いろいろ、考え込んでしまったんです」

「嫌がられていないだけで、僕は嬉しいです」

アリス、と名前を呼ぶ声がする。砂糖をたっぷり入れて煮詰めたような、甘ったるい声。

「あなたの髪にふれる許可をください」

「あ、頭をさわられるのは、ちょっと……」

「では、毛先だけでも」

こんなふうに懇願されるのには慣れていない。

「ご、ゴミがついていますか」

低く笑う声がした。

エドガルドは、ポケットから綺麗に刺繍されたハンカチを取り出した。侍従として使うために持っているものなので華やかだ。

壊れ物を扱うように丁寧に、髪をすくい取られる。エドガルドは髪を包んだハンカチに、うやうやしく口づけた。

「これで少しでも僕の愛が伝わればいいんですが」

ハンカチはたたまれ、愛を与えられた髪も、何もなかったように元の位置へ戻る。

「少し休みましょう。寝不足にしては顔色が悪いです」

食器を片付けるためにキッチンへ行ってしまったエドガルドを見送る。顔が赤い自覚はあるけど、これはエドガルドのせいだと思う。

「……エドガルド様の悪あがきって、こういうのが続くの……？」

心臓も体も、とても持ちそうにない。

気だるい眠りから起きると、もう夕方だった。手紙を書いてからすぐに休んだので、それなりに寝てしまったようだ。

頭と体がぼうっとする。本当に疲れがたまっていたのかもしれない。枕元に置いてあった水差しで水分補給をして、ベルを鳴らす。すぐにドアがノックされた。

「アリス、起きたのか？」

ロルフの声だった。返事をしようとして、喉がかすれて咳が出る。

「アリス⁉　悪いが入るよ」

大股で入ってきたロルフは、控えめにわたしの背をさすり、お茶を差し出してくれた。

「す、すみません……大したことはないんです。クリスは？」

「今いるのは俺だけだ。体調はどうだ？」

「寝不足なだけですから、かなりよくなりました。起きたことを知らせようと思っただけなので、ロルフ様はどうぞ自分のことをしてください」

「俺の今の仕事は、アリスの護衛だ。何か持ってこようか？」

ぐう、とお腹が鳴る。ワンピースのまま寝てしまったので、しわくちゃな服を晒すのは勇気がいるけど、空腹には勝てない。

「キッチンに行きたいです」

「俺が作って来るよ。これでもそれなりに作れるんだ。アリスは知ってるだろ？」

「そうでしたね。では、調理器くんで雑炊を作ってきてくれませんか？　ボタンを押すだけなので、すぐにできると思います」

「わかった。ちょっと待っていてくれ」

ご飯を作りに行ったと思っていたのに、ロルフはすぐに帰ってきた。

「お湯とタオルだ。いらないなら、そこらへんに置いておけば後で片付ける。雑炊ができたらノックするから、ゆっくりしていてくれ」

「ありがとうございます」

ロルフの気遣いは、相変わらず細やかだ。

念のためドアにカギをかけてから、ワンピースを脱いで汗ばんだ体をぬぐっていく。服を着替えると、かなりさっぱりした。ゆるく髪を結んで、タオルとお湯を片付けると、ちょうどドアがノックされた。

「お待たせ、アリス。さ、ベッドに座って」

枕がどけられて、大きなクッションが何個も置かれる。それを背もたれにしてベッドに座ると、ベッドテーブルがセットされた。

「熱いからゆっくり食べてくれ」

お皿に乗った雑炊が、おいしそうな湯気をたてている。ロルフはスプーンを取り、少しだけ雑炊をのせると、笑顔でそれを差し出してきた。

「自分で食べられます」

「体調不良だからって理由で納得できないなら、お嬢様の特訓ってことにしてくれ。アリスは気付いていないかもしれないが、いつもより動きが鈍いし、重心がずれている。今日は休んだほうがいい」

真剣な顔で諭されると、こちらが駄々をこねている気持ちになる。

「あんまり遅いと、雑炊をふうふうするぞ」

「食べます」

口を開けると、少し冷めた雑炊が口に入った。まだ熱いけど、雑炊はそれがおいしい。刻んだ野菜と出汁が、柔らかいお米と混ざって、胃に落ちていく。ふうふうと冷ましながら雑炊を食べていると、鳥のヒナになったような気分だ。

食べながら、ロルフの様子を窺う。さっきエドガルドに、わたしに告白したことをロルフに話したと告げられた。それが筋だから、と。

何がどうなって筋を通す話になったのかさっぱりわからないけれど、このことをロルフが知っているのは確かだ。

「ロルフ様。エドガルド様のことなんですが……」

「ああ、想いを告げたことか？　エドガルドから聞いたよ。あいつは律儀だから」

ふっと笑い、ロルフはスプーンを置いた。

「エドガルド様の気持ちをないがしろにするわけじゃありませんが、第四騎士団にはわたししか女性がいなかったでしょう？　だから乱心した可能性が捨てきれなくて」

「エドガルドには、綺麗な女性と接する機会がたくさんあった。それでもなお、アリスに恋したのさ」

「そ、そうですか……」

乱心の可能性がさらに低くなってしまった。

「アリスには悪いが、もうしばらくエドガルドへの返答を待ってほしい。誰だって、レディーの心を射止める機会は欲しいものだろ？」

「わたしが綺麗で身分が高かったら素直に受け止めますが、わたしですよ？　平凡で、特に変わったところもない、ただの子爵家の娘です」

「アリスはじゅうぶん変わっていると思うが、まあ、そういうことにしておこう」

おかしそうに笑うロルフをじっとりと見るが、笑いがおさまる気配はない。

「エドガルドがアリスに惚れたのもわかるよ。俺も好きだから」

あまりにさらっと普通の顔で言われたので、反応が遅れてしまった。

「……ありがとうございます。わたしもロルフ様を好ましく思っていますよ」

「おっ、じゃあ恋人になれるのか？」

「そういう意味で言ったわけじゃないでしょう？」

「そういう意味だ」

あくまで普通の顔で、ロルフは続けた。

「俺はエドガルドほど立派な理由で惚れたんじゃない。アリスと過ごす日々の中で、ただアリスに惹かれていった。だからアリスは、返事をしなくていい。俺の一方的な想いだから」

「……ええと……冗談ではなく？」

「冗談じゃない。ただ、アリスの心の片隅に俺を置いてくれれば、これ以上の幸せはないけどな」

……頭の内側が、激しく渦巻いているようだ。

突然のモテ期。なんだこれは。みんな頭がどうかしてしまった可能性がある。

「お、落ち着いて、よく考えてください。どうしてわたしなんですか？　ロルフ様のまわりには、美男美女がいるのに！」

「理由がわかれば、よかったのかもな」

自嘲気味に片頬を上げ、ロルフはお皿を持った。

「エドガルドに続いて混乱させて、悪いとは思ってる。だけど、もう、今しかないのをわかってほしい」

「……どういう意味ですか？」

「学校での生活は、いつか終わる。ダイソンも捕らえられているはずだ。アリスは勲章をもらう可能性が高いし、もらわなくても脚光を浴びる。王族の覚えめでたい、婚約者もいない未婚の令嬢はどうなると思う？　断り切れない縁談がくる。絶対にだ」

「そ、そんな……」

「そんな時、アリスのことを知っていて、守れるのはここにいる人間だ。結婚したくないアリスに無理強いはしたくないが、エドガルドも俺も、そういう思惑からアリスを守りたい。告白したのは、そうなった時に思い出してほしいという意味もある」

寂しそうに目を細めたのに、ロルフの笑顔は、不自然なほどにいつものままだった。

「ご大層なことを言ったが、まあ、一番の理由は簡単なことだ。自分の想いを伝えて、同じように想いを返してほしい。それだけだ」

「……いきなりで混乱しています」

「ははっ、だろうな！」

ロルフの笑顔が痛い。どうしてそんなに傷を抱えた痛々しい目で、笑顔を作れるんだろう。

「お願いだ、アリス、同情で返事をしないでくれ。それはお互いに不幸になる。俺たちは気持ちを伝えた。断られる覚悟もしている。アリスは、自分の気持ちのままに進んでくれ」

お皿を持って静かに出ていったロルフにかける言葉は、どんなに考えても見つからなかった。

そしてその晩、熱を出して寝込んだ。

言えないや

熱が高いようで、唇がかさついている。発汗していないから、まだ熱が上がるかもしれない。

ロアさまが部屋に入ってきて、クリスが布団をかけなおしてくれた。

「レディーの部屋に入ってすまない」

「いえ……お見苦しいものを見せて、申し訳ありません」

「見苦しくなんかない。アリスが熱で苦しむくらいなら、私が代わりたいくらいだ」

「ふふ……そうしたら、みんな大慌てでしょうね」

ロアさまが体調を崩したら、大騒ぎになりそうだ。

「女子寮の侍医を呼びたいが、直接ふれられると、変身の魔道具を使っていることが露見しやすい。呼ぶのはもう少し様子を見てからにしようと思う。熱が出ているのに、すまない……」

「これくらいの熱が出たことは何度もあるので、大丈夫ですよ。抱えられてここへ来たわたしが一番に熱を出してしまって、情けないです」

「女性の体力が少ないことを、もっと頭に入れておくべきだった。ここに着いてから、休みなく働かせてしまった……」

ゆるくまとめている髪は乱れているだろうし、顔は見られたものじゃないから、そんなふうに見つめないでほしい。なにより、近付くとうつるかもしれない。

クリスを見ると、軽く頷いてくれた。

「それ以上近付くとうつる恐れがあります。どうぞ、御身を一番にお考えください」

「……そうだな」

ぐっと唇を噛んだロアさまは、数歩下がった。すっかり凛々しくなってしまったロアさまは、そんな表情もよく似合う。

「なにか、欲しいものはないか？　ここへ部外者を入れるわけにはいかないから、侍女は無理だが……」

「……アイスが食べたいです。とびきりおいしいバニラアイス。あとスイカ」

目を見開いたロアさまは、どこか安心したため息をついた。

「食欲があるのなら大丈夫だな。一番に食べ物をあげるのがアリスらしい」

「……もしかして、食いしん坊キャラだと思ってます？」

「アリスのままで嬉しいという意味だ」

「わたしだって、そんなにご飯のことばっかり考えているわけじゃないですよ。きちんと他のことも考えています」

そのせいで熱が出てしまったかもしれないけど。

ぼうっと頭が回らないまま、子供のように拗ねた声を出してしまったのに、ロアさまは咎めなかった。

「……本当にロアさまは格好よくなってしまいましたね……」

「よほど残念なんだな」

ロアさまは、歯を見せて笑った。歯の白さだけは、出会った頃と変わらない。

「ゆっくり休むといい。誰かひとりは残すから、何かあればベルを鳴らしてくれ。大丈夫だなどと思わず、何かするときは必ず呼ぶように」

幼子に言い聞かせるような声に頷いた。

「お嬢様のお着替えや湯あみだけは手伝えません。一番人手がいる時だというのに、申し訳ございません」

「クリスは男でしたね。ひとりで出来る程度の熱ですから、お気遣いなく」

「お心遣い、痛み入ります。さっそくアイスと薬を持ってまいります」

二人が去ってしまった部屋は、一気に寒々しくなってしまった。家族がいない時に熱が出るのは初めてで、どうしても心細くなってしまう。

……熱は嫌だ。思い出したくないことが悪夢となって襲いかかってくる。

「お待たせいたしました。アイスクリームとお薬です。着替えはなさいますか？」

「ありがとうございます。着替えるのは、起きてからにします」

クリスが持ってきてくれたアイスを食べてから薬を飲んで横になると、すぐに眠ってしまった。

次に目を覚ますと、夜明け前だった。カーテンの下からうっすらと、朝特有の白い光が漏れ出ている。薬がよく効いたようで、熱はやや下がっていた。たぶん微熱がある程度だろう。

用意してあったお湯とタオルで体をふいて、服を着替える。顔を洗ってさっぱりしてからベルを鳴らした。

こんな時間に誰かがいるとは思わなかったけど、すぐにノックされた。

「アリス、ボクだよ。起きたの？　入っていい？」

「どうぞ、レネ様」

心配そうな顔をしたレネは、わたしの顔を見て、少し安心したようだった。

「窓を開けたいんですけど、開けてもいいですか？」

「防犯のために開けないほうがいいよ。常に換気されているから、そこらへんは心配しないで。アリス、具合はどう？　熱は？」

「微熱になって、だいぶよくなりました。薬を飲んだほうがいいかわからなかったので呼んでしまいました。朝早くからすみません」

「アリスは病人なんだから、そういうのは気にしないで甘えるのが仕事なの！　薬は飲んでいい時間だから、持ってくるね。何が食べたい？　アイス？」

甘えていいと言われて、少しだけわがままを言ってみることにした。

「……バニラと、チョコと、ストロベリーのアイスが食べたいです……」

「オッケー、任せておいて。固形物はまだ難しい？」

「今はあんまり……あ、スイカを食べ損ねたのでスイカが食べたいです」

「ああ、クリスが買ってきてたよ。じゃあまず、スイカから食べよっか」

レネが持ってきてくれたスイカは、一口サイズに切ってあった。スイカを頬張ると、瑞々しさと爽やかな甘さが口いっぱいに広がる。

「アリスが言ってた下ごしらえくんに任せたんだけど、あれすごいね。スイカもすぐに切ってくれたよ」

「下ごしらえくんはすごいんです！」

「しかも、種まで取ってくれたんだよ！　すごいよね！　姉さんに贈ろうかなぁ」

「喜ぶと思います！」

下ごしらえくんが褒められて嬉しい。一緒にスイカをつまみながら、レネは優しく微笑んだ。

「よかった、元気になったね」

「ご迷惑をおかけしてすみません」

「いいって。鍛えてるボクたちとアリスの体力を同じように考えたのが悪かったんだから。前提からして違うんだから、こっちのミス！　アリスは毎日頑張ってるよ。みんなそう思ってるから、覚えておいて」

「……はい」

レネはいつも、わたしが喜ぶ力強い言葉をくれる。

「アリスは怒れないだろうから、ボクがエドガルドをしっかり叱っておいたからね！」

エドガルドの名前が出てきて、どきりとする。レネがどこまで知っているのか、わたしは知らない。

「エドガルドは律儀っていうか融通が利かないっていうか……まあ、色々あって、アリスに告白したのは聞いてる」

「……わたし、一生熱が出ます。絶対に」

「勝手に聞いて悪かったと思ってる。抜け駆けみたいだから、言わずにはいられなかったんだろうね。エドガルドは、隠し事や駆け引きができる性格じゃない。アリスのことをないがしろにしたわけじゃないよ」

レネは慰めるように続けた。

「アリスに聞かずに言ったのは駄目だけど、エドガルドも恋に振り回されてるんだと思うよ。自分の気持ちでいっぱいになっちゃって、アリスのことを深く考えられないんだよ」

「……なんだか、エドガルド様より年上みたいですね」

「弱ってるアリスにボクから言えるのは、たったひとつ」

レネは真剣な顔をして、強いまなざしでわたしを見つめた。レネは、いつだって真っ直ぐだ。

「いざとなったら、ボクの領地においで。田舎だけど、その分のびのびしてる。アリスが店を出したって、誰もなんにも言わないよ。姉さんもアリスを気に入ってるから、きっと手助けしてくれる」

「……はい」

「本当に、いざとなったらだけど。ひとつの選択肢として覚えておいて。ボクは……今のアリスには、何も言えそうにないや」

儚げに微笑むのは、レネらしくなかった。

「アイスを食べたら薬の時間だよ。眠れそう？」

「いえ……あっ、こんなに近付いたらうつるかもしれないので、離れていてください。ひとりで本でも読んでいます」

「じゃあ、レシピ本を適当に持ってくるね。何かあったら、すぐにベルを鳴らすこと！」

「はい」

わたしよりふたつ年下なのに、とても頼もしいレネを見送る。

静寂が押し寄せてから、アイスを一口食べた。熱が出るのはつらいけど、こんな時に食べるアイスは格段においしい。

眠たいときに寝て、栄養のあるご飯と薬を規則正しくとると、わずか二日で回復した。

疲れから出た熱だろうからまだ休むように言われているけど、正直退屈だ。寝たきりになると体力の落ち具合がすごいから、こっそり部屋を歩き回ってストレッチしたり、なんちゃってヨガをしている。

病人は部屋から出ないようにとのお達しなので、今日もクリスがご飯を持ってきてくれた。

「本日の朝食は、焼き立てハーブバタークロワッサンとショコラでございます。クロワッサン生地にハーブバターを包んで焼き上げました」

「おいしそうですね！　ハーブバターって、もしかして」

「トール様からいただきました。本日こちらに来られると、言付けを預かっております」

「ですよね……むしろ今までよく気付かれなかったくらいです」

「いえ、お気付きの様子でした。私たちが研究室に行かないと会えないので、血眼になってお探しになったようです」

「ご迷惑をおかけしました……」

「ロア様は感心しておられました。少ない情報で仮説を組み立て、実行し、それらを不審に思われないようにする手腕、お見事でございました。おそらくお嬢様を相手にしか発揮されない才能なのが惜しいですね」

「そうですね……」

あいまいな相槌しかうてない。軽い運動や読書をしながらトールを待っていると、夕方にドアがノックされた。

「姉さま、僕です。トールです。入っていいですか？」

「トール！　もう来たの？」

ベッドからおりる前に、トールが入ってきた。後ろにはロルフがいて、ちょっと体が強張ってしまう。

あれ以来まともに会話していない。トールを連れてきてくれたお礼を言おうとしたのに、トールはさっさとドアを閉めてしまった。

「やっぱり、姉さまは熱を出していると思いました。初めて働いたのに、騎士団でのお休みは週に一度で、そのお休みの日も色々していたんですよね？　そのままこんなことに巻き込まれて、体調を崩すのは当然です」

トールの顔が心配で歪んでいる。子供のように髪をなでられるのが心地よくて、思わず微笑んだ。

「熱を出したのにひとりでは寂しかったでしょう？　今日は僕がたくさん側にいてあげますからね！　明日は学校がお休みなので、外泊届を出してきました！」

やけに大きな荷物を持っていると思ったら、そういうことか。

「学校の出入りは記録されているでしょう？　外泊届を出して、学校から出ないんじゃ、疑われるんじゃないの？」

　小首をかしげたトールは、あざと可愛かった。

「姉さまったら、権力は何のためにあると思っているんですか？」

「……ロアさまは知っているの？」

「手を貸してくれました」

「そう……」

　なら、わたしが言えることはない。この計画を知る前なら止めただろうけど、トールはもう来てしまっている。わたしの部屋にお泊りだと浮かれているトールに、帰れなんて言えなかった。むしろ、帰ったら不審に思われる。

　トールはベッドの横に椅子を引っ張ってきて、上機嫌で座った。

「ハーブバター、おいしかったですか？」

「とっても！　トールが作ってくれたの？」

「マリナと作りました。最近、マリナと色々作っているんです。もっとたくさん姉さまにあげたいですから」

「ふたりは仲がいいのね」

「最初のころのマリナは、緊張してすごく挙動不審でしたけど、最近は普通に話せるようになってきました。ふたりで姉さまにあげるものを作るのは楽しいです！　姉さまはティアンネという名で過ごしているでしょう？　マリナも僕も、ティアンネが学校で一番大好きなんです。マリナは、ティアンネを尊敬していますよ！」

仲がいい女の子ができて何よりだ。トールの話を笑顔で聞いていると、不意に真面目な顔をされた。

「それで姉さま、何人に告白されたんですか？」

「なっ、なにを言っているの？」

「姉さまは世界一素敵な女性です！　男だらけの騎士団でキッチンメイドをして、さらにこの男まみれの生活！　姉さまに惚れない男はいません」

「さすがに言いすぎよ」

「いいえ、言いすぎじゃありません！　誰が告白してきたかは言わなくてもいいです。見当はついているので。僕が聞きたいのは、姉さまの気持ちです」

「わたしの気持ち……？」

「姉さまには幸せになってほしい。女性の幸せは結婚だけじゃないって、姉さまは言っていたじゃないですか。家のためとか思わず、姉さまの心のままに考えてほしいんです」

ここ数日、自分の気持ちと向き合う時間はたっぷりあった。

「……恋愛対象として見ていなかったのに、告白されて嫌悪感がなかったから驚いているの。でも、わたしが好きになるとしたら……」

もう恋は芽生えているのかもしれないけど、それを認めるのは何となく怖い。恋愛そのものが苦手になっているのかもしれない。心当たりがありすぎる。

「……姉さまが、あんな恐ろしい目に遭ってしまって……男性が苦手になるのは当たり前です。ボクは今でも、姉さまが無事じゃなかったらと考えると恐ろしいし、それを夢に見ることもあります。でも僕は、姉さまが恋愛で幸せになるのなら、応援したいです」

「トールが応援するなんて……」

槍でも降るのでは？

「もちろん、僕の試練を受けてもらいます！」

「クリアできる人はいなさそうね」

その言葉で、なんとなく安心した。父さまも母さまもトールも、わたしの気持ちを大切にしてくれる。絶対的な味方がいることは、とても心強かった。

「姉さま、今日は一緒に寝ましょうね！」

トールと一緒に寝るのは随分と久しぶりだ。それに、この部屋に隔離しておいたほうが、ロアさまたちにとっては平穏だろうな。

トールが泊まった翌日もたっぷり話をして、わたしの元気は満タンになった。家族の様子を聞けたことも大きい。

「母さまの容体は安定して、調子がよくなったと聞きました。薬の開発も進んでいるそうです。僕はまだ会えていないんですが、毎日元気にすごしていると聞きました。父さまは忙しさと寂しさのあまり、家に帰らなくなりました」

母さまは王城、トールは寮、わたしは雲隠れ。誰もいない、暗い家にしょんぼり帰る父さまを想像すると、胸がぎゅっとなった。

「父さまは毎晩、母さまのところへ行ってますよ」

「じゃあ大丈夫ね」

ダイソンに目を付けられるか心配だけど、陛下が許可を出しているらしいから、大丈夫なんだろう。

「家に帰ると見せかけて、母さまの元へ行っているらしいです。父さまは影が薄いですから、誰にも気付かれていないんでしょう」

「さすが父さまだわ」

我が家の特技、特徴がないから目立たない！　が、こんなところで発揮される日がくるとは思わなかった。

「ということは……わたしが第四騎士団のキッチンメイドをしていたことは、バレていない……？　父さまが見張られていたら、母さまのところへ行っているのがすぐにわかるわ。敵が狙うとしたら、動けない母さまだもの」

敵がまだキッチンメイドの正体に気付いていないかもしれないとわかると、一気に気が抜けた。

ロアさまは大丈夫だと言ってくれたけど、やっぱり不安だった。わたしのせいで家族に何かあったら、悔やんでも悔やみきれない。

「ノルチェフ家に、誰かが匿名で支援をしてくださいました。母さまは治療を受けさせてもらっているどころか、治験と称して、報酬をもらっています」

どくりと、心臓が跳ねた。

「……ロアさま」

それを指示して、お金を出しているのは、きっとロアさまだ。なんの根拠もない、ただの勘。だけど、間違っていないと、不思議と確信をもって言えた。

「教えてくれてありがとう、トール」

トールは唇をとがらせて、拗ねた顔をした。

「……早く大きくなって、姉さまを守れるようになりたいです」

「トールには、もうじゅうぶん守ってもらっているわ」

納得のいかない顔をしているトールの鼻をつついて、お別れの準備をする。頻繁にここへ来るのはよくないので、トールはおそらくもう来れないだろうと言われている。

そんな危険があるのに、トールを連れてきてくれたのは、みんながわたしの体調不良を申し訳なく思っているからだ。そんなことは思わなくていいんだけど、みんなの心が軽くなるのならと、プレゼントを受け取った。

「次に姉さまと会えるのは学校ですね。マリナの研究室へ毎日行きますから、姉さまも来れる時に来てくださいね」

ハグをして、女子寮の廊下へと出ていったトールを見送ると、一気に寂しくなってしまった。さっきまでの楽しさが嘘のようだ。

閉まったドアを眺めていると、後ろから声をかけられた。

「アリス……本当に、申し訳ありません」

振り向くと、残っているのはエドガルドとロルフだけだった。このタイミングでこの人選、そして謝罪。

エドガルドとロルフの告白を、全員が知っていそうな状況に、ちょっとめまいがした。

「俺も、弱っているアリスに告白して体調を悪化させて……本当に悪いと思っている」

「今回の体調不良は、半分は知恵熱だったと思います」

ここでそんなことはないと言っても、ふたりは自分を責めるだろう。こんな時は、こっちから責めたほうが、ふたりの気が晴れる。

「おふたりの領地の特産品がほしい時は、遠慮なく値引きしてもらいますから」

「もちろんだ！　そうしてくれ」

「それでも足りないくらいです」

「さすがにこれ以上はもらいすぎですよ」

いつもの空気にほっとして、ソファーに座る。ロルフがお茶をいれてくれ、エドガルドがお菓子を出してくれた。ふたりとも、ここに来てから従者っぽくなったな。手を出す暇がなかった。

お茶を飲んで喉を潤してから、話を切り出す。

「それで、告白のことですが」

こういうのは、早めに言ってしまうに限る。

「冷静になって考えてみると、ふたりの気持ちをもてあそんでいるようで、不誠実だと思うんです」

「僕が不誠実であることを望んだのだから、アリスは気に病まないでください」

「いいえエドガルド様、それはいけません。わたしは、おふたりの気持ちに応えられないくせにドキドキしています。なんて極悪人！　滅すべき悪女！　おふたりの気持ちをもてあそんでいるのと同義。幻滅したでしょう？」

「まさか」

ロルフに、握りこぶしを包み込まれた。

「……アリスは、いつも、簡単に諦めさせてくれない」

演説していたような空気が霧散して、一気に甘やかな雰囲気になる。

「それでいいよ。振り向いてもらえるように頑張っている最中なんだから」

「ですから、わたしは」

「その先は、もう少し後にしてくれ。さすがに数日じゃ早すぎる」

「そうです。結果がどうであれ、せめて僕たちが本気だと伝える機会をいただけませんか？　ほんの少しでも」

「頼むよ、アリス」

懇願されて、喉がひりつく。

「俺たちは本気で気持ちを伝えるから、よく考えて返事をしてほしい。こんな数日で、不誠実だからという理由じゃなくて。俺たちの気持ちを知り、受け止め、その上で出した答えなら、俺たちは受け入れる。だから、真剣に考えてくれないか」

湧き上がる感情をぐっと飲み込み、ふたりの目を見る。告白されてから、たぶん初めて、真正面からふたりを見つめた。

……わたしは、きっと、怖いのだ。恋愛に向き合うことが怖い。恋愛という、不確かですぐ変わってしまうものが自分に向けられるのが恐ろしい。

だけど、それらと向き合わなければ、それこそ不誠実だ。

「……わかりました。きちんと考えます。だから、時間をください」

頭を下げると、エドガルドが手の甲にそっと手を置いてきた。手袋をした指先だけがふれている。

「こちらこそ、真剣に考えてくださって、ありがとうございます。まずはこの程度の触れ合いからしていきましょう。この間は先走って、男性を怖がるアリスの肌に無許可に触れてしまって、すみませんでした」

ゆるく首を振って答える。わたしへの好意が信じられないとか、ロアさまへの思いを盾にせず、きちんと考えよう。

そしてトールの試験を受けてもらおう。なにせわたしはクズと結婚した人間だ。人を見る目はないに等しいのである。

星空を君と

久しぶりに学校へ行くと、キャロラインにとても心配された。お茶会のあとから来なくなったから、何かあったのかと不安だったらしい。

「少し体調を崩して休んでいただけよ。キャロラインは関係なくってよ」

「それならいいんだけど……。またお茶会にご招待してもいいかしら？　あれから侍従がとても張り切って、毎日お菓子を作っているのよ」

「あら、嬉しいわ。とてもおいしかったもの。いただいたお菓子も、すぐに食べきってしまったの」

「伝えるわ。きっと喜ぶわよ。あれからずっとティアンネ様の話しかしないんだもの」

「わたくしは事実を伝えただけだわ。お菓子作りを許して推奨したキャロラインのほうが、よっぽど素敵じゃない」

「そうよねえ。それなのに、ティアンネ様ティアンネ様って、あれはもう」

キャロラインは、ちろりと視線を動かしてから、口をつぐんだ。

「よければ、またお菓子をお贈りしてもいい？」

「まあ、嬉しいわ！」

お菓子は本当においしくて、みんなですぐに食べきってしまった。

「じゃあ、今度差し上げるわ。これ以上食べたら、太ってしまうもの」

キャロラインとなごやかにおしゃべりしながら授業を受けて寮へ戻ると、みんなそれぞれ動き始めた。わたしだけあまり役に立てていないようで、申し訳ない。

せめて何かしようと、いろんなところにある自動掃除機のボタンを押して回っていると、ドアが開いてロアさまが出てきた。少し顔色が悪い。

「ロアさま、何かありましたか？　まさか、前陛下になにか……？」

さっきキャロラインに、前陛下の体調が悪そうだと聞いたのだ。定期的に流れる噂らしいけど、真偽はわからない。

「お茶でも淹れますね。座っていてください」

誰もいなくて静かな部屋で、ロアさまがソファーに座る静かな音がする。

お茶を淹れるとはいえ、調理器くんに任せるだけだ。ブラックコーヒーを手に戻ると、ロアさまはうなだれていた。

「……前陛下は、健やかでいらっしゃる。大丈夫だ」

「それならよかったです」

「相も変わらず、離宮へ閉じこもっておられるよ」

どこか責めるような声は、ロアさまらしくなくて違和感がある。

「アリスはあまり知らないのだったな」

「はい。前陛下は、非常に愛していた皇后が崩御されてから、離宮におられることくらいしか」

「そうだ、前陛下はずっとそこにいる。妻の遺品をひとつ残らずかき集めて離宮に持ち込み、ずっと出てこられない。その離宮は、罪を犯した王族を閉じ込めておくための場所だった。臣下が反対したにもかかわらず、前陛下はその離宮を熱望したらしい。行き来するための出入口を、陛下しか知らないからだ」

「なぜそこを望んだのでしょうか」

「憶測にすぎないが……ただ、誰も入れたくないのだと、思う。自分たちの愛の巣に、不必要なものを一切持ち込みたくなかったのだと」

ロアさまは、自嘲のような笑みを漏らした。

「前陛下は、遺品をすべて持ち込んだ。服飾はもちろん、ベッドや食器も、肖像画さえ。……子である陛下たちにかろうじて残されたのは、母からの手紙のみだったらしい」

「そんな……！」

「それすらも、存在を知られれば取り上げられただろう。機転を利かせた者たちのおかげで、それらは残された。陛下の命で新たな肖像画は描かれたが、堂々と飾ると前陛下が持っていってしまわれるので、目立たぬ場所に飾ってある」

語るロアさまがあまりに辛そうで、どう声をかけていいかわからない。

「……すまない。アリスには関係のないことを話してしまった」

「いえ。いいえ！」

ぎゅっとロアさまの手を握る。

「ロアさまは、いつだってわたしを励ましてくれました。話を聞いてくれました。わたしはたいして力になれないでしょうが、ロアさまが弱音を吐きたい時には聞きます。聞かれたくないけど誰かに話したいのならば、耳栓をして聞きます！」

ちょっと驚いた顔をしたロアさまは、気が抜けたように笑った。

「……耳栓か。その発想はなかった」

ロアさまの大きな手に重ねていた手が、優しく包まれた。

「……アリスに、聞いてほしいことがある。アリスにとっては、聞きたくない、不必要な話だろう。軽蔑するかもしれない。だが、私はアリスに言わなければならない」

重なっていた手が優しく振りほどかれ、ロアさまは真剣な顔をした。

「私には……婚約者がいた」

遠慮なく頭を殴られたような衝撃だった。目の前が、頼りなく揺れて歪む。耳から入る音が、ぐわんぐわんと反響して気持ち悪い。

「こ、婚約者、って……あの婚約者ですか……？」

「その婚約者だ。話せば長くなるが、最初から話さなければ伝わらないだろう」

いやだ、聞きたくない。ロアさまが誰かと愛をささやきあって微笑みあうなんて、そんなこと想像したくない。

「彼女は、病気を患っていた。私の婚約者にならねば薬を渡さないと脅され、おそらく家族の命も人質にとられていた。だが彼女は、それを知ってなお、婚約を辞退しようとしていたのだ。私はそれを知り、彼女と婚約関係になった」

「……すごく、凛とした人なんですね」

「ああ。人助けと思って了承したのだが、後で責められた。弱点を作ってどうするのかと」

……人助けなんて、ロアさまらしいな。

「彼女と婚約したが、あまり仲がいいとは言えなかった。彼女に恋愛感情をもてば……いや、同情でさえ利用される。彼女の言った通り、自分から弱点を作ってしまった。だが、死を選ぶとわかっている彼女を見殺しになどできなかった。お互い事務的に接するようにしていたが、私は、戦友のように思っていた」

穏やかな顔のロアさまに、少しほっとした。

学校に連れてきた騎士さまたちは、ロアさまの友達というより、配下に見える。ロアさまに友達がいてよかった。

「婚約者を変える動きもあったが、それは阻止した。そのうち、彼女と私の従者がお互いに想い合っていることに気が付いた。私のやるべきことがわかった瞬間だった」

組み合わせていた手に力を込め、ロアさまは力強く言いきった。

「ダイソンの罪を白日の下にさらした暁には、婚約を解消する。彼女と従者が結婚できるよう取り計らう。誰かの欲望のために、誰かが犠牲になるのは許されない。しょせん綺麗事だが、それでも……理想を口にしなければ、何を目指すというのだ」

下を向いていたロアさまは、不意に顔を上げ、わたしを見た。真剣な顔をしたロアさまは、少し怖い。鋭くて、逃げることのできないオーラのようなものを浴びせられた感覚だ。

「そして、そこには私の幸せなど入ってはいなかった。それを望んでいなかったからだ。私自身の幸福を含めると難易度が上がるのだが、諦めずに足掻くと決めた」

「それがいいと思います。誰かが犠牲になるのは嫌なんでしょう？」

頷いたロアさまは、顔を曇らせた。

「……先ほど、連絡が来た。私の婚約者は、行方不明になったことにしたと」

「えっ⁉　まっ、まさか亡くなって……⁉」

「いや、生きている。居場所も知っているが、表向きには行方不明となった。しばらくして婚約解消となるだろう。婚約者の家族も、ダイソンに捕まって操り人形になることを恐れ、逃げているそうだ。反王派の件が解決すれば、何とかすることはできる。できるが……長らく続いた家門を、一時とはいえ手放す選択をさせてしまった……」

　上流貴族のロアさまは、血筋の重みを知っているはずだ。

「私的な意見ですけど、その方たちは、最良の選択をしたと思っているのではないですか？」

「そう、だろうか……」

「私の家族ならば、誰かの命が脅かされている時に、命よりノルチェフ家を選ぶことはしません。貴族として失格かもしれませんが……。その婚約者の方の場合、家門を捨てなければ自分たちが死んで、血が途絶えることも有り得そうです。その方たちは、家門と家族を比べ、大事なほうを選んだだけではないでしょうか。子供を大切にしてきた家門ならば、ご先祖様も、文句は言わないと思いますよ」

　しばらく考えたロアさまは、薄い笑みのようなものを顔に貼り付けた。

「家族を何より大切にしている家だ。きっと、家門よりも家族の命を取ったのだろう。だが……やはり、その選択をさせてしまった罪は重い」

「なら、さっさとダイソンをとっつかまえないとですね！　そうすればその方たちは家に帰れて、命を狙われることもなくなって、家門を取り戻すことができます！　婚約者の方も、好きな人と結婚してハッピーエンドですよ！」

目を丸くしたロアさまと見つめ合う。しばらくして、ロアさまは、おかしそうに笑い始めた。

「……ふ……ふふ。ははは っ、そうだな。そうなれば一番いい！」

「そうなるように努力するんでしょう？　ロアさまは努力の君ですから」

「そうだな。努力しよう」

ロアさまの手が伸びてきた。見慣れた姿より一回り大きな体は、わたしよりも大きい。

恐怖や嫌悪感はなく、驚きと共に、ロアさまに抱きしめられた。わたしがいつでも抜け出せるようにゆとりをもって、丸みのない直線でできた体に抱擁されている。

……いい香りがする。わたしよりもいい香りがする。かたい胸板から、なぜいい香りが……？

「アリスと話すと、いつも前向きになれる。きっとアリスがいつも前を向いているからだ」

「あ、ありがとうございます……？」

「私も幸せになれるよう、努力していいんだろう？」

「いいと思います……？」

「ははっ、さっきからなぜ疑問形なんだ」

「な、なぜかいい香りがするので……」

「衣類の管理をしてくれているクリスのおかげだな」

「そうですか……」

かろうじて返事はしているものの、何も頭に入ってこない。

クリスが帰ってくるまでの結構な時間を、抱きしめられて過ごした。その後のことは記憶にない。

翌朝は、驚くほど寝起きがよかった。ぱっちりと目が覚めて、すんなり起き上がる。

キッチンメイドの頃からの習慣で、学校へ来てからも早朝に起きてしまう。顔を洗って身支度を整えて、以前より濃いめのお化粧をする。

髪はあとでクリスに整えてもらうので、一つにくくるだけの簡単なものだ。誰もいない部屋を通り抜けてキッチンへ行き、エプロンをする。

メインはハムステーキ。騎士さまたちは、朝からがっつりお肉を食べるのだ。いろんな味を楽しめるように、マスタードやマヨネーズ、ステーキソースなどを用意する。それから、しっかり火が通ったオムレツ。わたしのは半熟だ。

甘いかぼちゃのポタージュ。パプリカときゅうりのピクルス。豆と彩り野菜の、ちょっぴりスパイシーなサラダ。

「わたしからすれば豪華な朝ごはんだけど、貴族からすれば品数が少ないんだろうな」

タイマーで調理器くんに任せていた、どっしり重いパンとクロワッサンが焼きあがる。

それらを持ってキッチンから出ると、ちょうどロアさまが起きてきたところだった。朝からきりっとした顔をしているけど、ちょっぴり髪が跳ねている。

「おはよう、アリス」

「おっはよう、ございます……」

声がひっくり返って、うきうきで挨拶した人みたいになってしまった。ロアさまが、くすりと笑う。

「手伝おう」

「ありがとうございます。キッチンに朝ご飯があるので、持ってきてもらってもいいですか？」

作ったご飯を並べ、何種類ものジャムやバターを持ってくると、朝食の始まりだ。

ふたりでゆっくり話をしながら、朝食をとる。ロアさまの分はわたしの三倍くらいの量があるけど、食べるのがはやいので、カトラリーを置いたのは同じくらいだった。第四騎士団にいる頃は、細い体でよく食べると思っていたけれど、今は実際の体が大きいと知っているので納得だ。

ふたりで今日の予定を確認して、食後のお茶を飲んだ。

「ロアさま、今日は早起きですね」

「ああ。昨日はいいことがあったから、すぐ目覚めてしまった」

「んっぐふ」

紅茶が気管に入るところだった。

「正直に言うと、アリスには嫌がられると思っていた」

「……夢じゃなかったんですね……」

ロアさまに抱きしめられてからの記憶がすっぽり抜けて、気付けば朝になっていた。だから、半分くらい夢だと思っていた。

珍しく片肘をついたロアさまが、手に頬をのせて、小首をかしげる。

「私は、自分の幸せを模索していいんだろう？　そう言ってくれたのはアリスだ」

「そう言ってくれる人はたくさんいると思いますよ」

「いない」

言いきる言葉は力強く、悲愴感はなかった。

「この国のために、私は私を最大限使う。私についてきてくれる者たちも、それを望んでいる。それが私の人生だ」

「人生って……」

「兄上でさえ、いざとなれば私よりも国を選ぶ。兄上は誰よりも国に身をささげている立場だからだ」

……それって。ロアさまの兄って、もしかして。

「国益よりも私利私欲を優先することはない。だが……アリスは、私の幸福を考えてもいいと言ってくれた。第四騎士団にいる時と、昨日と、二度も」

見つめられて言葉につまる。私がすごくいい人のように言われているけど、そんなことはない。

「それは、わたしがロアさまの立場を知らないから言えただけです。ロアさまの幸せを願う人は、絶対にわたし以外にもいます。絶対ですよ！」

「そうか」

信じていないロアさまをじっとりと見る。

「ロアさまの幸せって、どういうものですか？」

「そうだな……よりよい治世が長く続くよう、微力ながら兄上を助けたい。そのためにダイソンの罪を暴き、王位簒奪など考える者がいないようにしなければならない。私は騎士を目指しているが……実は、羊飼いをしてみたいんだ」

ちょっと照れつつ、憧れを口にするロアさまが可愛い。

「いいですねえ。羊は牧羊犬に任せて、のんびり畑の手入れをしたり、毎日ピクニックしたり」

「それはいいな。春はピクニックをして、夏は水で遊び、秋は山に入り、冬は家にこもって羊毛を加工しながら、やりたいことをする。朝日で起きて、夜は星を見ながら温かいコーヒーを飲むんだ」

「息抜きがわからないと言っていたのに、随分と変わりましたね」

ロアさまは微笑んで、わたしを見つめるだけだった。その瞳が雄弁に語っていて、どうすればいいかわからない。そっと視線をそらす。

「……ノルチェフ家に、匿名で支援があったそうです。ロアさまですよね？」

「どうして私だと？」

「なんとなく……女の勘です」

「私を思い浮かべてくれて嬉しいよ。支援は、遠慮なく受け取ればいい」

ロアさまは、はっきり自分だとは言わなかった。こういうところがロアさまなのだ。

綺麗な人

私の荒ぶる内心はさておき、学校生活はそう変わらなかった。

エドガルドとロルフも、適度な距離間でいてくれる。わたしを尊重してくれているのが言動から伝わってきて、ちょっとむず痒い。

今日は授業が終わってから、マリナの研究室に顔を出すことにした。

久しぶりの研究室にはマリナとトールがいた。わたしを見ると顔をぱっと輝かせてくれたのが嬉しい。

「いらっしゃいませ、ティアンネ様！　椅子に座ってください！　さあ！　病み上がりなのですから！　椅子に！」

トールは今日も元気だなあ。よかったよかった。

「ありがとう、座らせていただくわ。マリナは息災だったかしら？」

「こんにちは！　おらは元気だす！　ティアンネ様こそ大丈夫だすか⁉」

「ええ、もう回復したわ」

「それはよかっただす！　今、元気になるお茶を淹れますだ！」

「私が淹れてまいります」

一緒に来てくれていたクリスがそばを離れる。

クリスは、マリナが落としそうになったティーポットをさっとキャッチした。メイド姿でティーポットを持つ姿は、とても様《さま》になっている。

「お嬢様はトール様とマリナ様にお会いしたくて、ここまで足を運んだのです。こちらはどうぞ私に任せて、お嬢様のお相手をお願いいたします」

恐縮するマリナをフォローしたクリスは、椅子を出してマリナを座らせた。トールはすでにわたしの真正面に座って、にこにことしている。

後ろにいるレネが、小さなテーブルを移動させ、お茶を置く場所を用意してくれた。

「作業は進んでいて？」

「まだ満足いくものができてないんだす。申し訳ねえです……」

「すぐに成果を出せとは言わないわ。進んでいるだけでいいのよ」

「へえ！　おら、本当は跡継ぎの勉強もしなきゃなんねえんですが、そっちはさっぱりで……。やっぱり、妹に跡継ぎを任せたほうがいいんだか……。あっ申し訳ない、こんな話はおいといて！トールが手伝ってくれるおかげで、早く進んどります。トールは、浮いとるおらにも話しかけてくれて、その……感謝してるんだす」

ほんのりと頬を染めるマリナを、思わず凝視してしまった。これは恋の予感……！　あのトールに！

「トールとどんなお話をしているの？」

「ティアンネ様と、トールの姉上のお話だす！　とっても楽しいんだす！」

「……そう」

「絶対にティアンネ様のお眼鏡にかなうものを作り上げてみせますから。絶対に。ご安心くださいね」

「おらも同じ思いなんだす！」

トールとマリナは、意外に相性がいいのかもしれない。

お茶を飲みながらしばらく談笑して、差し入れのお菓子や軽食を渡してから帰ることにした。ふたりともやる気がみなぎっているので、邪魔をしてはいけない。

立ち上がって、ふと窓のほうへ目をやった途端、体が凍りついた。

「っ……！」

……木々の緑に隠れるように、以前わたしを襲おうとした人間が立っていた。

あまり覚えていたくない記憶が、勝手に再生されていく。

「ティアンネ様？」

トールの心配そうな声で、ハッと今に帰ってくる。

そうだ、今のわたしはティアンネで、ここは学校で、ロアさまのために何かしたいと思っているんだった。

不意打ちでよろしくないものを見たせいで、冷や汗がすごい。心臓が嫌な音を立てて速く動いているくせに、手足は冷たい。

「……少し、立ちくらみがしたみたい」

トールにだけは、あの人間がここにいると気付かれてはいけない。

未だにあの出来事を引きずっているトール。わたしよりも傷ついて、まだ自分を責めているトール。トールは悪くないのに、優しいこの子は、一生自分を許さないに違いない。

「お前、わたくしを支えなさい」

後ろに控えてくれていたレネに手を差し出す。すぐに支えてくれた手はあたたかくて、わたしより大きくてかたい。

誰かを守るために、剣を振るってきた手だ。

ドクドクとうるさかった心臓がようやく落ち着いてきて、息ができるようになる。みんなわたしを心配そうに見ていたので、微笑んでみせた。

……そうだ、あそこにいるのは、わたしを襲おうとした人間ではないかもしれない。似ている人だったから見間違えたのかも。

そっと視線を横へ動かすと、木の陰から、あの男がじっとこちらを見ていた。わたしを見つめる視線とぶつかり、お互いをはっきり意識する。

一秒にも満たない時間が、やけに遅くスローモーションに感じられた。

「……帰るわ。また来た時、差し入れの感想を聞かせてちょうだい」

……自分のことで必死なわたしは、トールがほの暗い殺意を込めた目で窓の外を見ていることに気付かなかった。

研究室を出て後ろでドアが閉まり、廊下に誰もいないことを確認してから、クリスに近くに来てもらう。少しだけ高い位置にある耳に、口を寄せた。

「今、研究室の窓から見える位置にいる男を探ってください。服装は白いシャツにベージュのスラックス。髪はこげ茶、目は黒」

わたしの真意を見透かすように、きれいな瞳を向けてきたクリスは、何も聞かずに頷いた。

「かしこまりました」

「わたくしはまっすぐ帰るわ」

わたしが何を話したか聞きたいだろうに、そんな素振りを見せず待ってくれていたレネと、少しだけ早足で寮へ帰る。

寮の部屋に帰ると誰もいなかった。だけど、いつ誰が帰って来るかわからない。

レネを自室に引っ張り込んで、鍵をかける。

「ちょ、ちょっとアリス、どうしたの！　さっきから様子が変だけど、話をするだけなら、アリスの部屋じゃなくてもいいでしょ？　いくらなんでも、鍵をかけた部屋にふたりきりはまずいって！」

顔を赤らめながら叱ってくるレネに、静かにとジェスチャーする。そんな風に言うレネだからこそ、信頼して話そうとしているのだ。

「ちょっと私的な問題がありまして。みんなに伝えたほうがいいか、レネ様に判断してもらいたいんです」

エドガルドとロルフに言うことも考えたけれど、わたしのことを好きだと言っている人に頼るのは、ちょっと違う気がする。わたしのことが好きなら協力して当然でしょ？　という感じがするのが嫌なのだ。

アーサーは以前、ダジャレを知っているわたしと婚約うんぬんと言っていたし、ロアさまに言うのは……何となく嫌。

レネに椅子をすすめ、ふたりで座る。お茶も出していないことに気が付いたけど、ふたりになる時間は今しかない。

「さっき立ちくらみがしたって言ってたけど、体調はどう？　横になっていたほうがいいんじゃない？」

「ありがとうございます、レネ様。挙動不審になってしまったのをごまかすために立ちくらみと言っただけなので、大丈夫です。……さっきマリナの研究室で、窓からよろしくない人物を見かけたんです」

「だから態度が変だったんだね。よくない人物って？」

これを話すには、わたしのちょっとした過去を話さなきゃいけない。

「以前、わたしを襲おうとした商人です」

「……は？」

地を這うような、低い声が聞こえた。

「うちに出入りしていた商人です。家の前で具合が悪そうにしていたので、助けたんです。恩人だからと品物を安く売ってくれていたんですが、ある日突然襲いかかってきまして。フライパンで下半身を滅多打ちにしました」

「……下半身を？」

「まあ、主に脚の付け根あたりを」

「そう。それで……アリスは、何も……」

レネが言いにくそうに口をつぐんだので、大きく頷いた。そこを誤解されたら困る。

「出入りするようになってしばらくしてから、目つきがいやらしくなっていったんです。だからもう来ないでほしいと言おうとしたんですが、向こうはそれがわかったんでしょうね。その前に襲ってやらぁ！　最初からこれが目的だったんだよゲヘヘ！　となったので、フライパンと包丁の二刀流で頑張りました」

「……そっか。アリスが無事で、よかった」

レネが褒めるように優しく腕をなでてくれたので、ほっとした。

このことを打ち明けたら、汚らわしいとか言われる可能性もあった。レネはそんなことは言わない、ここにいる騎士さまたちはそんなことは考えないはずだと、思いきって口にしたのだ。

「……レネ様なら、わたしが悪いとか、汚いとか、言わないと思いました」

「そんなの、言うわけないじゃん！　悪いのは、その商人でしょ⁉　アリスは何も悪くないよ！」

「そんな風に怒ってくれるレネ様だからこそ、打ち明けたんです」

緊張が、体からゆるやかに溶けだしていく。ノルチェフ家によくない印象を持たれるかもしれないことを言うのは、なかなか勇気が必要だった。

「その商人をやっつけたんなら、どうしてここにいるんだろ」

「逃げられたんです。縄で縛っていたんですが刃物で切られて、戻った時には、もう……」

あの時は、本当に悔しかった。

「家族は怒り狂って、その商人をどうにかしようとしたんです。でも、名前も所属していた商会も、全部嘘で……。顔と体格くらいしか手がかりがなかったんです。それに、わたしも一応は貴族の令嬢ですから、大事《おおごと》にするのは止められたんです。傷物だという噂が広まるからって……そんなの、どうでもよかったんですけど」

わたしだけなら、本当にどうでもよかった。

「そうしたら、足元を見て結婚しようとする無礼な人が増えるって言われたんです。ノルチェフ家の名にも傷がつくって。手がかりはなく、奴を見つけられる可能性は低いのに、家族が好奇の視線で傷つくだけなら……泣き寝入りするしかなかったんです」

わたしはクズに慣れていたから平気だったけど、あの時の家族はそりゃあ取り乱していた。

父さまは普段は温厚なのが嘘のように怒り狂っていて、母さまはどうして気付けなかったのかと自分を責めた。

母さまは、もしわたしが抵抗できなかったら、と考えたみたい。後悔しすぎて体調を崩し、病気が悪化してしまった。姉離れしかけていたトールは、以前よりわたしにべったりになり、立派なシスコンに成長した。

「商人の手口は、巧妙で、慣れていました。おそらく、今まで同じようなことをしてきたんだと思います。そして……今度はこの学校に来た」

誰かの手引きなのは間違いない。

「……よく、頑張ったね。言いにくいことをボクに言ってくれてありがとう」

「ロアさまたちには関係のないことなので、言うか迷ったんです。でも、学校で令嬢が襲われるかもしれないと知っているのに、黙っていることはできなくて……」

「アリスが言ってくれてよかったよ。これでボクたちも対策をとれる。学校でそんなことが起こるかもってわかっているのに、自分たちには関係ないからって知らん顔できないよ」

力強い言葉が嬉しかった。レネは信用できる。信頼すべき人間だ。

「みんなが揃ったら報告するよ」

「奴のブツをちょん切りましょう」

「絶対にそうしよう。それにしても……」

一度言葉をきり、レネは複雑な顔をした。

「アリスがボクに相談してくれたのって、恋愛が絡んでないからでしょ？」

「はい。ほかの人を信用していないわけじゃないんですが、なんとなく相談しにくくて」

「だよね。密室で鍵までかけて平気な顔してさ。こうして頼ってくれるのも、全部それが前提。役得なんだか貧乏くじなんだか……」

ぶつぶつ言っていたレネは、ぱっと顔を上げた。

「どの程度まで、みんなに伝えていい？　アリスが言いにくいことは隠しておくよ」

「全部伝えて構いませんよ」

「えっ……いいの？　アリスはそれが原因で男嫌いになったんでしょ？」

曖昧に頷く。

誰にも前世のことを話していないので、家族は商人が原因でわたしが男嫌いになったと思っている。結婚しなくていいと言ってくれるのは、あの事件があったからだ。

「できれば商人を捕まえて、家族を安心させてあげたいんです。わたしは気にしてないのに、ずっと引きずっているので」

「……わかった。その商人の似顔絵とか描ける？」

描いた。笑われて、ボツになった。

「そんなに笑わなくてもいいじゃないですか。レネ様も描いてみてくださいよ」

「いいよ。どんな顔だったか言える？　思い出すのは嫌じゃない？」

「大丈夫です」

問題は、うまく顔立ちを伝えられないことだ。わたしの要領を得ない発言を聞きながら、レネはすぐに似顔絵を完成させた。

「アリス、似顔絵ができたよ。見て！　やっぱりみんなに見せるのはやめよう！」

「そうですね、やめましょう！」

ふたりして、なかなか前衛的な絵ができた。

「これは何ですか？　ひげ？」

「鼻毛」

「途中から、似せることを諦めてるじゃないですか」

「うん！　鼻毛もっさり！」

「もう、笑わせないでくださいよ！」

ひとしきり笑うと、すっきりして明るい気持ちになっていることに気付いた。あの事件を、こんな風に笑い飛ばせるなんて思ってもいなかった。

お守りとしてレネの描いた似顔絵が欲しかったけど、どうしてもくれなかった。

「レネ様、どうしても駄目ですか？　すごく欲しいです」

「だーめ。アリスのもくれなかったじゃん」

「あれは駄目です。無理です」

「ボクのも無理！」

そこまで言われたら、引き下がるしかない。欲しかったけど、自分の描いた絵と引き換えにはできない。あれは燃やして消してしまわなければ。

ふたりしてたくさん笑ってから、部屋を出ることにした。ドアを開けると、みんな帰っていて、すごく凝視された。思わずびくりとしてしまう。

「アリス、落ち着いて。ボクが言うから座ってなよ。不足があれば付け加えてくれる？」

「わたしから言います」

「だめ。アリスは平気な顔してたけど、やっぱり辛いものは辛いよ。側で聞いておくのが嫌なら、部屋にいていいから」

「いえ。わたしが無理を言っているんですから、ここにいます」

こほん、とロアさまがわざとらしい咳をした。

「ふたりは……随分と仲がいいな？」

「レネ様に相談していました。本当ならわたしから言うべきなんですが……」

「ボクのほうが客観的に言えるよ。さ、アリスは座って。あたたかいお茶を飲んで、お菓子も食べて」

「これ以上食べると大変なことになるので、お茶だけいただきます」

「アリスは丸くなっても可愛いから、ちゃんと食べて！」

帰ってきていたクリスに入れてもらったお茶を飲みながら、レネのわかりやすい説明を聞く。レネはわたしの気持ちをおもんぱかってくれたのか、商人に値引きしてもらったことや、下半身を集中的に狙ったことは言わないでいてくれた。

話を聞いているうちに、みんなの目じりが吊り上がってきた。全身から怒りのオーラのようなものを漂わせていて、側にいるだけで怖い。

クリスさえ、とても怒っている。美少女の姿だからか、余計に恐ろしく感じる。美人が怒ると怖いって本当だったんだ。

「どういう経緯で学校に来たかわかりませんが、このまま放置していてもいいことがあるとは思えません。アリスは、ダイソンに関係ないからと迷っていましたが、きちんと報告してくれました」

「……言いにくいことを報告してくれたアリスに感謝する。これは陛下に伝えるべき案件だ。確かに私はダイソンのことを第一としたが、ほかをおろそかにするという意味ではない」

燃えるような怒りはそのままに、ロアさまの瞳に懸念が揺らめく。

「この件について、アリスは関わらなくてもいい。どうしたい？」

「もちろん、ボコボコにしたいです」

「……平気なのか？」

私に前世の記憶がなくて、初心な貴族令嬢だったら、今も恐怖で動けないかもしれない。でも私は、世の中にはクズがいると知っている。

襲われた時も、潰れろ！　と思うだけだった。きちんと殺意を込めて反撃したしね。たぶんあれ、しばらく使い物にならなかったと思う。

「わたしは本当に大丈夫です。それよりも、トールに気を付けてください。トールがあの男を見つけたら、たぶん、殺します」

「ああ……そうだろうな」

ロアさまが深く頷く。トールのことがわかってきたようだ。

「そんなの、僕だって殺してやりたい！　今すぐに！」

「落ち着け、エドガルド。すぐに殺してどうする？　それは俺たちの自己満足だ」

エドガルドをなだめるロルフの手は、震えるほど握りしめられている。

「そうですよ。そういった輩は、反省しません。心から反省して謝罪して自分から引きちぎるまで生かしておかないと」

アーサーが怒るのを初めて見た。いつも笑顔で落ち着いているアーサーが怒る姿は、ちょっと怖い。

「トール様のところへ行ってまいります。嫌な予感がしてきました」

やや青ざめたクリスが、急いで部屋を出ていく。

みんなで商人を捕まえる方法を相談していると、クリスが帰ってきた。

「お嬢様、すぐにおいでください。トール様はその商人に気付き、刃物や縄を用意しているところでした。マリナ様が必死に止めておいでです」

「行きます」

「全員で話したほうがいい。クリス、どこかに会談に適した場所はあるか？　アリスが来ると伝え、弟君とマリナ嬢をそこへ連れていってくれ」

「かしこまりました。では、学校の一階にある談話室においでください。申請すれば誰でも使えますので、トール様にお伝えして申請してまいります」

「頼んだ」

「クリス、トールに伝えてください。姉さまもボコボコにしたいから、ちょっと待ってと。これで止まるはずです」

たぶん。

「かしこまりました」

急いで出ていったクリスを追いかけるように、みんなで部屋を出た。ロアさまの手が、そっと背中に置かれる。

「そんなに申し訳ない顔をしなくてもいい。アリスが伝えてくれて、本当によかった。これで被害者が出てしまったらと考えると……いや、もう出ているのかもしれない。一刻も早く対策をたてなければ」

「はい。……思いきって言って、よかったです」

商人はもう悪事を働けないし、トールは人殺しにならなくて済む。

優雅に見えるぎりぎりの速さで歩いて学校へ行き、談話室へ入ると、そこは異様な気配に満ちていた。

部屋の隅に立っているトールは、アイスピックのようなものを持っていた。お腹のあたりで武器を構え、素早く前に突き出す動作を繰り返している。マリナはこれ以上ないほど眉毛を下げて、トールのまわりをうろうろしながら心配していた。

……弟が、人を殺す練習をしている。

「トール！」

悲鳴のような声が漏れた。トールはさっと武器を隠し、顔を上げた。

「ティアンネ様、大丈夫です。僕がなんとかしますから」

いつもと同じ笑顔なのが怖い。

「トール、落ち着いて。いい？　落ち着いて、その武器をこちらへちょうだい」

トールは微笑んだまま動かない。

「お願いよ、トール。あんなクズのせいで、トールに前科がついて、手を汚してしまうのは耐えられない。トールにそんなことをさせるくらいなら、わたしがあのクズのブツを臼《うす》で挽く！」

めらめらと怒りが燃え上がってきた。

女性を食い物にして、いろんなことをしているクズが、まだのうのうと生きているなんて！

「ここであいつを逃がせば、前と同じだわ。トール、お願い。わたしのために、それをちょうだい。その武器じゃ生ぬるいわ」

動かないトールに近づいて、武器を取る。トールは、まったく抵抗しなかった。後ろに控えていたレネに武器を渡すと、後退して距離を取ってくれた。

　この部屋に入った時に凍りついた心臓が、ようやく動き出す。

「トール」

　なだめるように名前を呼んで抱きしめると、トールの目から大粒の涙がこぼれ出た。

「だ、だって……！　だってあいつ、姉さまにあんなことをしておいてっ……生きてるだけで許せないのに！　またやってきてっ……！」

「そうね、許せないわ」

「あいつが姉さまに話しかけたりする前に、消さなきゃって！　姉さまを守らなくちゃって……！」

　トールはずっと、わたしを守ると言ってくれていた。しがみついているトールの涙が、肩にしみこんでいく。

「ありがとう、トール。でも姉さまは、姉さまの苦しみをトールに肩代わりされても嬉しくはないの。どんなことがあっても、トールは絶対に姉さまの味方でいてくれる。いつもあたたかく迎えて、帰る場所になってくれている。それだけでもう、トールは姉さまを守ってくれているの」

「僕は、あのとき、なにもできなかった……！」

「いいの。ありがとう、トール。大好きよ」

　トラウマを刺激してしまったらしいトールは、わたしにしがみついて、わんわんと泣いた。嗚咽の合間に、ごめんなさい、姉さまの言葉を信じられなかった、気付けなかったと何度も言う。

抱きしめて返事をしながら、もうすっかりわたしより高くなってしまった頭をなでた。何歳になっても、わたしにとっては可愛い弟だ。

しばらくして落ち着いたトールは、目を真っ赤にはらしながら、みんなに謝罪した。

「……申し訳ございません。お見苦しいものをお見せしてしまいました」

「気にせずともよい。姉がそのような目に遭えば、無理もない。落ち着いたか？」

「はい。ありがとうございます」

ロアさまが代表して言ってくれた言葉には、労わりが込められている。みんな優しい目をして、トールを責めないでいてくれた。

「マリナ嬢。ティアンネの正体については他言無用だ」

ロアさまの視線を受け止めたマリナは、どこか申し訳なさそうだった。

「わっわたくし、知っておりましたんです。なので、大丈夫だっすです」

「……普通に話して構わない」

「かしこまりました！　おら、ティアンネ様がトールの姉様じゃないかって、なんとなく思っとったんです。トールが姉様のことを話す時と、ティアンネ様のことを話す時の顔が同じなんで」

「……申し訳ありません。隠していたつもりだったんですが……」

縮こまるトールを、ロアさまは責めなかった。

「失敗は反省すべきだが、後悔はするべきではない。申し訳ないと思うのなら、これから挽回すればいい。その商人を殺さないでほしいが、約束できるだろうか？　今までの罪をつまびらかにし、償わせなければならない。被害者ではない我々が勝手に裁いて殺してしまうのは、違うのではないかと思う」

「……はい。僕は姉さまの意思に従います」

「殺さないで、トール。姉さまに対しては未遂だったし、きっちり反撃もした。もし刑を決めることが許されるのなら、今までの被害者の方々に決めてほしい」

「わかりました。姉さまがそう言うのなら」

うーん、トールがブレない。

「マリナ嬢、ここにいてくれて感謝する。あとは我々が対処しよう」

「いいえ、マリナもここにいるべきです」

トールの主張に驚く。

「あの商人は、マリナに接触しようとしています」

視線がマリナに集中する。いきなり全員に注目されて驚き、ひえっと小さな声をもらしたマリナは、体を縮めて下を向いてしまった。

マリナを守るように、トールが前に進み出た。

「……実は、少し前に商人の姿を見かけていたんです。姉さまは気付いていないようだったから、わざと言わなかったんです。姉さまが知らないのなら、そのほうがいいと思って……」

「トール……！　ごめんなさい！　トールがひとりで抱え込んでいるのに、姉さまは気付けなかった！」

「謝らないでください！　僕は姉さまに気付いてほしくなかった！　だから、姉さまがあの男に気付く前に、捕まえてやろうと思っていたんです。縛るための縄と、目隠しと猿ぐつわ用の布を持ち歩いていました。それなのに、あいつを校内で見かけることもあまりなくて……。ようやく見つけて追いかけても見失ってしまって、今まで捕まえられなかったんです」

トールが、わたしのためにそんなことを……。思わず涙ぐんでしまった。

「もし姉さまに近付いたら殺してやると思って、武器も持ち歩いていました」

一気に涙が引っ込んだ。

「それでさっき、人を殺す練習を？」

「……はい。窓越しだけど、姉さまがクズに気付いてしまったので。また姉さまに危害が加えられる前に、なんとかしなくちゃって」

「止めることができて本当によかった……。トールは、商人を見ていたのね？」

「はい、できる限りですが。学校で商人を見かける時間はまちまちで、いつも外をうろついていました。捕まえようと走っていっても、着いたらすでにいないんです。窓から出られていればばっ……」

トールがやや血走った目で言うので、よほど悔しかったみたいだ。トールの友人たちが、窓から出ようとするトールを必死に止めてくれたんだろうな。

「窓越しに商人を見かけた時に、あいつがやけにマリナを見ていることに気付いたんです。マリナが目を付けられたと思って、学校では僕と友人達がマリナのそばにいるようにしました。だけど男女別の授業も多いんです。そういう時マリナはひとりだし、放課後は研究室に閉じこもっています。もし商人にさらわれていなくなっても、僕以外はすぐに気付かない。なにより、マリナは綺麗だ」

「えっ⁉」

マリナの顔が、みるみるうちに赤く染まっていく。

「分厚い眼鏡を外したら、可愛い顔をしていると思います。そこを狙われたのではないかと。なにしろ商人は、世界一可愛い姉さまを狙った下衆《げす》ですからね」

湯気が出そうなマリナを無視して、トールは話し続ける。お願いトール、マリナを見て。わたしじゃなくて！　そう、その方向！

「おっ、おらが綺麗だなんて……そんな」

「令息が可愛いと騒いでいる顔に似ていると思うよ。姉さまより背が高くて、姉さまより髪が長いご令嬢がいるでしょ？　マリナも、少し姉さまに似てるよ」

「そんなご令嬢はたくさんいるのよ、トール……」

ラブコメの気配が遠のいて、がっかりする。自分の弟が、可愛い子を無自覚で落とすラブコメ主人公かもしれないと思ったのに、ただのシスコンだった。

「あのトールが、姉様に例えてくれるなんて……！　ありがとうごぜぇます！」

両手で頬を包み込んだマリナは、なぜか感激していた。今のトールの台詞に、喜べる要素ってあった？　わたしがわからなかっただけ？

「マリナ、あの……トールは悪い子じゃないの。今はシスコンが暴走してるだけで、普段から姉さま姉さま言ってるわけじゃないの」

「大丈夫だす！　トールとの会話の半分は、姉様のことですだ！　おら、慣れてます！」

そんな状況だったのに、トールにあんな顔ができるの⁉　うっ、笑顔が眩しい……！

「トールと料理や化粧品の話をして、一緒に開発して、毎日楽しいだす！」

「僕も、マリナと一緒にいると楽しいんですよ」

わたしは恋のキューピッドなの……か？

「今度……ふたりで出かけてみたらどう……？」

わたしに言えるのは、これが精一杯だった。

「そろそろ話を戻そう」

ロアさまの言葉で、空気が引き締まる。ちょっぴり楽しそうな顔をして話を聞いていたロアさまは、今はキリッとしていた。眉が上がっただけで、凛々しい顔がさらに男らしく見える。

「今からその商人に関しての話し合いを行う」

ロアさまはみんなを見回し、異論がないことを確認した。

「これからは、トールと呼ばせてもらう。トール、商人がマリナ嬢以外に狙っている令嬢がいるか、知っているだろうか？」

「いえ、残念ながら……。僕が見ていた限りでは、狙われていたのはマリナだけだと思います」

「ふむ……商人は、この学校に来たばかりなのか？」

クリスが頷く。

「研究室であの男を見かけてすぐに、お嬢様は私にあの男を探るよう頼まれました。調査結果をお知らせいたします。あの男はつい一週間ほど前に出入りするようになったそうです」

「それならば、他のご令嬢に手を出している可能性は低そうだ」

「今まで出入りしていた者が退職するから、代わりに自分が学校の担当者になると言ったそうです。ですが、前任から紹介されたわけではない。それを聞くと、まだ確定ではなく、学校の雰囲気を感じてみて、駄目だと思ったなら辞退する予定だと言ったそうです。だから前任には言わないでくれと」

「怪しいな」

「はい。その商人は口がうまく、いかにも真実のように哀れっぽく話すので、つい同情してしまったと。親の顔を立てて商人になったのはいいが、人が多い場所が苦手なので向いていないと語ったと聞きました。そのまま世間話をしたと言っていましたが、その時に情報を得ているでしょう」

「なかなか口がうまいようだな。手慣れている印象を受ける」

あの商人は、昔から口がうまかった。軽薄で薄っぺらい感じがするのに、いつの間にか言いくるめられていたり話をそらされていることが何度もあったっけ。

報告を終えたクリスは、深く深く頭を下げた。

「商人が接触している教職員に話を聞き終えたあと、商人とおぼしき人物とすれ違いました。気になって後をつけると、私が商人の話を聞いた人物に、自分について聞いた者がいないか尋ねていました。口止めはしたのですが、教職員が口を滑らせ、商人について探っている人物がいると気付かせてしまいました。私の名前は漏れませんでしたが、かなり警戒されたと思われます。……誠に申し訳ございません」

沈黙が部屋を支配する。

居ても立っても居られなくて、わたしも一緒に頭を下げた。

「わたしがクリスに頼んだんです！　すみません！　それに……研究室にいる時に、商人と何度も目が合いました」

あの男を見つけた時の衝撃と悪寒がよみがえって、体がぶるりと震えた。

「何でもないように振る舞わなくちゃいけなかったのに、驚いて凝視してしまいました。あの顔に見覚えがあると言ったも同然です！　あの出来事は本当に何でもなかったのに……何もなかったのに、わたし……」

「姉さま！　何もなかったなんてこと、絶対にありません！　姉さまが怯えるのは当然のことです！」

腕を広げたトールが、わたしを守るように抱きしめる。

「僕は商人を捕まえようとしていました。あれだけのことをしておきながら、あいつは僕の顔すら覚えていない様子だった！　姉さまに消えない傷をつけたあいつを見るたび、殺してやりたかった！　……その殺意や、捕まえようとしたことに気付かれたかもしれません。申し訳ございません」

ロアさまの顔が見れなくてうつむく。

わたしのせいで、商人に警戒されてしまった。用心深いあの男は、もうわたしの前に現れないかもしれない。

「……状況はわかった」

ロアさまの声は静かで、凪いでいた。

「私は誰も責めるつもりはない。クリスも、ミスではないのだから気に病まないでほしい」

「いいえ、話を聞く人間をもっと見定めるべきでした。申し訳ございません」

「私が求めているのは完璧ではない。私と共に険しい道をついてきてくれと、命を求めている。クリスはずっと、私の求めに応じてくれているよ」

優しく肩を叩かれ、クリスはさらに深く頭を下げた。

「アリスもトールも、気にしなくていい。アリスは自分に危害を加えようとした下劣な男を心構えもなく見たのに、よく平静を装った。トールは、よく殺すのを我慢してくれたな」

「姉さまに待ってくれと言われたので！」

胸を張るトールに、空気がゆるむ。

「みな最善の行動をとってくれた。問題は、商人との接触が難しくなってしまったことだ」

クリスによると、商人が学校にいる時間も場所もまちまちで、法則性がないという。

人気のない場所にいれば捕まえるのは簡単だけど、人に見られる可能性があるし、そもそもそんな場所に行かないかもしれない。

そうなればおびき寄せるしかないのだけど、警戒されてしまったわたしでは無理な気がする。

「あ、あのう……」

今まで黙って話を聞いていたマリナが、おずおずと手を挙げる。

「実はおら、その商人に会いたいって言われてて……」

「え⁉」

思わず貴族らしからぬ声をあげてしまった。

「今日、ティアンネ様たちが来る前に、突然現れて言われたんだす。おらが研究しとることを知りたいって。商品として扱うかもしれないって言われて、おら、話だけでも聞こうと思って」

だから商人は研究室のまわりをうろうろしてたのか！

「会う予定はもう決めたのか？」

「あさってに、学校の端にある東屋で会う予定だす」

ロアさまは、長い時間考え込んでいた。

いつ学校に来るかわからない商人を見張るのは難しい。もう学校から出て行ってしまっただろうから、どこに住んでいるかもわからない。

ぐずぐずしていたら、女生徒が襲われてしまうかもしれない。商人の顔を知っているわたしとクリスとトールは警戒されてしまった。

分厚い眼鏡越しでもわかる強い眼差しで、マリナはロアさまを見た。

「……商人を、捕まえるんだすよね？」

「ああ」

「なら、おらを使ってくだせえ！　おらが商人と会う日にちは決まってる！　来ないかもしれないけど、でも、その時が一番捕まえる可能性が高いはずだす！」

「駄目よ、マリナ！」

思わず口から否定の言葉が出た。

「万が一なにかあったらどうするの⁉　自分より背が高くて力も強い人間に襲われたら、助けに入っても間に合わないかもしれない！」

「大丈夫です！　おら、足腰を鍛えてるんで！」

「足腰でなにをするの！」

「ぶつかります！」

マリナが相撲のようにどすこいどすこいしながら商人を突き飛ばす図が浮かんでしまった。

立ち上がってわたしの目の前まで来たマリナに、勢いよく手を握られる。

「おら、本当に怒ってるだす！　トールの姉様にひどいことをした男に！　そんな男に狙われて、めちゃくちゃ怖いだす！」

「マリナ……」

「だから、捕まえてください！　おらがその男と会う時、誰か……誰でもいいから、そばにいてほしい」

「絶対にマリナをひとりになんてさせない！」

手を握り返して、思いきり抱きしめる。

「おらとの約束の前に、商人を捕まえられるとは限らないんだすよね？　商人が学校に来るかもわからない。だからおらが会う時、みんなで捕まえるのがいいと思ったんだす」

その言葉は正しい。マリナの安全を無視すれば、だけど。

「……これだけのことがあったのだから、商人は明日学校に来ないと仮定して動こう。マリナ嬢は、明日と明後日は学校を休めるだろうか？　約束の場所には、あらかじめ私たちが隠れておこう。マリナ嬢と話している時に捕まえる」

「ロアさま！」

「アリスの危惧はわかっている。だから、マリナ嬢には防犯の魔道具を渡そうと思う。魔法で攻撃されても、馬車が激突しても守ってくれるものだ」

ロアさまが首から外した魔道具が、マリナに渡される。

今までロアさまの決定に口を挟まなかったアーサーが、それを咎めた。

「それを差し出しては、御身をお守りできません」

「私には、みながいる。それにふたつあるのだから、ひとつ渡しても大丈夫だろう？」

「ひとつでは、二度目の攻撃を防げません！」

「では、私も部屋にこもっているとしよう。マリナ嬢には危険な役目を頼んでしまうのだから、せめてこれくらいはしたいのだ」

「あいつを捕まえなきゃ、おらはずっと怯えたまま生きていかなきゃいけない。約束の場所に行かなきゃ、どこで待ち伏せされるかわからない。だから、おら、約束の日に商人に会いに行くだす！」

マリナの言っていることはわかる。捕まえなければ、ずっと怯えて過ごすことになる気持ちも。

「あの、わたしがマリナになるのはどうですか？　わたしならマリナより丈夫ですし」

「駄目だ」

「許可できません」

「何を言ってるんだアリス！」

「絶対に駄目です！」

「冗談にしては笑えないんだけど？」

間髪を入れずに拒否された。

ちなみに発言の順番は、ロアさま、アーサー、ロルフ、エドガルド、レネだ。こんなに揃って拒否されることってある？

「絶対にティアンネ様にはさせません！　絶対にだ！　怖い思いをしたのに、もう一度なんて！」

「マリナにまで拒否されるなんて……」

マリナが頷いてくれないと、身代わりになれないのに。

「姉さまがするくらいなら、僕がマリナになります！」

「ごめんなさい姉さまが悪かったわ」

さすがに似合わない弟の女装を見たくない。

「おらよりティアンネ様のほうが背が高いし、おらの喋り方は誰にも真似できないだす！　元から狙われているのはおらなんだから、お任せください！」

確かに、マリナの訛《なま》りはなかなか真似できそうにない。

マリナも気を張っていると「わたくしにはわかりません」くらいは言えるらしいけど、イントネーションが違うそうだ。関西の人が敬語で話しても、イントネーションですぐに関西出身だってわかる、あの感じに似ている。

「おら、やる気が湧いてきました！　この役は絶対にティアンネ様に譲りません！」

「ええー……」

せめて変身の魔道具があれば代われると思ったけれど、貴重なものなので予備がないそうだ。もっとお手軽に変装するのなら、目の色を変える目薬や、髪色を変える薬もある。それで何とかならないのが、わたしとマリナの顔面レベルの差だ。

いくらハイライトを塗りたくったって、鼻の高さや形が変わるわけじゃないという、残酷な現実を突きつけられるのみである。

「ティアンネ様、心配してくれてありがとうございます！　これだけたくさんの人がいるんだから、商人と会うのも怖くないだす」

「絶対に傷つけないと約束しよう。騎士の誇りにかけて」

ロアさまの言葉で、全員がざっと跪く。顔のいい男たちに跪かれて怯えるマリナの背中をなでてから、みんなで作戦を考えることにした。

学校の地図をテーブルに広げている間に、トールは決意を込めた目でマリナを見た。

「僕も守るから」

「トールが、トールの姉様以外を守る……!?」

予想外だったらしい言葉に赤面したマリナは、とても可愛かった。

そして、二日後。

マリナが緊張しながら約束の時間に東屋へ行くと、すでに商人が待っていた。

昨日から、商人の顔を知っているクリスが裏門を見張ってくれていた。そのおかげで、約束の一時間前に商人が学校に来たことは、みんなに伝えられている。

商人はすぐに待ち合わせ場所に行かず学校内をうろうろしていたので、東屋へ行くか不安だった。待ち合わせ場所で姿を確認できて、ひとまず安心だ。

指定された東屋は、学校の端にある。校門や寮とは別方向にあり、景色が綺麗なわけでもないので不人気だ。

ここを使用する人は滅多にいないけれど、近くを通りかかる人はいる。

潜伏中なので、人に見られて騒ぎになっては困る。そのことを考慮し、陛下が重要な会議などで使う魔道具を送ってくださった。

この魔道具は、置いたところを中心として大きなドーム状の膜を作り出し、音や衝撃を吸収して、中を見えなくする機能までついているらしい。

あらかじめ設置する場所の光景を読み込ませて、起動する時にその光景を再現することもできるんだとか。外から見たらいつもと同じ光景になるって、すごい魔道具だよね。

東屋の中のマリナが、おそるおそる商人に話しかける。

「こんにちは。あの、おらが作ってるものについてお話があるとか？」

「お越しいただき、ありがとうございます。我が商会でそちらの商品を取り扱うことも考えているのですが、どのようなものをお作りでしょうか？」

商人が礼儀正しく頭を下げ、未婚の令嬢と話すのにふさわしい距離を取っているのが見えた。

この後こいつを捕まえてボコボコにするんだけど、口がうまくて変に頭が回るので、言い逃れしようとするかもしれない。本当のことを言うまで痛めつけることは決まっているけど、その時間がもったいないとみんなの意見が一致した。

マリナとの会話の中で、自分の悪事に関することをぽろっと言うかもしれない。

それに、向こうからマリナに会いたいと言ってきたのだから、商人が何を言うか確認しておいたほうがいい。そういう理由で、どんな会話をするか少しのあいだ確認することになった。

マリナには悪いけれど、優しいマリナは、

「おら、頑張って会話します！　その、話術に自信はないいんだすけども！」

と言ってくれた。

「大丈夫ですか？」

心配してくれたアーサーが、小さく問いかけてくる。

「はい。人は来ていませんよね？」

「見張りからも連絡がきていませんので、誰も来ておりません。安心してください」

ここは滅多に人が来ないとはいえ、誰かが来て魔道具内に入ってしまったら、いきなりマリナと商人が現れてしまうことになる。そうならないように、ロルフとクリスが見張ってくれている。

もし人が来ても、ふたりがうまく追い返してくれるはずだ。

「アリスに商人の姿を確認してもらい、本人に間違いないと言っていただきました。全員で顔を確認しましたし、後は部屋にいて構いませんよ」

「……いいえ。今から動けば、わたしの護衛でそれだけ人が減ります」

「でも、震えています」

「これは、怒りです。あの商人……いえ、そう呼ぶと、ほかの商人に失礼ですね。あのクズを見ると、恐怖に怯えるのではないかと心配していましたが……杞憂《きゆう》でした。絶対に捕まえます」

「ええ。その意気です」

そして、ぎったんぎったんにして、ぎゃふんと言わせてやるのだ！

微笑んでいたアーサーが目を細め、体に緊張を巡らせた。

「……レネ。商人の首元を見てください」

「えっ……！　あれって、もしかして」

「どうかしましたか？」

マリナとクズは遠くにいるので、会話は聞こえない。様子を見る限り、不自然にマリナに近付いている様子もなかった。

「行ってきます。アリスはここから動かないで」

小ささとすばしっこさを活かし、レネはあっという間に走っていってしまった。そして、十秒後にクズが倒れた。

「……もしかして、レネ様が何かしたんですか？」

「ええ。行きましょう。あれに近付くのが嫌なら、離れたところにいて構いません」

「行きます」

茂みから出て、昏倒しているクズへ近付く。レネはクズの服を脱がしていた。

「見て、これ。……服従の首輪だよ」

クズの首には、三センチほどのチョーカーのようなものがあった。黒い金属でできているらしく、わずかな明かりを反射している。

「これが、服従の首輪……」

「たぶん改造してあるやつだよ。アリスは触らないでね」

「無理に取ろうとすれば、死ぬでしょうね。主に報告して、指示を仰ぎましょう。私が医務室に運ぶので、レネはアリスと一緒に、ほかの騎士たちに報告に行ってください」

「はい」

「後ろから何かが飛んできて不幸にも頭にあたり、気絶した。マリナ嬢は驚きつつ、学校へ行って助けを求めた。いいですね？」

「へい！」

勢いよく頷いてクズを持ち上げようとしたマリナを、アーサーが止めた。

「私が運びます。マリナ嬢は寮へお戻りください」

「でも……」

「危険な役をお任せしてしまっているのです。今日はどうぞ、ゆっくりお休みください」

「……へぇ」

心配そうなマリナを見送ったあと、アーサーが商人を雑に肩にのせた。

「では、私は医務室に行きます。おふたりは報告をお願いしますね」

「こっちは任せて」

防音と障壁の魔道具を回収したレネと一緒に、ロアさまとエドガルドが隠れているところへ行くことにした。ロアさまは商人から一番離れたところにいるのだ。

わたしのほんの少し前を、警戒しながら歩くレネを見上げる。

「……実は、少し怖かったんです。レネ様が、あいつに何かぶつけて気絶させたんですよね？　スカッとしました。ありがとうございます」

「どういたしまして」

優しく微笑んだレネ様は、すぐに唇をとがらせた。

「これは、貧乏くじじゃなくて役得かなぁ」

「レネ様って、たまによくわからないことを言いますよね」

「たまにひとり言を言うくらい、いいでしょ？　アリスが怖くならないよう、あいつを叩きのめして牢から出てこられないようにしてやるからね。ボクたちがいる限り、アリスに指一本ふれさせやしないから！」

「はい。頼りにしています」

本当に、心からそう思える。

向こうから、ロアさまとエドガルドが足早に来るのが見えた。周囲に誰もいないことを確認してから、レネが手短にあったことを伝える。

「わかった。私とエドガルドとアリスは、一度寮へ戻ろう。レネは、ロルフとクリスに帰るよう伝えてくれ」

「かしこまりました」

レネと別れて寮へ帰ってすぐに、全員戻ってきた。鍛えている騎士さまは、歩くのも速いみたいだ。クリスが手早くお茶を用意してくれ、みんなでソファーに座る。

「服従の首輪か。アーサー、レネ、よくやってくれた。あの商人とダイソンは繋がっている可能性が高い」

今までダイソンのことを探っていたのに、重要な手がかりは掴めなかったと聞いている。これがダイソンを追いつめる第一歩になるかもしれない。

「商人を生け捕りにしても、おそらく服従の首輪により死んでしまう。今すぐ捕まえずに、情報を得るまで泳がせよう。アリスとマリナ嬢とトールには、つらい思いをさせてしまうが……」

「わたしは構いません。たぶん、ふたりも納得してくれると思います」

ここで無理に牢屋に入れて、今までの罪とダイソンのことを自供させる前に死んでしまったら意味がない。

考え込んでいたレネが、硬い声を出した。

「大規模な人事異動で、ダイソンの行動は大幅に制限されている。監視の目もきつくなって、今までのようにいかないことも多いはず。それなのにダイソンは、ロア様が城にいないって突き止めた後、すぐに学校に商人を送り込んだ。……今のダイソンに、いろんな場所を一度に探す人手と余裕があるとは思えない」

全員の視線が、ロアさまに集まる。ダイソンが狙っているのはロアさまだ。

「ロア様が学校にいると確信しているのか、他の場所も同時に捜索しているかはわからない。はっきりしていることはひとつ。学校はもう安全じゃないってことだけだよ」

しん、と沈黙がおりた。学校に手がかりがないことをあれだけ残念に思っていたのに、いざ危険になれば少し怖く思ってしまう。

沈んだ空気を吹き飛ばすように、ロルフが明るく言った。

「ダイソンの今までのやり方と比べて、今回はだいぶ杜撰《ずさん》だ。あっちも焦ってるってことさ」

頷いたアーサーの声も、わずかに弾んでいる。

「ロルフの言う通りです。商人とダイソンが繋がっていると掴めたことは、本当に大きい。しかも、ダイソンはまだこのことを知らないのです」

「確かにそうですね。さすがに、こんな短期間で突き止められるとは、ダイソンも思っていないはずです」

エドガルドの言葉にハッとする。ダイソンは用心深いらしいけど、学校に来て一週間しか経っていない商人との繋がりが発覚しているなんて、思ってもいないに違いない。

「陛下に報告し、服従の首輪から出る毒を中和する薬を送ってもらおう。ほぼ完成していると聞いている。シーロが持ってきてくれた服従の首輪のおかげだ」

弾かれたように顔を上げたアーサーの瞳に、希望が混じる。

「では、シーロは……」

「ああ。無事だ」

わっと歓声が上がる。よかった、本当によかった……！

わたしの前では口に出さないだけで、みんなすごく心配していた。アーサーは「我々がラーメンを食べていたと知れば、シーロはきっと悔しがるでしょうね」と言いながら落ち込んでいた。

ふたりは付き合いが長いと聞いたから、きっとすごく心配だったに違いない。

「シーロにつけられた服従の首輪は、首を絞める機能がついていたそうだ。その代わり、ダイソンの名などを言っても、毒は注入されなかったと聞いている。シーロから情報を吐かせる前に、毒で死なないようにしていたのだろう。さらに服従の首輪は、つけた者の居場所がわかるようになっていた。シーロは次々と襲ってくる追手を倒し、これ以上追手が来ないと判断してから陛下へ指示を仰いだ。位置を知らせる機能を壊すのにも時間が必要だったと聞いている」

服従の首輪がどこにあるかダイソンが知ることができるなら、GPS機能を壊すことは必須だ。

「命に別状はないが、衰弱していたシーロはずっと眠り続けていた。昨夜起きて、異常がなかったから報告がきたんだ」

シーロなら大丈夫だと思っていたと、ロアさまは笑った。それを聞きながら、今までで一番の笑顔で、アーサーが何度も頷いた。

「シーロはいつも、徹夜でも短い睡眠でも大丈夫だと豪語するくせに、危険が去ったら眠り続けるんですから。それに、どんな危機でもするすると躱《かわ》してしまう。まったく、成長しても変わっていませんね。後でシーロに、ラーメンとフライドチキンを食べたと自慢しましょう」

「また血涙を出しそうだな」

「休日にアリスのところに来れないの、すごく悔しがってたしね」

「そろそろ血尿も出そうです」

それぞれ好き勝手に言っているのに、シーロへの確かな愛情が顔や言葉に詰まっている。

「ワンコ様用に、つけ麺を練習しておきますね。チャーシューと煮卵も作らないと！　ワンコ様がお好きな味でしょうから、おいしいものを作らないといけませんね」

「つけ麺？　ラーメンのようなものか？」

「はい。ワンコ様に一番に食べてほしいです！」

立ち上がって時計を見ると、もう夕食の時間だった。

「ロアさまが陛下へご連絡している間に、晩ごはんを作っちゃいますね」

うきうきとキッチンへ行き、クリスと一緒に夕食を作る。

「本当によかったですね。ワンコ様なら大丈夫だってみんな言っていましたけど、わたしはワンコ様がどれほど強いか知らなかったので、心配でした」

「シーロ様はお強いですよ。今回のような場合は、一番最適でしょうね」

いつも笑顔で、可愛い系の顔をしているシーロがサバイバルしているのは、すぐに思い浮かばない。

「シーロ様は敵を嗅ぎ分けるのに優れているので、奇襲がすぐにわかるんです。令息なら入ることをためらう茂みや穴の中でも、平気で隠れます。短い睡眠でも動きが鈍りません」

「そのぶん、休めるようになったら寝て回復するんですね」

「ええ。以前一週間ほど眠り続けたことがありましたが、こちらの心配など知らず、元気に起きてお腹が減ったと騒いでおいででしたよ」

クリスもいつもより優しい表情をしている。

「これで服従の首輪で死ぬ人が減りました。シーロ様は、本当にすごいことをいたしました」

その日はそのまま、シーロの無事をお祝いすることとなった。いつもは厳しいクリスも、反対するどころか嬉しそうだ。

みんなが気を遣って、シーロは実はこんな性格だった、こんなエピソードがあったと話を振ってくれるものだから、わたしは早めに抜け出した。わたしがいないほうが話が弾むだろう。

寝る準備をしてベッドにもぐりこんだものの、一向に眠気がやってこない。心が浮き立って、軽い興奮状態だ。

「お茶でも飲んでこようかな」

わたしが自室へ引っ込んだ時に、みんなは侍従の部屋に移動したけど、まだお酒を飲んでいるかもしれない。邪魔をしないように、そっと自室を出ると、部屋はもう暗かった。

防音のおかげか、もうお開きにしたのか、まったく声が聞こえない。

静寂の中でお茶を用意して、ソファーに座った。久しぶりに、何も考えないぼーっとした時間を味わう。

大きな窓からわずかに漏れてくる月明かりが、暗闇に慣れた目に優しい。

「……アリスか？」

「ロアさま？」

ドアのひとつが開き、出てきたのはロアさまだった。薄闇の中で、銀色の髪が輝いている。

「もう宴会は終わったんですか？」

「いや、まだ続いている。少しひとりになろうと思って出てきた」

「では、わたしは自室へ戻りますね。おやすみなさい」

「……ここにいてくれないか？」

なんだか、ロアさまが耳がたれた犬のように見える。

「わかりました。お茶でも用意しましょうか」

調理器くんに、酔い覚ましに効くお茶を淹れてもらってから戻る。ソファーに腰かけたロアさまは、ぼうっと窓を見ていた。

「ワンコ様が無事で、本当によかったですね」

「ああ。生きていると信じていたが……無事だと聞くと、安心してしまった。シーロを信じきれていない、軟弱な主だと叱られるな」

「信じていても、心配なものは心配ですよ」

ロアさまの前に座って、お茶を飲む。このお茶は、ダイエットにもいいらしい。

キッチンメイドの仕事をしなくなってから、肉付きがよくなってしまった。気休めかもしれないけど、積極的に飲んでいこう。

ふたりでお茶を飲んで、明かりもつけない暗闇の中で、静寂を楽しむ。

一日の最後にロアさまと一緒にいると、やっぱりほっとする。学校に来てから、一緒にいる時間が減ってしまったから、余計にそう思う。

「……私は、一日の最後にアリスと話すことを、楽しみにしていたんだな」

「わたしもです。ちょうどそのことを考えていました」

そしてまた静寂。お茶を飲むたびに、ロアさまの喉仏が動く。

「……アリスは、独特な思考をしているな。それぞれの悩みや生まれ、育ちなどを、何でもないことのように言って、吹き飛ばしてしまう。それが心に残るのだろう」

「独特な思考って……」

いきなり何？　そんな考えなんかしていたっけ？　と思ってハッとした。

もしかして、前世の記憶を持っているから？

前世とここでは、価値観や常識が違う。前世では、ネットやテレビなどで、手軽にいろんな情報を知ることができた。女装男子も普通だったし、アーサーみたいにダジャレが好きな人がいることも知っていた。

甘いものを好む男性がたくさんいることも当たり前だった。パティシエやシェフは男の人が多かった。この考え方の違いが、みんなには新鮮だったってこと？

「わたし以外にも、そんな人はたくさんいますよ。まだ出会っていないか、そういう思考を持っているの知らないだけだと思います」

前世の記憶を持っているわたしがいるんだから、ほかにも転生者がいたっておかしくない。

「出会って、考えを聞いたことが重要なんだ。出会っていない人を、どうやって探す？　出会えるかもわからないのに」

「それは……」

「考えを聞いたことがないだけだと言うが、本音ではなく取り繕った言葉しか言わないのなら、その思想は存在していないのと同義だ」

社交界にいくら独特な考えを持つ女性がうじゃうじゃいても、それを隠し通すつもりなら、存在しないのと同じだとロアさまは言いきった。

「なるほど……」

みんな、わたしを物珍しいと思っているのか。

エドガルドは第四騎士団に来るために家を出たと言っていた。その前に一度でも違うところへ行っていたなら、告白されることはなかっただろうな。

「エドガルドとロルフが、シーロの無事を喜んでは、合間にアリスのことで後悔しているんだ」

「後悔ですか？」

「あの商人の悪事を、できるだけ調べた結果が送られてきた。随分と酷いことをしてきたようだ」

わたしを襲った時も、やたら慣れている印象を受けた。行動に無駄がなくて、何回も同じことをしているような。

「それを知り、アリスが異性を苦手なことに納得し、不用意に近付いてしまったことを悔やんでいた。アリスの傷が広がっていないか心配していたよ」

……ロアさまは、告白のことを知っているんだろうか。いや、きっと知ってる。第四騎士団の時だって、自分がいない時のことを知っていた。

ロアさまがそれをどう思っているか、知りたいけど知りたくない。

「それは大丈夫です。未遂でしたし、もう吹っ切れましたから」

「あの商人を捕まえ、ダイソンとのつながりを吐き出させ、今までの罪を償わせなければいけない。アリスが個人的に復讐したいのなら、申し訳ないのだが……」

「そんなことは思っていませんよ。捕まえる時に、ちょっと怪我が増えても仕方ないとは思いますけど」

わざとタックルして地面で顔面を擦るとか、ちょっと股間を狙うとか、傷を増やすとかね。

「……私は」

途中で口をつぐんだロアさまは、両手でカップを包んだ。

「エドガルドとロルフが、アリスを諦めたほうがいいのかと話すのを聞いて、外に出てきてしまった。もし私が選ばれた時、または片方が選ばれた時、あるいは誰の想いも報われなかった時……。ふたりの忠誠がどうなるか知る、いい機会だとも思っている。貴族の考えが染み込んでしまっている私には、恋愛というものは向いていないのだろう」

「ロアさま……」

「恋も愛も、わかったふりをしているだけなのかもしれない。わかるのは、兄上から与えられる兄弟愛と、側近から向けられる敬愛かもしれない感情だけ。私は……父に愛されなかった。母には愛されていたとは、思う。だが父が母に望んだのは、母ではなく女でいることだ。母にとって、私は何番目だったのだろうな」

そんなことはないと言いたいけど、家庭の事情を知らないのに踏み込むのもよくない。

「……少し、酔いが回ったようだ」

痛みを隠して苦笑するロアさまは、脚を組みなおした。窓から淡い月光が照らし、逆光になってロアさまの顔が見えなくなる。きらめく銀髪。無造作にかきあげられた前髪。

……見たことが、ある。

この外見と、このポーズには、見覚えがある。

ちょうどこんな暗さだった。光で顔が見えなくて、綺麗な銀色の髪がきらめいて、低い声には優しさが込められていた。建国祭で、映画のワンシーンのような光景を、確かに見たのだ。

……ロアさまって、王弟殿下?

何回も瞬きをして、最後にぎゅうっと目をつむってから開けてみても、現実は変わらなかった。

深刻そうな顔をしているロアさまの前で、わたしは大混乱中だ。

こんがらがってうまく働かない思考は置いておいて、ロアさまに意識を向ける。

「わたしも、恋愛には向いていませんよ」

「そうなのか？」

「みんな物珍しくて構ってくれていますが、わたしは結婚したくないし、誰かを好きになることも、好意を向けられることも、心の奥で恐れている。たぶん、臆病なんです」

「それは、あんな……おぞましいことがあったからだろう？」

「いいえ」

それだけははっきりと否定できた。あれは駄目押しではあったけど、根本は違うものに傷つけられた。

「……わたしは、わたしに向けられた好意に依存してしまって、それがいつか消えてしまうことが、心底……恐ろしいんです」

まぎれもない、自分が見ないようにしてきた真実だった。

ふうっと息を吐く。認めたくない真実に気付き、人に告げてしまうと、なんだか心が楽になった。

「やっぱり、一日の最後にロアさまとお話しするのは大事ですね。ロアさまはいつも、わたしにたくさんのことを気付かせてくれます」

「私こそ、そう思う」

「それはよかったです」

「そうか……そうだな。私も、恐れているのだろう。今まで私は、何かの、誰かの一番になったことはない。そしてきっと、これからもそうだろう。……その現実を直視することが、恐ろしかったのだ」

ロアさまは笑った。それは綺麗に、ほころぶように。

「ありがとう、アリス。これで私は、また前に進める」

ロアさまは、綺麗だ。顔とかじゃなくて、生き方や考え方が綺麗で、眩しい。

考えるだけで落ち込む事実を、どうして前に進める力にできるんだろう。自分が先頭に立って、すべての傷や痛みを引き受けようとして、それを誇らしいと笑える人。

「夜も更けた。そろそろ眠ろう」

「そうですね。ゆっくり休んでくださいね」

「疲れただろう？　明日は休日だ。ゆっくり起きて、一日休んでいてくれ。おやすみアリス、いい夢を」

「ロアさまも、いい夢を。おやすみなさい」

ロアさまと別れて、私室へ入る。ベッドにもぐりこんで、月明りでほのかに明るい天井を見つめた。

「……ロアさまが王弟殿下だったら、つじつまが合いすぎるよね」

陛下と頻繁に連絡をとれる身分でありながら、ダイソンに狙われて逃げる理由。ダリア公爵家の次期当主であるアーサーの主。

療養中として、滅多に表に出てこない王弟殿下。声さえも変える変身の魔道具をつけて、第四騎士団にいたロアさま。ロアさまが使う予定だったこの部屋に堂々と使われている、王家の色であるロイヤルブルー。

王弟殿下は、ロアさまと同じ銀髪だ。瞳の色だけは違うけど、それは簡単に変えることができる。

「ロアさまは、どうして身分を隠しているんだろう……」

この期に及んでまだ、わたしを巻き込みたくないとか考えているのかな？　もうがっつり巻き込まれているから、今更だと思うんだけど。わたしには身分を隠しているから、その理由を聞くことはできない。

聞きたいけど……どうしてこんなことになっているか、心底聞きたいけれども！　聞けない！　ジレンマ！

「とりあえず寝よう……」

シーロの無事を喜びながら寝よう。深夜や寝る前に、いい結論は出ないものだ。

とある商人の独白

俺は、小さな村で生まれた。馬車で一時間も離れれば存在を知られていないほど小さな、全員が顔見知りの村だ。

俺はずっと退屈だった。だってここには、何にもない。

両親やほとんどの村人は、この生活に満足していた。自然に囲まれた環境や、自分で育てる野菜や家畜なんかが好きだったからだ。毎日変わり映えしないけど、それが幸せってことだと笑ってた。

若いやつはそれなりの年齢になると都会に憧れるけど、村を出ていくことはあまりない。結局、そこらへんのやつと結婚して、変わらない生活を送って死ぬ。

俺は、そんなのまっぴらごめんだった。

ここらへんで一番大きな街で、商会での住み込みの仕事が決まったあと、俺は家を飛び出した。

俺が怠け者だと叩くクソ親父とも、真面目になれと毎日何度も言ってくる母親とも、これでおさらばだ！

書き置きを残しておいたからか、俺に愛想が尽きたからか、街で両親や知り合いと会うことはなかった。

数年働き、俺は働いている商会をやめた。金も貯まったし、ちょいと女をつまみ食いしすぎて、評判が悪くなってきたからな。知り合いのいない街へ行って、またやり直そう。

馬車を乗り継いでたどり着いた次の街は大きくて、活気があった。

「せっかく村を出たんだから、王都に行きてえな。俺ならきっと王都でも通用する」

だけど、王都に住むには金が足りない。

せっかく商人について学んだんだから、商会で働いて金を稼ごう。俺の整った顔と、よく回る口が役に立つ。

街の情報を集めようと入った適当な酒場で、俺は自分の人生を変える男と出会った。

「よお色男！　この街は初めてか？」

背が高く、鍛えられた体をしている男は、リックと名乗った。やや長い黒髪を後ろで束ねた、度数の高い酒と煙草を愛する男だった。

話してみて驚いた。こんなにも意気投合した人間は初めてだったからだ。

「なあ、俺が泊まってる宿に来いよ。部屋には、とびきり上等な酒を隠してあるんだ。これだけ気が合うお前と飲むんなら惜しくない」

初対面の人間の部屋に行くのはためらわれたが、リックに合わせて度数の高い酒を飲んだから、頭がよく回らない。

「泊まってるのはどこだ？」

「この大通りを西にちょいと行ったところだ」

聞けば、泊まっているのはこぎれいな宿だった。いざとなれば暴れて大声でも出してやればいい。

「……そうだな。何かつまみを買っていこう」

酔った体で肩をくみ、お互いを支えながら宿へと行く。リックが泊っている部屋につくと、言っていた通りの高い酒が振る舞われた。

リックは酒を飲みながら、夢を語った。

「今日は、ずっと探してきた相棒に出会えた。顔がよくて、口がうまくて、商会勤めの経験がある。俺はよお、新しい仕事を始めようと思ってんだ」

「どんな仕事だ？」

「お金を持ってるとこから、ちょいとわけてもらうってビジネスさ」

「へえ、家に押し入って？」

「そんな野蛮なことはしない。お前は、金がある家を訪ねて品物を売りながら、顔と口をいかして話をする。その時に、住人の行動パターンとか、金目のものを置いてる場所を偶然聞いちまうこともあるだろうさ。そして俺は、ちょいと何かを失敬する。住人を驚かせちゃいけないから、こっそりとだ。俺なりの気遣いってやつさ」

「なるほどね」

「こっそり拝借する俺の技術はすごいんだぜ？　どんな場所にあっても、何に入っていても、大抵はいただける。お前は断らないだろ？　俺とお前は同じだからな」

リックの言葉を否定できなかった。

きっと俺は、生まれた時からクズになる資格ってやつを持っている。両親が口を酸っぱくして俺の行動について口を出してきたのも、そういうことだ。

「いいよ、手を組もう。いつか王都に行ってくれるならな」

「やったぜ！　まずはこの街からだな！　今夜はこの出会いに乾杯しよう！」

それから俺とリックは、大きな街を転々としながら仕事をした。

まずはふたりで裕福な家を探し出し、俺が駆け出しの商人として品物を売りに行く。次につながるよう、いい品物を仕入れて売るようにした。

娘がいると勝手に俺に惚れてくれるから、そういう家を選ぶようにした。たまに母親まで色目を使ってくることがあって気持ち悪かったが、そういう家はすぐに大事なことを教えてくれる。

重要なことが聞けたら、リックが盗みに入る。翌日騒ぎになった家に行き、こんな状況だからと安く売ったり慰めたりする。

俺が疑われていなかったら、そこで徐々にフェードアウトだ。貧乏になった家は、出費を避けるからな。俺を家に呼ぶことが減っていって、気付いたら街にいないって寸法だ。

もちろん、怪しまれることもあった。その時はためらわずに逃げる。偽名を使い、時には髪色さえ変えているから、まず捕まえられることはない。

そんな生活を続け、ついに王都へたどり着いた。夢の王都はきらびやかで、流行の発信地で、基本的に割高だ。

王都に着いてしばらくして、リックが言った。

「そろそろ俺たちも次の段階へいってもいい頃だと思わないか？」

「つまり？」

「次はお貴族様を相手にするんだ。なーに、俺たちとくらべものにならないくらい金を持ってるんだ。ちょいとばかし頂いても生活できるだろうよ」

「さすがにそれはまずいだろ。手配されれば逃げ切れない」

「だから、娘がいる家を狙うんだよ。お貴族様は、処女が大事なんだと。お前に惚れたら、処女を奪ってやればいい。俺たちがしたことに気付いても、大事《おおごと》にしたくなきゃ泣き寝入りするだろ」

「俺たちのことをバラしたら、処女じゃないことを新聞に暴露するって娘を脅すんならいいぞ」

「そいつはいい！」

そして俺たちが目を付けたのが、ノルチェフ家だった。父親は城で仕事をしていて家にいないことが多く、母親は病気で部屋にいるので、娘を襲いやすい。

お貴族様のくせに貧乏らしく、通いの使用人しかいない。娘が使用人の真似事をしてるっていうんだから笑えるよな。

罪悪感はなかった。お貴族様の中では貧乏ってだけで、明日食うものがないとか、今日寝る場所がないとか、そういうのとは無縁なんだろ。

なら、ちょっとくらい何かをもらってもいいはずだ。

娘のアリスがよく家から出てくる時間に、ノルチェフ家の前で倒れたふりをして待つ。俺の願いが届いたのか、家から出てきたのは使用人ではなくアリスだった。

倒れた俺を見て、アリスが驚いて駆け寄ってくる。

「あの、大丈夫ですか⁉」

「す、すみません……いきなり気持ちが悪くなってしまって」

アリスは何も言わず、すぐに家に戻っていってしまった。

「……くそっ」

さすがに平民みたいに騙されてくれないか。

すぐに動くと仮病だと怪しまれてしまう。動けないふりをしていると、アリスが男の使用人と一緒に戻ってきた。

「この人を見ていてくれる？　わたしはお医者様を呼んでくるから」

お前が呼びに行くのかよ。ここにいてくれないと、弱ったふりをして抱えてもらうとか、顔を近づけるとかできないだろ。

アリスは隣の貴族の家に行き、門番に俺のことを伝えた。そしてすぐに戻ってくる。

「お医者様がすぐに来てくださるそうよ。よかったですね」

声をかけてきたくせに、アリスは俺と距離をとっている。

警戒しまくっているアリスとどう接すればいいか考えているあいだに医者が来て、俺は病院へ運ばれた。

嘘だろ。アリスと近付けずに終わったんだけど?

「貧血のようですね。薬を出しましょうか?」

「……いえ。食事でなんとかします」

病院を出ると、もう日が落ちていた。

「……まじかよ」

こんなに女と距離を縮められずに終わることは初めてだった。

翌日、お礼をするためにノルチェフ家に行ったら、アリスは留守だった。代わりに弟を名乗るトールが出てきて、そいつに品物を渡す。

医者を呼んでくれたお礼ってことで持ってきたのに、肝心のアリスには会えずじまい。

仕方ないので、トールと話すことにした。ここでトールの心を掴んで、アリスに会えるように仕向けなきゃ意味がない。

王都から出たことがないというお坊ちゃんにイラつきながら、俺が住んでいた土地の話をする。目を輝かせて聞くトールは操りやすかった。

「姉さまならもう少しで帰ってきますよ。……ああ、ほら」

玄関のドアが開く音がする。近くにいた使用人にアリスを呼ぶよう指示したトールに感謝しながら、その時を待った。

軽い足音と、小さなノック。ドアを開けて入ってきたのは、貴族にしては平凡な見た目のアリスだった。

「お客様がおいでだと聞いたのだけど」

「おかえりなさい、姉さま。昨日家の前で倒れていた人が、感謝の気持ちを持ってきてくれました」

「突然の訪問、申し訳ございません。あの時私を助けてくれた天使のような方に、どうしてもお礼を言いたくて」

とっておきの笑顔を向ける。

アリスは、俺の目を見ていなかった。俺の目の間、眉間あたりを見ながら、にっこりと微笑む。

……別に、目を見ろとは言わない。貴族だからな、目も合わせないこともある。

本人に会うまでに、何度もここへ通う必要があると考えていたくらいだ。こんなにすぐアリスに会えるなんて、これは好機だ。

「顔色が良くなっていますね。わたしは当たり前のことをしただけなので、気にしないでください」

「姉さま、この方はとても面白い話をしてくれるんですよ!」

「じゃあ、お茶とお菓子のおかわりを持ってくるわね。体の負担になるようでしたら、遠慮なくそう言ってくださいい。トール、話を聞きすぎないでね」

「わかりました」

アリスがお茶を持ってきたら、なんとか一緒に座ってもらって、俺のことを気に入ってもらわなければ。

そう思っていたのに、お茶を持ってきたのは使用人だった。

なんでだよ！　俺にここまで興味がない女は滅多にいないぞ。王都でも振り返って見られる顔なのに！

「姉さまは、男性が苦手なんですよ」

その情報、もっと早くほしかった。

別の貴族を狙ってもいいが、こんな好条件な家は滅多にない。それに、俺のプライドが許さなかった。

アリスの食いつきがいい食品を、大幅に値引きして渡すことにした。完全に赤字だが、この後に回収できるはずだ。

アリスを襲ったあと、脅してほかの貴族とのつながりを持てる。暴露すると脅して、結婚してもいい。これをネタに父親を強請《ゆす》るのもいいな。働かなくても一生暮らせる。

……それなのに、一か月たっても、三か月たっても、アリスは俺に心を開かなかった。それどころか、俺がいやらしい目で見ていると弟に相談する始末。

お前なんか、狙ってる貴族じゃなきゃそんな目で見るかよ。アリスのことを一日中考えてるのは、いつ襲うか考えなきゃいけないからであって、それ以上のことではない！

「いつもたくさんの商品を持ってきてくれて、ありがとうございます」

「今日はアリスお嬢様に会えて嬉しいです。いつもは使用人の方が受け取ってくださいますから」

「今、使用人に用事を頼んでいるんです。こちらこそ、いつも値引きしてもらって、ありがとうございます。あなたが倒れていた時、わたしは医者を呼んだだけですから、そろそろ普通の値段にしてください」

くそっ、そろそろ時間切れだ！　もう俺を家に入れない気だな！

「今までありがとうございました。トールもたくさん話を聞かせてくれて、嬉しそうでした」

トールは俺に懐いてくれているが、母親が俺を疑いだしている。きっとアリスが何か言ったんだ。

……この家に出入りできるのは、きっと今日が最後だ。

「あなたのためならば、いくらでも安くお売りいたします。……こうしなければ、あなたに会うことすらできないでしょう？」

細い手首を握る。とっさに逃げようとしたアリスを、無理やり抱きすくめた。

「あなたのことが、好きなのです。……どうか、私の思いに応えてください」

「ヒッ……！　無理!!」

「無理!?　でっ、ではせめて、私の情熱を受け止めてほしい！」

服に手をかける前に、アリスは逃げ出した。ここはキッチンで、ほかの部屋へ行くには俺の横を通らないといけない。

キッチンの行き止まりへ逃げたアリスを追いかけようとして、脚が止まる。アリスは手にフライパンと包丁を持ち、殺意を込めて俺を睨みつけていた。

「女の敵！　天誅!!」

アリスが包丁を持ち、振りかぶる。

「待っ……！」

腰が抜けて座り込んだ俺の頭上を包丁が通り過ぎ、壁に突き刺さる。俺が情けない声を出している間に、アリスはどこからか縄を取り出して俺を縛った。

そして、俺の大事な大事な息子を、フライパンで滅多打ちにした。

……この痛みと衝撃は、どんな言葉でも言い表せるものではない。顔から出せる液体をすべて出して悶絶する俺を放置し、アリスは駆けだした。

「誰か！　誰か来て！」

「う、ぐっ……！」

どんなに痛くても動かなきゃならない。ここで捕まったら終わりだ。

内股でなんとか立ち上がり、壁に突き刺さったままの包丁で縄を切る。よろよろと玄関から出た俺は、なんとか誰にも止められずに馬車に乗ることができた。

ねぐらにしている宿に戻り、部屋に転がり込む。驚いているリックに、痛みをこらえながら告げた。

「ぐっ……失敗した……」

リックは、冷たく蔑んだ目で俺を見た。

「王都を出て、できるだけ遠くへ行こう。ここにいると危険だ。長旅に必要なものを買ってくる」

それきり、リックは帰ってこなかった。

リックを待っていた数時間で何とか歩けるようになった俺は、リックのぶんも宿代を払い、王都を出ることにした。払いたくはなかったけど、こんなことで俺を捜されて、アリスを襲おうとしたことまでバレるかもしれないのはごめんだった。

行く当てはなく、目についた乗り合いの馬車に身をゆだねる。

それから俺は、王都でのことが事件になっていないか確認しながら、適当に馬車を乗りついだ。

馬車の終点だったバルカ領に着いた時、女の愛想がいいところが気に入って、ここに住むことにした。

バルカ領は、少し寒いけどいいところだ。何せ、みんなお人よしだ。困ったふりをしていると女が寄ってくる。

適当な女の家に転がり込んで、ヒモ生活を始めた。やっぱり、女に働かせて家でごろごろするのは最高だな。

ノルチェフ家が俺のことを公《おおやけ》にしていないことがわかって、のびのびとヒモ生活を送ることができた。

王都を出てから数年後、リックが何かの罪で捕まったらしいことを知ったが、特に何も思わなかった。ただ、俺が払った宿代をもう返してもらえないのが少し口惜しかった。

働かずにだらだら過ごしていると、女に養ってもらって一生を終えるのもいいと思いはじめた。

大金はほしいが、あんな目に遭うのはもうごめんだからな。

そんな俺のところに、ある日見知らぬ男がやってきた。

「お前の所業はすべて知っている。殺されたくなければ、おとなしく従え」

人を脅すことに慣れている空気をまとっていたので、俺はすぐに頷いた。ここで拒否すれば、本当に殺される。

目隠しや猿ぐつわをされて縛られ、馬車の中に転がされた。ご丁寧に耳栓までされたから、本当に何もわからない。

動き出した馬車の中でなんとか逃げようとしたら、それを察知されて痛めつけられた。痛いと叫んだ言葉が、口の中に詰められた布に吸い込まれていく。痛みにうめいていると、さらに縛られ、身動きもできなくなってしまった。

時間の感覚がなくなり、体の痛みも鈍くなっていく。このまま殺されるんじゃないかと怯えていると、ようやく馬車から下ろされた。蹴られて転がり落ちたけど、それに怒るなんてことはしない。

俺は、権力と暴力には逆らわない男なんだ。

乱雑に担ぎ上げられて運ばれ、荷物のように投げ捨てられる。

「よくやった。もういい」

俺を捕まえた男とは別の声がして、目隠しを取られる。久しぶりの光に目がくらんだ。

「ぐっ……！」

「はじめまして、だな」

「ここは、どこだ……。お前は誰だ？」

「言う必要はないが、これからは仲間になる間柄だ。仲良くやろうじゃないか」

ようやく目が光に慣れてきて、はっきりと見えるようになってきた。

目の前にいたのは貴族の男だった。四十代であろう男の腹はやや出ていて、身なりがよかった。

この部屋は地下にあるようだ。窓はなく、石壁に弱々しい明かりがともっている。内装は豪華だが、どこか空気が淀んでいた。

芋虫みたいに床に転がされている俺の横で、貴族の男が芝居がかった様子で頭を下げる。

「ダイソン様、よくぞおいでくださいました」

男が頭を下げた方向から、衣擦れの音がした。暗がりにもうひとりいたらしい。

「いい手駒を手に入れたな」

暗闇から聞こえてきたのは、それなりに歳を取っている男の声だった。どこか無機質で、感情がうかがえない。

「はい。使い捨てでも構いませんが、思ったより使えそうです」

「褒美に、服従の首輪を授ける」

「ありがたき幸せ」

「お前にすべてを任せる。すべてはマリーアンジュのために」

「すべてはマリーアンジュ様のために。後はお任せを」

服従の首輪を持ってきた男は、俺を一度も見ることなく去っていってしまった。

貴族のおっさんは、しばらく頭を下げて動かなかった。気配が消え、部屋にふたりきりになってから立ち上がる。

その顔は晴れやかで、ぞくりと恐怖が背中を走った。

「お前にも服従の首輪をつけてやろう」

「はぁ⁉」

服従の首輪って、禁止されてる魔道具じゃねえか！　こんなもんを首につけられたら、俺の命はこいつらに握られちまう！

逃げたいが、縛られているせいで身をよじることしかできない。服従の首輪を持った貴族のおっさんが、俺に近づいてくる。

「ダイソン、暗殺、毒殺、王位簒奪。これらを口にする、あるいは問い詰められれば、首輪から猛毒が出て、数秒で死に至る」

「なんてもんつけようとしてんだよ！」

「これらを回避できる口があるだろう？　せいぜい今までと同じように、よく回る口を活かして生き延びるんだな」

「……俺に何をさせたいんだ」

「身分のある商人としてふるまえるよう教育をつける。終わり次第、貴族学校に行け」

「なぜ」

「なぜ？　なぜだって⁉　わからないのか⁉」

ドンッと壁を叩いたおっさんは、痛みなど感じていないように、焦点のあっていない目で笑う。

「ああ……そうか。お前はマリーアンジュ様にお会いする幸福を得られなかったのだな」

マリーアンジュって……確か、十年くらい前に死んだ王妃じゃなかったか？

「マリーアンジュ様はこの世を照らす太陽だ！　私は信じない！　あの方が鼓動を止めたなんて！」

えっ……死んでるよな？　国葬もあっただろ？

なんで十年も前に死んだやつのことを、こんな恍惚とした顔で話すんだ？

「あの腐った王はマリーアンジュ様を独り占めして、自分にだけ愛が注がれていると錯覚した！　王家の血筋が流れているだけで、マリーアンジュ様を娶《めと》った！」

「な、なるほどぉ……」

「だから殺す！　マリーアンジュ様より酷く！　毒で長く苦しめて殺さねばならない！」

おっとお……？　こいつはヤバいぞ。

「陛下も殺す！　マリーアンジュ様へ会う権利は私にだってあるはずなのに、離宮へ行かせまいとしている！　殺さねばならない！」

逃げようとしたが、おっさんに踏みつけられる。足裏の感触が不快だが、そんなこと気にしちゃいられない。

「もちろん、マリーアンジュ様に毒を盛ったやつは極悪人だ。それを指示したやつも、賛同したやつも同様だ。だから、そいつらは殺さないよう苦痛を与え続けている。この先何十年も、永遠に苦しめ続けてやる！」

マリーアンジュが死んで十年以上ずっと、殺さないように痛めつけてるのか？　それを嬉々として言う？

　こいつ、狂ってやがる！

「そして、貴族も悪い。マリーアンジュ様に返しきれない恩がありながら、毒殺を防げなかった！　見殺しにした！　だからそいつらも全員殺さないと」

「……それと学校が、どう関係ある？」

　こっそりと床にロープを擦り付ける。早く切れろ！　一秒でも早く！

「おすすめの品と称して毒を生徒に売りつけ、土産にしろと言って家へ持って帰らせるのだ。殺すべき貴族はあちこちに散らばっているだろう？　料理人や商会を懐柔して毒を仕込むのは時間がかかる。その点、学校は便利だ！　殺すべき人間が勝手に集まってくれているのだからな！　家族全員、毒で死ね！」

「その毒を俺に配れ、と」

「どれだけ調べても毒が出ないように作ってある。何せ、体にいいものしか入れていないからな。効果が出すぎたり、体内で毒となっても、それは偶然というものだ」

　縄が、切れない。床は石でできているくせになめらかで、縄は太い。

　……絶望が頭をよぎる。

「上流貴族から狙え。商品には中毒性があるから、売り込まずともすぐに次の商品を求められる」

「前陛下や今の陛下にも、商品と同じ毒を？」

「もちろんだ。城の料理人の家族を人質にとって脅して、毒を入れさせている。効果が出るのに時間はかかるが、そのぶん料理人は疑われないだろう。体調不良になるのに一年、死ぬのに数年はかかる見込みだからな。陛下は健康だから、もっと時間がかかるかもしれないが、マリーアンジュ様に会うために必要な時間だ」

服従の首輪が近付いてくる。縄は切れない。

冷たい刃を首に当てられたような感覚がする。もがいても縄は緩まない。

……喉元で、カチッと死がはめられた音がした。首にずっしりと重い金属の輪を感じる。

服従の首輪を、つけられてしまった。絶望で目の前が真っ暗になる。

特定の言葉を口にすれば死ぬ？　誰かに問われても死ぬ？

なんだそれ……どうしてこんなことに……？　俺はそこまでされることはしちゃいない！　その気にさせた女が迫ってきたらありがたくいただいて、ついでに金目の物をもらっただけだろ！

「今までの行いは、リックという者から聞き出している。貴様なら、少し学ぶだけで貴族学校へ行けるようになるだろう。可能な限り毒をばらまけ。商品はこちらで補充する」

おっさんが何か言っているが、絶望で耳に入らない。

「私はこれから、駄犬に王弟殿下の居場所を聞かねばならない。ははは、毒で殺す前にいたぶってやろう。その後はライナスを傀儡《かいらい》にして王にするのもいい。陛下の死を待つのもいい。マリーアンジュ様に会えるのなら、それだけで……」

反応がない俺を気にせず、おっさんはこれ以上の幸福はないとばかりに、自分で服従の首輪をはめた。

「適当にやれ。後は任せた」

俺をここまで運んだやつがいつの間にか後ろにいて、思いきり殴られた。意識が途切れ、気がついたら小部屋に監禁されていた。

それから数か月ほどで上流貴族と接してもいいようにマナーを叩きこまれ、やっと部屋を出たころには、季節が変わっていた。

「……できるなら、出たくなかったな……。いつ死ぬかわかんねえのに」

そうは言っても、俺の行動と命は、もはや俺のものではない。

服従の首輪をつけられた直後の絶望はひどかった。だが、落ち込んでばかりで動けないのなら殺すと言われ、無理やり立ち直るしかなかった。

さんざん落ち込んだあとは、死なないように頑張るだけだ。今までだってそうだった。顔と口で、他人の人生のいいところをいただくだけ。

うまく学校にもぐりこんだ後は、どうにかして貴族とのつながりを持とうと必死だった。

だけど、貴族ってやつは昔から同じ商会を使ってるもんだ。新たなところを呼び出すのは、誰かに紹介されたり、話題の商品があった時だけ。俺が割り込む隙なんかない。

「どうするかなー……まあ、数か月は成果なしでも殺されないだろ」

学校をうろついて、何かくすねられる物はないか探していると、マリナという女を見かけた。

分厚い眼鏡と三つ編みで野暮ったいが……俺にはわかる！　あれはいい女になる！

惚れさせて手駒にできるかもしれないと思って後をつけると、研究室と書かれた部屋に入っていった。こっそり覗いてみると、草や食材に囲まれて何かしている。

「……そういや、俺が渡された商品にも、同じようなやつを使ってなかったっけ……？」

ハーブとか薬の材料とか、そういうやつ。

周囲に人がいないことを確認して、校舎の中へ入り、研究室をノックする。

「はあい！　今出ますだ！」

ドアを開けたマリナは、俺を見ると驚いて動きを止めた。

「突然申し訳ございません。わたくし、商会の者でございます」

誰でも知っている大きな商会の名を出すと、マリナはさらに不思議そうな顔をした。

「お嬢様が扱っている商品についてぜひお聞きしたいのです。できることなら、我が商会の商品として取り扱いたい。お話をしたいのですが、お時間はございますか？」

「い、今から約束があって……あさって、でもいいだす……ですか」

「もちろんでございます」

夕方に人気のない場所で会うことを取り付けて、研究室を後にする。

「もうちょい見張ってれば、マリナの弱みが握れるかもしれないな」

校舎を出て木の陰から研究室を覗くと、さっきまではいなかった令息がいた。ふたりで何か話しているが、会話は聞こえない。

しばらく見ていると、貴族の女が入ってきた。プライドが高そうな上流貴族だ。

高そうなもんを食べて、のんきに笑ってやがる。こいつが研究室に出入りしていると面倒だな。

マリナの研究が、俺に渡された毒に辿りつくものならば、きっと殺すよう命じられる。マリナが俺のことを怪しんだ時に相談できる相手がいると、非常に都合が悪い。

貴族の女はようやく帰るらしく、立ち上がってこちらを向いた。俺と目が合ったとたん、顔が驚愕に染まる。

「……あいつ、俺に会ったことがあるんだな」

しかも、反応からして、俺がしてきたことを知っている。何度もこちらを見てくる女と、女を守るように立っている令息。

……あの貴族令息は見覚えがあるんだが……どこかで会ったんだろうか。

男の顔はあまり覚えていない性分だ。以前会ったことがあっても、背が伸びて顔立ちが変わるとわからない。

「……これはもう、上に報告するしかないな。ついでに学校での仕事を取りやめてくれたら嬉しいんだけど」

学校を出て、商品置き場と家を兼ねている場所に帰る。唯一持たせられている連絡手段を使って報告すると、すぐに返事が来た。

「なになに、マリナより、俺のことを知っている上流貴族に接触しろ？　貴族令嬢が何を知っているか探りつつ、商品を買わせろ。……マリナは放置か。小娘のお遊びの研究でわかるものは作っていない、か。まあそうだよな。マリナにあの上流貴族を紹介してもらったら、おさらばするか」

俺のことを知っている相手に接触なんて、しないほうがいいに決まってるのに。このまま逃げたいのに、逃げたら死ぬ。

「あいつら、いざとなれば俺を切るつもりだな」

あの上流貴族を俺に惚れさせて、俺がしてきたことを秘密にしろと丸め込むしかない。俺の顔と口があれば、なんとかなるだろ。

……ここで一度、俺の記憶は途切れる。

次に目覚めたとき、なぜか学校の医務室にいた。その場にいた男性教師が、俺が目覚めたことに気付いて近寄ってくる。

「気分はどうですか？　吐き気は？　自分の名前は思い出せますか？」

「……頭が痛いですが、自分の名前はわかります。ですが、記憶が曖昧で……なぜ私はここにいるのでしょう？」

「あなたは頭に強い衝撃を受けて気絶し、運ばれてきました。そのせいで記憶が曖昧になったのでしょう。痛み止めをお渡ししますから、効くまでしばらく横になっていてください」

後頭部がずきずきと痛み、頭が働かない。強い痛み止めを飲んでしばらく休むと、ようやく動けるようになった。

「俺はマリナと会ったのか……？」

問題はそこだ。マリナに会って研究内容を聞き出しつつ、上流貴族を紹介してもらう計画だったのに。

外はもう暗く、帰り支度をしている教師に声をかける。

「私がここへ運び込まれる前に、人と会う約束をしていたのです。運んでくださった方は何か言っておられましたか？」

「あなたは約束をしていた女生徒と会っていますよ。女生徒と話をしている最中に倒れ、通りかかった侍従に医務室へ運ぶよう頼んでくださったそうです」

「お礼を申し上げたいのですが、運んでくださったのはどなたでしょう？」

「名前は存じ上げませんが、確かティアンネ様の侍従だったと思いますよ」

「ティアンネ様……？」

「他国のご令嬢で、あまり人と接しておられないそうで。……いや、最近はとある研究室に脚を運んでいると聞きましたね」

「……もしかしてそれは、マリナ様の研究室ではありませんか？　私がお約束していた方は、マリナ様なのです」

「ああ、そうなのですね。ティアンネ様は、マリナ様の研究室に出入りしているそうですよ」

……研究室で見た上流貴族は、ティアンネという名前なのか。忘れないように頭に刻み付ける。

「手当てしてくださり、ありがとうございました。よくなってきたので、帰ろうと思います」

ぺらぺらと喋ってくれた教師に心から感謝し、学校を出る。

できるだけ早く、ティアンネに会わなければ。医務室に運んでくれた礼だと言えば、毒入りの商品を押しつけることができる。

一度でも商品に口をつければ、あとは毒を求めて、ティアンネから俺に会おうとしてくるはずだ。

そうなればマリナの研究内容も、俺を知っている理由も、ティアンネから聞き出せる。

ティアンネに会えたなら、マリナはもう用済みだ。わざわざ会う理由もない。

「他国の上流貴族なら、こいつの外し方も知ってるかもしれないしな」

夜の空気で冷えた首輪が、俺から体温を奪っていく。

今までなんとかなった。こんな状況になっても生きている。今回もうまくいくだろう。

俺を見て怯えていようがなんだろうが、女ってのは甘い言葉でも囁けばすぐに落ちるもんだ。

「……あの女を除いてな」

股間を滅多打ちにされたことを思い出し、ぶるりと震える。あの女に会うことは、きっともうない。

輝かしい未来に続いていると信じて、俺は夜闇に包まれた道へ踏み出した。

同情と愛情

翌朝、昼前に寝ぼけた頭で部屋を出た。シーロが無事なことがわかったのに、王弟殿下がロアさまだったことで頭がいっぱいいっぱいになってしまって、なんだか申し訳ない。

寝ぐせをごまかすために、ゆるく髪を編んで部屋を出る。

「おはようございます、アリス。もう少し寝ていていいんですよ」

「アーサー様、おはようございます。寝すぎると、夜に眠れないので」

「確かにそうですね」

アーサーからは、相変わらず爽やかな王子様オーラが漂っている。

「二日酔いですか？　飲んでいる途中で、酔い覚ましの薬を飲んだほうがいいですよ」

「二日酔いではないので大丈夫ですよ」

「顔色が悪いですから、今日は休んでいてください」

侍従の服を着たアーサーは、今から出かけるところだったようだ。

「ほかに、服従の首輪をしている人物がいないか探してきます。本日はほとんど出払っていますので、部屋から出ないでくださいね」

「わかりました。おいしいご飯を用意しておきますね」

「では、名前を書いたクッキーが飾ってあるパフェにしてください。とてもおいしかったので」

「調理器くんと下ごしらえくんに頼んで、たくさん食べられるようにしておきますね。いってらっしゃい」

「いってきます」

アーサーが出て行ってしまい、部屋にひとり残される。気持ちを入れ替えて、パフェの準備でもしておこう。今はダイソンのことに集中するべきだ。

それからロアさまたちは一週間を費やして、生徒や先生方を徹底的に確認した。

シーロは服従の首輪を腕に着けられたと聞いたが、やはり首に着けている可能性が高いそうだ。

腕や脚だと、最悪そこを切り落として助かることができる。

トールやマリナにも手伝ってもらい、確認は思ったよりスムーズに終えることができた。しかし、念には念を入れるのがロアさまだ。

「私たちが確認した限りでは、服従の首輪をしている者はいなかった。念のためキャロラインに、学校で不審な動きをしている者がいないか、聞いてほしい」

もちろんと頷いて、クリスに気合いを入れたヘアメイクをしてもらった。

「大変お綺麗です。立ち振る舞いも自然になってまいりましたね」

「クリスがボディスーツを貸してくれたおかげです。ありがとうございます」

「お嬢様の努力のおかげですよ」

覚えた立ち振る舞いは少ないけれど、たくさん練習したので、少しは貴族令嬢っぽくなっていると思いたい。

今日はアーサーとふたりで授業へと向かう。教室にキャロラインがいるのを確認して声をかけた。

「おはよう、キャロライン。授業の後に少しお話ししたいのだけど、いいかしら」

「あらティアンネ様、おはよう。それなら、私のお部屋でどう？」

「嬉しいけれど、急じゃなくて？」

「いいのよ、私の侍従に褒美が必要だもの」

「いつもおいしいお菓子を食べるだけなのだけど」

「それがいいんですって」

綺麗で食べ方がよくわからないお菓子も自分で食べられるようになったし、行くのは別に構わない。なによりお菓子がおいしい。

「それなら、行かせていただくわ。よろしくね」

「ええ、たくさん食べてちょうだい」

キャロラインと時折おしゃべりしながら授業を受け、終わるとそのままお茶することにした。お嬢様らしく歩きながら、女子寮にあるキャロラインの部屋へたどり着く。

部屋に案内され、キャロラインと向かい合って座る。紅茶とともに、華やかで可愛いお菓子が出てきた。薔薇の形をしたケーキがあって、とても可愛い。

お菓子を楽しみながらしばらく雑談して、本題を切り出すことにした。

「キャロライン、聞きたいことがあるのだけれど」

キャロラインがぴくりと動くと、侍女をひとり残して、他の使用人は下がっていった。

「最近、学校に出入りするようになった人物がいないか探しているの。前から学校にいて、怪しい動きをするようになった者でも構わない。何か知らないかしら」

「うーん、そうね……商人がひとり、紛れ込んでいるわ。あれはどこかの間者ね。目的までは知らないけれど」

……あのクズだ。

表情に出さないようにしていたのに、キャロラインには伝わってしまったようだ。キャロラインは優しい声色で、わたしを安心させるように言った。

「どこかの貴族に、婚約者の素行調査でも頼まれているんじゃないかしら。よくあることよ。女生徒に声をかけることが多いらしいから、もしかすると、下流貴族の令嬢と結婚しようとしているのかもしれないけれど」

「……女生徒に声をかけるのなら、近付かないほうがいいわね」

「ええ。異性にしか声をかけない人間は、信用しないことにしているの」

「そうね！　そうしたほうがいいわ！」

つい声が大きくなってしまったことをごまかすようにお茶を飲んでみたけれど、あまりごまかせなかった。

「最近出入りするようになった怪しい人物は、それくらいね。学校では特に変わったことはないけれど……。大きな動きがあったり、ある程度権力を持った貴族の動向しかわからないわ」

「じゅうぶんよ。いつもありがとう、キャロライン」

「また何かあれば教えるわね」

キャロラインはいつも自室でのお茶会に招いてお菓子をふるまって、情報を教えてくれる。友情は嬉しいけれど、与えてもらうばかりの関係はよろしくない。

「お礼に、キャロラインにカリーのレシピを教えようと思うのだけど」

「カリー!?　カリーって、あの……!?」

おお、思ったより食いつきがすごい。ロアさまの提案通り、カレーをふるまうのではなく、レシピを教えることにしてよかった。

「ティアンネ様、あなたって人は……！　そういえば、ティアンネ様はお名前からしてそっちに近いご出身よね。いいえ、探るわけではないわ！」

「そうね、あまり探らないでもらえると嬉しいわ。この国では、カリーはどんな扱いなのかしら？」

「ティアンネ様がご存じないのも仕方がないわ」

この国出身のわたしも知らないんだけど、顔には出さず、すまし顔をする。

「昔、カリーを食べる国と我が国で、貿易をすることになったの。あちらの国へ招かれて、食事をふるまわれたそうよ。その中に……カリーがあったのよ」

怪談のように話し出すキャロラインに、部屋の緊張感が高まっていく。

これ、怖い話のカテゴリーなの？

「それは戸惑ったと聞いているわ……。だって、出てきたのが……」

言葉を濁したキャロラインに、大きく頷いてみせる。なにせカレーの見た目はあまりよくない。日本では彩りよく飾りつけされたカレーも珍しくはなかったけれど、この言い方からすると、茶色いドロドロしたカレーを出されたに違いない。

「最初は、侮辱されたと思ったらしいの。でも、周囲を見れば、みんな食べている。混乱の極み。食べたくない。けれど食べなければ国交が台無しになるかもしれない。最悪、戦争だわ。それに比べれば、おぞましいものを食べるくらい……と、みなが決意を固める前に、一人が意を決して、カリーを食べたのですって」

「まぁ……！」

語り口が完全にホラーだ。思わずノリで驚いてしまった。

「表面上はにこやかに一口食べたあと……彼は、その後、カリーを食べ続けたのよ！」

きゃあぁ、と悲鳴を上げるべき場面のようだった。さすがにそこまでは出来ないので、息を呑んでみせ、続きを促す。

「彼は狂ったようにカリーを食べ続け……そのまま、その国に移住してしまったそうよ」

「えっ、そのまま？」

「ええ。カリーの見た目と彼の奇行は、我が国で語られ……それ以来、誰もカリーを食べようとしないのよ」

待って、そんなもののレシピを渡そうとしていたの⁉　ロアさまは、おいしいから大丈夫だって言っていたけど！

「……わたくしが知っているカリーと、そのカリーは違うかもしれないわ」

「それでもいいわ、一度食べてみたかったのよ！　ありがとうティアンネ様！」

「キャロラインがいいのなら……いいのよ」

そう言うしかなかったわたしを、キャロラインの侍女は責めてもいいはずなのに、顔色ひとつ変えなかった。

「カリーを食べる時は、わたくしも同席するわ。せめて、それくらいはさせてちょうだい」

「もちろん、ティアンネ様も招待するわ。楽しみにしていてね！」

さっそくカリーのレシピを再現させるのだと喜ぶキャロラインと別れ、ちょっと散歩をしてから帰ることにした。

「外に出るのが授業の時だけだと、息が詰まるでしょう？　少しだけですが、気分転換をしてください」

アーサーの心遣いにお礼を言って、おだやかな気持ちで散歩をする。

服従の首輪をしている人間がいないか確認をしているあいだ、わたしは邪魔にならないよう部屋にいることが多かった。マリナの研究室にも、長いこと行っていない。

商人がマリナを狙っている以上、わたしは必要以上にマリナとトールに近付かないほうがいい。ふたりに会えないのは、ちょっと……いや、だいぶ寂しいけども。

「お嬢様、お下がりください」

珍しくアーサーから呼びかけられ、脚を止める。いつも学校へ行く時に通っている、なんの変哲もない夕闇に染まっている小道だ。周囲に人もいない。

わたしの前にアーサーが立ちふさがり、いつでも剣を抜ける体勢になる。ぴりっとした緊張のなか、木陰から出てきたのは、あの商人だった。

「ああよかった、人に会えた」

「……っ！」

ぞわわわっと、すごい勢いで鳥肌が立った。もう大丈夫だと思っていたのに、声を聞いた途端に体が逃げろとわめく。

「何用か」

わたしの前に出てかばってくれるアーサーの声には、棘がある。

「この学校に出入りを許されている商人です。お恥ずかしいことに、道に迷ってしまいまして」

「出口はあちらだ」

「ご親切にありがとうございます。随分と前から迷っていまして、人を探していたんです」

商人は変わらぬ笑みを浮かべたまま、爆弾発言をした。

「高貴な方にお名前を尋ねるのは失礼かもしれませんが、そちらにいらっしゃるのはティアンネ様ではありませんか？」

アーサーが、剣の柄に手をかけた。大きな背中から、今にも斬りかかりそうな気配が漂っている。

「私は以前、学校で気絶してしまったことがありまして。その時に運んでくださったのがティアンネ様の侍従だと、私を診てくださった方に教えていただきました。ぜひ、そのお礼がしたいのです」

研究室であれだけ目が合ってしまったのだから、商人はティアンネの存在を知っている。ティアンネのことを調べて、よく通る道で待ち伏せしていた可能性が高い。

何を考えて商人が接触してきたか、まったくわからない。ティアンネが商人の悪事を知っていると思ったから？　それとも、ほかの目的？

商人を気絶させた後、マリナは商人を見かけてすらいないと言っていたけれど、標的をマリナからティアンネに変えたの？

考えがまとまらない私の前で、商人は人好きのする笑みを浮かべてバッグを開けた。

「こちらはお礼の品です。私の恩人へ捧げたいのです」

本当は受け取りたくはないけれど、ダイソンに繋がる貴重な品かもしれない。

「……では、ありがたく」

アーサーが近付いて受け取り、すぐにわたしの近くまで戻ってくる。

可愛らしいパステルカラーでラッピングされた小さな箱は、見た目も綺麗だ。この状況で、もらった相手が他の人だったら、きっと素直に喜べただろう。

「ここで出会えるとは思わず、そのようなものしか持ち歩いておりませんでした。申し訳ございません。次はたくさんの品物を持ってまいります」

商人は申し訳ないとばかりに、深々と頭を下げた。

「実は、女子寮にティアンネ様宛てにお礼の品をお贈りするか迷っていたのです。ささやかなものですが、気に入っていただけたなら幸いでございます」

はにかむ商人を見て、悪寒が這い上がってくる。

こいつは、ティアンネが女子寮に住んでいることを知っている。貴族学校の生徒は、家から通うほうが多いのに。

「偶然の出会いに感謝して、毎日この時刻に商品を準備して、ここにいることにいたします。ご購入の際はお声がけください」

もう一度頭を下げ、やけにあっさり道を譲る商人に、いつもより高い声で話しかける。

「これが気に入ったら使用人をよこすわ。商会の名を教えなさい」

驚くアーサーの服の裾を掴む。商人に見えないように、バレないように。指先が布を掴んでいるだけなのに、少しだけ震えが止まった。

商人は、すんなりと商会の名を告げ、嬉しいとばかりに微笑んだ。

「我が商会の、自慢の品なのです」

「気に入らなかったら買わないわ」

「もちろんでございます。ですが、必ずや気に入っていただける商品だと、自信をもっております」

「そう。邪魔よ、さっさと行きなさい」

「御前、失礼いたします」

やりすぎなほどお辞儀をしてから去っていく商人が消える前に、つんと澄ましてアーサーへ告げる。

「何をぼんやりしているの。さっさと部屋へ帰るわよ」

「申し訳ございません。まいりましょう」

「今日のお茶は用意しているでしょうね？　わたくし、あれでないと嫌よ」

これで、少しはワガママお嬢様に見せられただろう。商人の前でわたしが話すことがあれば、いきなり商品がほしいと言い出しても疑われないようなご令嬢になると、事前に決めていたのだ。

周囲を警戒するアーサーと女子寮まで戻り、部屋へ入る。ドアが閉まった途端、いまさら脚が震えてきた。

「大丈夫ですか、アリス！　アリスは話さなくてもいいと決めたではないですか！　こんなに震えて……！」

がっしりと支えてくれたアーサーが、部屋にいたロルフに商人のことを説明する。ロルフは驚いて、わたしのために怒ってくれた。

「アリス、なんて無茶を！　聞いただけで、寿命が縮まりそうだ。お願いだ、自分を大切にしてくれ」

ロルフの懇願には、頷けなかった。

「おふたりがわたしのことを心配してくれているのは伝わっています。本当にありがとうございます。でも、商人に接触するチャンスを逃したくなかった。あそこで、逃げたくなかったんです」

支えられていたアーサーの腕に掴まり、震えの止まった脚で立つ。

「このままあのクズに怯えて過ごすなんて、絶対に嫌だったんです。アーサー様はきっと、わたしが話さずとも、決めた通りの会話へと誘導してくれたでしょう。でも、それに隠れて、話さなくてよかったと安心したくはなかったんです」

アーサーの腕を離しても、わたしの脚は、わたしの体をしっかりと支えてくれている。

「あの時は確かに震えていました。商人がいきなり現れて、虫も殺したことがないような顔をして話しかけてくるのが怖かったから。でも、今感じているのは……怒りです」

わたしを突き動かしているのは、まぎれもない怒りだった。

昔、商人に襲われそうになった時に感じたのは、諦めだった。やっぱりという感情が胸を埋め尽くし、細身のイケメンというだけで嫌悪するようになってしまった。自分のことより、気付けなかったと自分を責める家族のケアを優先していた。

でも、今は違う。

二度もわたしに狙いをつけ、トールに人を殺す練習までさせ、なんの罪もない頑張り屋のマリナにまで声をかけた。

「絶対に許せない！　絶対に……絶対に！」

体中の細胞が燃えている。産毛が逆立って、体温が上がる。わたしの家族に消えない傷をつけたあいつを、絶対に許さない！

「今度こそ、むしり取る！」

なぜか広げられていたアーサーとロルフの両手が、そっと下ろされる。心なしか股間を守っているような体勢には触れないでおいた。

少しすると全員が集まったので、なにがあったか説明をした。みんな何か言いたそうだったけれど、先に商人から渡された小箱を開けることにした。

念のためロアさまとわたしは後ろにいるように言われ、二歩ほど下がる。エドガルドが慎重にパステルピンクのリボンをほどき、箱を開けた。

中には、可愛らしくラッピングされた袋があった。ピンクと黄色と白の袋が、それぞれ三つずつ入っている。

「……茶葉のようですね」

エドガルドの手によって開けられた小袋の中には、おそらく紅茶が入っていた。茶葉そのものではなく、ティーバッグに近い。

粉にされた茶葉はブレンドされているらしく、ところどころ白や黒色のものが入っている。

ロアさまは静かに、ずっと考えていたであろうことを口にした。

「ダイソンが陛下を弑《しい》するのであれば、毒を使うのではないかと思っている。陛下も同じお考えだ。

茶葉に毒が入っている可能性があるので、城へ回す。サンプルが九個なのは心もとないが、今までで一番の手がかりだ。箱ごと持っていくので、中に茶葉を入れておいてくれ」

ロアさまは、早足で自室へと向かった。陛下と連絡を取るんだろう。

「この成果はアリスのおかげです。しかし、あまり無茶はしないでください。震えていたと聞いています」

エドガルドが心配そうに声をかけてきたので、大丈夫だと微笑む。

「確かに、恐ろしかったです。人にひどいことをしているのに、そんなことはしていないとばかりに堂々と歩いて声をかけてくる精神がわからなかったから。でも今は、とっても怒っています。本当に怒っているんです。だから、大丈夫ですよ」

「恐れを怒りにできるなんて……アリスは本当に強いですね」

そんなことはない。でも、怒り狂って商人の商人をもぎ取ると言っている令嬢がそんなことを言っても、笑い話にしかならない。

エドガルドがやけに羨望の目で見てくるのは、居心地が悪かった。

「辛いなら無理しないでよ。ボクたちだって、頼られたいんだからさ」

「レネ様のおっしゃる通りです。お嬢様が変身の魔道具をつけてティアンネになる前は、私がティアンネになっていたのです。いつでもティアンネになりますので、ご安心ください」

「ありがとうございます、レネ様、クリス。でも、この試練を乗り越えたいんです。いつか店を出す時に、商人と似た顔の人間が来ても、顔が整った男性が来ても大丈夫なように。自信をつけたいんです」

みんなは、何とも言えない顔をした。お互い顔を見合わせたあと、レネが口を開く。

「アリスは、自分のお店を出したいんだよね。まだその夢は変わっていない？」

「はい！　そのために、お店で一緒に頑張ってくれる下ごしらえくんと調理器くんを、褒美としていただきたいんです」

「……そうなんですね」

エドガルドとロルフが、特に微妙な顔をしている。どうしてか考えて、ハッとした。

貴族女性が店を出すなんてありえないことだ。しかも結婚後なら、なおさら。これって、遠まわしにエドガルドとロルフを振ってることになるのかな!?

「ええーと……その」

言葉を探して、視線を泳がせる。焦るばかりで、全然いい言葉が思いつかない。

「おふたりのことは、真剣に考えていますので！」

商人が出没した騒ぎと、ロアさまが王弟殿下だったインパクトでいっぱいいっぱいだけども！

考えていないわけじゃない！　なんなら、転生してから一番悩んでいる！

「ありがとうございます。商人のことが落ち着いたら、アリスの心に住まわせてもらえるように頑張りますね」

侍従の仕事を優先する、真面目なエドガルドらしい台詞だ。

「アリスの気持ちを、また俺たちでいっぱいにするから。覚悟しておいてよ？」

ロルフのウインクは、いつも綺麗だ。チャラチャラしてそうに見えて、誰より律儀で、エドガルドが大好きなロルフのことだ。きっとまた、エドガルドが何かリアクションをしてから、自分も行動を起こすのだろう。

「わかりました。迎え撃ちます」

「迎え撃たないで、受け入れてくれ」

「あっ、そうですね！　すみません、わたしにとって色恋沙汰は戦争のようなものなので、つい……」

ツッコミをいれたロルフが、笑いをこらえようとして噴き出す。何かのツボに入ったようだ。こんなに笑うロルフは珍しい。

「誤解のないように言っておきますが、誰が想いを寄せてくれても、店を出したい気持ちは変わりません。本当です」

「アリスの気持ちを疑ったことはありませんよ」

笑ってすぐに話せないロルフの代わりに、エドガルドが答える。

「それにしても……口説くと宣言したご令嬢に、迎え撃つと言われるなんて」

エドガルドも珍しく、くすくすと笑う。ロルフとツボは同じようだ。

「あの……自分でもご令嬢らしくない受け答えだったと思っているので……」

さすがにこんなに笑われると恥ずかしい。

「では、私もひとつダジャレを披露しましょうか」

「なんで⁉」

アーサーのボケに、すかさずレネがツッコミを入れる。部屋が笑いに包まれてようやく、みんながわたしのために空気を軽くしてくれたのだと気が付いた。

ここでお礼を言うのは野暮だろう。感謝の気持ちを込めて、夕食にはみんなが好きなものを出したいな。

お茶をお城へ送ってから二日後、ロアさまは少し残念そうに告げた。

「城から連絡が来た。今のところ、商人にもらった茶葉に怪しい成分などはないそうだ」

部屋にちょっぴり残念な空気が漂う。調べてくれた人達も一生懸命してくれただろうけれど、ようやくダイソンへの手がかりを掴めたと思ったぶんだけ、落胆が大きい。

「これですぐにダイソンを捕まえられるようならば、我々はこんなに手こずっていません。手がかりには違いないのですから、好転していますよ」

「そうだ。逃げるしかできなかったあの時から考えれば、いかに進んでいるかわかるはずだ。ダイソンを捕まえるまであと少しだ」

アーサーとロアさまの言葉で、みんな気持ちを持ち直す。

少しばかりがっかりしてしまったけど、ダイソンに捕まらないように逃げていた時と比べれば、随分といい状況になっている。

「次の商品に何かが仕込まれている可能性もある。もう一度あの商人に会い、できるだけ購入しよう。商人が待っていると言った場所は、女子寮と学校を行き来する時に必ず通らなければならない道だ。アリスは、また会うことになるかもしれない」

商人に会った日から今日までは、授業が少ない日だった。商人と約束した時間より早く帰っていたから、会わずに済んでいた。

「自分で選んだことですから、ロアさま達は気にしないでください。この間もアーサー様がいてくれたおかげで、思ったより怖くありませんでした。アーサー様が守ってくれると信じていましたから」

「アリス……私を信じてくださって、嬉しいです」

どこかふんにゃりと、子供のようなあどけなさを漂わせるアーサーの笑顔が直撃する。作ったような王子様スマイルではない笑みは珍しくて、破壊力がすごい。

「くっ……！」

思わず手で顔をかばうが、アーサーの笑顔はそれを突き抜けてきた。

「ウレシーニに行けて、なんて嬉しいに」

「よかった、いつものアーサー様ですね」

やっぱりアーサー様はこうでなくっちゃ。今じゃ、一日一回アーサー様のダジャレを聞かないとそわそわするようになってきた。アーサー様がダジャレを言わない時は、状況が悪い、あるいはアーサー様の体調が悪いということに気付いてしまったからだ。

ロアさまが、わざとらしい咳をして話を戻す。

「明日は授業が多いから、アリスは商人と約束した時刻にあの道を通ることになる。会うのが嫌ならば、学校を休んでもかまわない」

「ありがとうございます。大丈夫ですから、学校は休みませんよ。商人がいたら、たくさん買ってきますね」

防犯の魔道具をたくさん持っていって、いざとなったら返り討ちにしてやる！

意気込んでたっぷりと眠った翌日、授業が終わってあの小道を通ると、商人が立っていた。

……うん、大丈夫。今日は震えていない。怖くもない。信頼している人が守ってくれると信じているから。

一緒に来ていたアーサーが前に出て、わたしの視界から商人を消してくれた。

「お嬢様が商品をお望みだ」

「ありがとうございます。以前お渡しした品と、我が商会自慢の品もいくつかお持ちいたしました」

「茶か？」

「さようでございます。バルカ領とオルドラ領で採れた、厳選したハーブを使用したハーブティーもございます。女性に人気の、美容に効くものも数種ご用意させていただきました」

「すべていただこう」

エドガルドとレネが前に出て、商品を受け取る。商人の視線がわたしに向いたのを感じて、扇をばさっと広げる。

「お前、次もここにいるのでしょうね」

「もちろんでございます。お美しいお嬢様のためならば、いつどこにでも馳せ参じてみせます」

うやうやしく頭を下げた商人に返事はせず、そのまま踵《きびす》を返す。

後ろにエドガルドとレネがついてくる気配を感じる。アーサーはしんがりに残って、商人を警戒してくれていた。あのクズに背中を見せるのは抵抗があったけど、今は大丈夫だ。

気付かないうちに足早になりそうなのを、意識してゆっくりと歩く。クリスがくれたボディスーツのおかげで、お嬢様らしく歩けているのが本当にありがたい。

女子寮へ入る前に、商品に盗聴器や発信機がないか念入りに確認してから部屋に戻る。ドアを開けると、ソファーに座っていたロアさまが立ち上がった。

「商人がいたんだな。よくやってくれた。何もなかったか？」

「はい。盗聴器などもないようです」

「アリス、気持ちが悪いなど異変はないだろうか？」

「大丈夫ですよ。三人が一緒に行ってくれたので、とても心強かったです。ありがとうございます」

「騎士は守るのが仕事だ。アリスを守れて本望だろう」

みんなで集まって、綺麗な箱を開ける。中に入っていたのは、いろんな種類のお茶と、それらを使ったお菓子だった。エドガルドとロルフの顔は青ざめるほど真剣だ。

「……先ほど、商人が言っていました。ロルフと僕の領地で採れたハーブを使用していると」

「ハーブは、エドガルドとロルフの領地の特産品だったな。心配になるのも無理はない」

ロアさまは、エドガルドとロルフの肩に力強く手を置いた。

「事前に知れてよかった。これで先手が打てる」

「……そうですね。何も知らないまま、いきなり毒殺に使われていたと言われるより、随分といいです。俺の領地を巻き込んだことを後悔させてやりますよ」

手をボキボキ言わせているロルフからは、いつもの華やかな笑みが消えている。狼のように鋭い視線に、エドガルドも頷いた。

「絶対に許さない。解析で何か出ればいいのですが……」

「そうだ、たくさんあるので、少しマリナとトールにわけてもいいですか？　マリナの研究所には、以前勤めていた先生が残していった機械があるそうです。分析などができると聞きました」

「城にあるものよりは劣ると思うが……。そうだな、少しわけてみよう。トールの執念が、何か見つける可能性がある」

そのあとトールにこっそり商品を渡してくれたクリスは、帰ってきてからどこか感慨を込めてつぶやいた。

「手がかりを見つけるとすれば、おそらくトール様でしょうね……」

何があったかは聞かないことにした。

その夜はみんな忙しそうだったので、わたしは早めに眠ることにした。みんながわたしを気遣って、商人のことを話す時に言葉を選んでくれているのが伝わるからだ。わたしが部屋に引っ込んだほうが、話がスムーズに進むはずだ。

ふかふかのベッドにもぐりこんで、薄闇の中で天井を見上げる。

もう商人のことは吹っ切れたと思っていたのに、近くで会話をしてしまうと、感情がぐちゃぐちゃになる。主に怒っているからだけども。

今までたくさんの人生を踏みにじってきたのに、それを何とも思っていないような態度を思い出すだけで腹が立つ。服従の首輪をつけられてダイソンに逆らえないのだろうけど、だからといって許す気にも同情する気にもなれない。

考え出すと止まらなくて、ひとりでも着られるワンピースに着替え、キッチンへ行くことにした。

そうっとドアを開けて部屋から出る。静まり返った談話室は暗い。

「こんな日はあたたかいココアか、砂糖をたっぷり入れたミルクティーが飲みたくなるよね」

疲れている日は、なおさら。

「その通りです」

「ぎゃっ……きゃあっ!」

「悲鳴を上げる時、余裕があるようになりましたね」

「わたしを脅かすのは、いつもエドガルド様ですから」

暗闇の中、ぬぼうっとソファーに座っていたエドガルドは、疲れている様子を隠せないまま微笑んだ。

「そうかもしれません。僕はいつもアリスを驚かせています」

下を向くエドガルドの顔には、いろんなマイナスの感情が張り付いている。

自分の領地の特産品がよろしくないことに使われているかもしれないのに、穏やかにいられるはずがない。ロルフも気丈にふるまっていたけれど、おそらく気にしているはずだ。

ロルフは、きっとひとりで弱みを隠す。だから今晩は部屋から出てこない。

エドガルドは弱っているところをさらけ出せる性格だ。だから、わたしが来てもそこまで動じなかった。

「エドガルド様もココアを飲みますか？」

「……そうですね。いただきます」

キッチンへ行き、ココアを作る。マシュマロをのせて完成だ。まだ暗いままの部屋へ戻って、エドガルドへココアを渡す。

「ありがとうございます。……おいしいです」

「よかった。疲れた時は甘いものですよね」

「甘いものはいつでもおいしいです」

さすがエドガルド、ブレない。

ふたりで向かい合って座って、ココアを飲む。両手でカップを持ち、手をあたためながらココアを味わっていたエドガルドは、ぽつぽつと語りだした。

「……バルカ家が厳しいという話は、アリスに話したことがなかったですね」

「少しだけ聞きました」

「聞かないでいてくれたことに、感謝しています」

エドガルドの長いまつげが下を向いている。

「厳密にいえば、バルカ家が厳しいわけではないのです。……父が、厳しいだけで」

「エドガルド様のお父上ですか？」

「はい。バルカ家が侯爵になったのは、祖父のおかげです。父は、祖父に憧れていたと聞いています。……でも、父と祖父は違う人間だ」

カップが割れそうなほど指に力を入れたエドガルドは、様々な感情をココアと共に飲み干した。

「祖父のような働きを期待され、落胆されることを繰り返し……父は、だんだんと変わっていきました。そのうち僕に、祖父と全く同じことをするように強要したのです」

「……そんなことがあったんですね」

「もちろん、祖父は諌《いさ》めてくれました。ですが、そうすると余計にこじれるばかりで……。祖母が亡くなったのを機に、祖父は離れた場所に移りました。それ以来、あまり会っていません」

どう返事をすればいいのか、相槌を打っていいのかすらわからない。

思ったより重いエドガルドの過去に動揺していると、不意にエドガルドの視線に貫かれた。

鋭くて、真剣な……男の目だった。

「……アリスは、結婚したくないのですね」

ぐっと唇を噛みしめる。

ここが分岐点のような気がした。ここでどう答えるかで、エドガルドとの未来が決まる、そんな気がする。

「……結婚は、したくありません」

偽りのない気持ちだった。

いつか、誰かと結婚したくなる時が来るのかもしれない。けれど今は、そんなことは考えられない。

「……バルカ侯爵家ならば、無理にアリスと結婚しようと思えばできるでしょう。でも……僕と結婚すると、あの家にアリスを縛りつけることになる。みんなこの状況をどうにかしたいのに、好転させようと、もがけばもがくほど絡まって悪化していく。……アリスならば、何とかしてくれる気もしますが」

「それは……買いかぶりすぎです」

「そんなことはありません。でも……これは、僕と父と祖父が解決すべきことです。……それに」

エドガルドは、弱々しい笑みのようなものを顔に張り付けた。

「アリスに、無理強いはしたくない。強要されるのは……辛いですから」

口を閉じたエドガルドは、それきり喋ろうとしなかった。

冷たくなったココアが、カップの中で揺れている。ここでココアを飲むのは違う気がするので、エドガルドの思案が終わるのを待つことにした。

しばらく待っていると寒くなってきて、思わずくしゃみが出てしまったのをきっかけに、エドガルドは思考の海から帰ってきた。

「自分のことでいっぱいで、アリスのことを気遣えないなんて、すみません……。ロルフなら気付けたのに」

「深夜にいい考えは浮かばないですよ。あたたかくして、ゆっくり眠ってください。睡眠不足はマイナス思考の元ですから」

「……ありがとうございます」

儚げに微笑んだエドガルドは、どこか頼りない足取りで帰っていった。それを見送ってから、カップを片付けて部屋に戻ることにした。

その晩は、エドガルドのことを考えて、なかなか眠れなかった。エドガルドのことは嫌いじゃない。むしろ好きだけど、恋愛感情かと聞かれると違う気がする。

ただ一つわかるのは、同情で結婚してもろくなことにならないということだった。


その後は、エドガルドとは何もなかったように過ごした。こういう時エドガルドは、苛立ちや落胆を顔に出す人ではない。

それに、わたしのことばかり考えているわけでもないと思う。今はロアさまと自分の領地の一大事だから、そちらを優先しているのがわかる。

商人から品物を購入してから一週間経つけれど、いまだ進展はない。できるだけいつも通りに過ごすのはロアさまからの頼みだけど、わたしだけ何もしていないようで歯がゆい。

そんな時、珍しくマリナから連絡がきた。話したいことがあるそうだ。

「彼女は、行動力がありますね」

女子寮のランドリー室で待ち伏せしていたマリナに、むんずと腕を掴まれたというクリスは、腕をさすっていた。ちょっと痛かったのかもしれない。

その夜、マリナがこっそり部屋に来た。

「みなさん、夜遅くに申し訳ないだす」

「トールと一緒に、商品を分析してくれているのだろう。本当にありがたいことだ。申し訳ないだなんて思わないでくれ」

「いいえー、トールとティアンネ様のためですから！」

ここで口先だけでも、ロアさまのためと言わないマリナは素直だ。

「あれからマリナ嬢は商人と会っていないと聞くが、変わりないだろうか？」

「はい！　女子寮へ帰る時に見かけるんだけども、声もかけてこないだす。おらと会った時に少し研究内容を喋ったので、そこで聞きたいことは聞いたのかもしれないだす」

「トールも変わりないか？　商人がティアンネを探っているから、アリスと会わないでくれと伝えたんだ。トールは過去に商人と話したことがあるだろう？　アリスに会えば、商人はトールを見る機会が増える。万が一にでも、ティアンネとアリスを関連付けて考えられてはいけないからな。それからトールに会う機会がなく、どんな様子か知らないのだ」

わたしは研究室にも行っていないし、マリナに会うのは久しぶりだ。トールにはもっと長いあいだ会っていない。

「絶対に商人を捕まえてみせるって、鬼気迫る顔で商品を分析してるだす！」

「トールも元気そうでよかった。マリナ、トールにちゃんと寝るよう伝えてくれないかしら？」

「へえ！」

ずっと分析をしてくれているからか、夜も更けてきているためか、目がしょぼしょぼしているマリナは、勢いよく頷いた。

「間違っているかもしれませんが、みなさんに見てほしいものがあるんだす！　キッチンをお借りしてもいいだすか？」

「構わない」

ぞろぞろとキッチンへ移動すると、マリナは持参していた瓶をいくつも取り出した。

「おら、昔からハーブや調味料に興味があって、どうしたらもっとおいしくなるか研究しとりました。みなさんが城からの結果を知らせてくれたり、トールの分析で、おらにもなじみ深いものがたくさん使われていると知りました」

マリナが開けた瓶には、調味料や乾燥させたハーブや薬草などが入っているようだった。

「このハーブは、天日で乾燥させて粉にしたものだす。これとこれを同じ分量で混ぜ合わせて、こちらの乾燥させていないハーブをすり鉢で混ぜたものを加え、蜂蜜を少し……よーく混ぜてから塩、さらにこの薬草を加えて……」

マリナが説明しながら何かを作っていくが、工程が複雑で、途中から覚えきれなかった。

薄く切ったパンに出来上がったペーストを塗り、オーブンで焼いていく。カリカリに焼けたパンを出して、マリナは輝く笑顔で振り返った。

「はい、毒だす！」

「はい、毒だす⁉」

驚きすぎて、思わずオウム返ししてしまった。

毒って、こんな料理番組みたいなノリで出てくるものだっけ⁉

「ハーブをおいしく食べようとたくさん研究して、おいしい食べ方に出会えたんだす。でも、これを食べているとだんだん調子が悪くなっていって……。食べるのをやめたら、元に戻ったんだす。商品に含まれているハーブを聞いた時、おら、真っ先にこれが浮かんで……」

怯えるようにこちらを窺うマリナは、それでもはっきりと言った。

「これは実体験で、おらの家族にも同じ症状が出ました。検証はしてません。商人から買ったやつは他にも色々と、何かよくわからんものまで入ってる。だから参考にならないかもしれないけど……黙ってるよりはいいと思って」

強い眼差しで顔を上げたマリナは、全員から向けられる鋭い視線に固まった。怯えながらわたしににじり寄ってくるので、背中に隠す。

「……マリナ嬢。それは重大な発見かもしれない。よく言ってくれた。礼を言う」

「そ、そんな……まだ毒だって確定してるわけじゃないので、お礼はいらないだす！」

「もう一度、作り方を教えてくれないだろうか。城でも検証する」

ロアさまは、真剣な顔をしていた。

「アーサー、エドガルド！　これを食べ、体調の変化があるか教えてくれ」

「喜んで」

「かしこまりました」

「ロルフとクリスは、マリナ嬢に聞いて同じものを作ってみてくれ。作ったものは城へ送る」

「承知しました」

「いくつか作ります」

「レネは、マリナ嬢に作り方を聞いて、手順を書いてくれ」

「はい！」

「マリナ嬢、これを食べて気持ち悪くなった時はどうしていた？」

「み、水をたくさん飲めば、楽になるのが早かった気がします。……あの、でも！　これを食べても、すぐに変化は出ないんだす！　半年はかかりますだ！」

「それも含めて検証する。……本当に感謝している」

ロアさまが深々と頭を下げ、それに倣ってみんなが頭を下げる。

慌てているマリナにお礼を言いながら、みんなが動き始めた。ロルフがマリナをエスコートしながら、わたしの後ろから連れ出す。

「マリナ嬢、さっそく作り方を教えてくれないか？」

「へ、へえっ！」

マリナが多めに持ってきてくれていた食材を使って、さっそく毒らしきものを作っていくことにした。手洗いしているクリスの後ろで、ペンと紙を用意したレネが細かに聞いている。

「瓶に入っているものの名前と、どうやって乾燥させたとか、全部教えてくれる？」

「へいっ！」

緊張しきっているマリナだったが、しばらくすると、ぎこちなさが消えた。好きなことを話していると、緊張よりも真剣さが上回るらしい。

「この毒っぽいものを食べた時、どんな症状が出たの？」

「咳が出たり体がだるくなったり……なんとなくだすけど、体そのものが弱っていくような気がしました。すぐ熱が出るようになったりとか、そういうんです。でも、これが原因だって気付かなかったから、パン粥に入れて食べたりしてたんだす」

「なるほど、調味料のような扱いだったわけだね」

レネがわかりやすい例を出してくれたので、頭の中で電球が輝いた。

わたし用にわかりやすく例えるのなら、この毒は醤油の位置づけだ。おいしい醤油を使いだした半年後に体調を崩しても、それが原因だとは思わない。

まずは風邪をひいたとか、寝不足やストレスだと思う。食事を疑うにしても、食べ合わせが悪かったとか、食材が傷んでいたとか、そういうことを考えちゃう気がする。

「この味付けが気に入っているのなら、材料を変えても使うよね。他の組み合わせもあるはずだし、どんな食材にも対応できるようにしてるのかも。あのダイソンが、たったひとつしか毒の手段を用意していないなんて、有り得ない」

「あの……まだこれだって確定したわけじゃ……」

「もし違っても、マリナ嬢を責めることなんてないよ。本当にありがとう」

「準備ができたぞ。マリナ嬢、指導をよろしく頼むよ」

ロルフのウインクにうろたえながら、マリナが頷く。

わかる。ロルフは綺麗なウインクを連発するから戸惑うよね。

マリナに教わりながら、クリスとロルフが試作品を作りだすと、少し手持ち無沙汰になってしまった。レネが真剣にメモしているのを見て、わたしも気になることを書いておくことにした。

アーサーがロルフの手元を覗き込み、形のいい口を開く。

「マリナ嬢によれば、この毒はオーブンなどでじゅうぶんに熱することが必要だとか。フライパンで熱する場合はどうなのでしょう。煮たら毒は消えてしまうのか？　一緒に食べるものによって効果が異なる可能性もあります。それらを研究しているのなら、かなりの時間と人手と費用が必要になるはずです」

「その通りです。これがダイソンが使う毒なのだとしたら、陛下のお食事にも同じものを混入しているかもしれません」

エドガルドの顔色は少し悪い。王族の食事にこのような毒が使われているのかどうかは、とても重要なことだ。

落ち着いた声色でクリスが励ます。

「それを今から調べるはずです。幸いにも、陛下の体調はお変わりないと聞いております。それに、ここで何が出ようとも、裁かれるべきは悪用したダイソンです。断じて、農作物を作った者たちではありません」

「……そうですよね。ありがとうございます、クリス。今は自分にできることに集中することにします」

「そうだぞ、エドガルド。……よし、出来上がった。後でアーサーと一緒に食べてみてくれ」

作り終えたロルフが、できたものを瓶につめる。おそらく初めて調理をしたロルフは、軽く手を振った。

「お疲れ様です。どちらが作ったかメモを貼っておきますね。しばしお休みください」

アーサーとエドガルドが食べるものを残して、クリスが瓶を密封した。メイド服の長いスカートをものともせず、瓶を持って早足に行ってしまった。

「正直に言うと、おらにはどの工程で毒が発生するかわからないんだす。余分なところもあるんだろうけど、わからなくて……」

「よく見つけたよ！　マリナ嬢もきっと褒美をもらえるぞ」

明るいロルフの笑顔に、マリナがほっとしたように息を吐いた。

「マリナ嬢の情報は本当にありがたいよ。複雑だし、食べ続けなきゃ効果がでない。城でもすぐにはわからないはずだよ」

「レネの言う通りですよ。マリナ嬢に協力していただいたおかげです」

「あんれえ……」

間近でアーサーのキラキラオーラを浴びたマリナは、顔を真っ赤にした。キャパオーバーしたように動きを止めたあと、わたしのほうへにじり寄ってくる。

「わかる、わかるわマリナ。顔面の暴力よね。こんなに整った顔できらめくオーラを浴びせられたら、それはもう目潰しと同じなのよ」

「こんなにきらきらしたお方が近くにいるなんて初めてで……」

「トールは可愛いものね」

「トールは世界一かっこいいです！」

言いきったマリナは、自分の発言に驚いたあと、これ以上ないほど顔を赤く染め上げて、手で顔を隠してしまった。

こんな状況だけど、少しほっこりした。シスコンを隠さないトールを好きになってくれるレディーがいるなんて、姉としてこんなに嬉しいことはない。

「そろそろマリナ嬢も帰ったほうがいいでしょう。送ります」

「こっ、こんな夜に男性と歩くのは駄目だす！　それに、おらと一緒にいるところを見られるのはよくないんだすよね⁉　では！」

アーサーの提案を全力で拒否して、マリナはささっと帰っていった。

部屋には、手を差し出したポーズのまま、ぽかんとするアーサーが残った。そんな場合じゃないのに、ちょっと笑ってしまった。


今日は商人に接触する日だ。学校は休みだけど、たくさん分析したり研究したりしたので、商品が少なくなってしまったのだ。

商品がなくなるのが早すぎるのではと思ったけど、在庫管理をしているクリスの意見は違った。

「上流貴族の中でも消費が早いほうですが、疑問に思うほどではありません。特にお嬢様はワガママに振る舞っておいでですから、在庫など気にせず、欲しいものはすぐに購入するとしても不自然ではないでしょう」

あの場所を見張っているクリスによれば、毎日あの時間、暗くなるまで商人が立っているらしい。

頭の中で、女子をどう襲おうか考えながら暗闇に立ってるわけ⁉　こわっ！　怖いよ！

「商人であれば、商会に呼び出しの連絡がきて、自分から顧客の元へと赴くのが一般的です。あるいは、自分から連絡をするかですね。あのように、毎日同じ時間に同じ場所にいるのは非効率です。偽りの身分ですから、商会に連絡されては困るのでしょう」

「だから、自分からあの場所にいると言い出したのか。それを誤魔化せていると思っているあたり、小物だな」

クリスの冷静な分析と、ロルフの辛辣な言葉に、気持ちがすうっとなめらかになっていく。

そうだ、わたしはひとりで会うんじゃない。不自然なことがあれば、誰か気付くはずだ。

みんな心配して、わたしが商人に会う必要はないと言ってくれた。けれど、いざという時に怯えて動けないのは困る。行くと決めたのは自分だ。

「おかげで落ち着きました。いってきます」

「何かあれば、すぐに戻ってきてくれ。アーサー、レネ、エドガルド。場合によっては剣を抜くことを許可する」

三人は真剣な顔で、ロアさまの言葉に頷く。見送ってくれるみんなに手を振って、いざ出陣！

寮を出て小道を通ると、跪いている商人が見えた。相変わらず鳥肌がぶわわっとたって警戒を告げるが、無視をして話しかける。

「お前。前回と同じものと、珍しいものを用意なさい」

「この世で一番美しいお嬢様にお気に召していただき、光栄でございます」

「配ったらすぐになくなったのよ。たくさん持ってきてちょうだい」

「かしこまりました」

あとはアーサーに任せることにして、少し後ろに引っ込む。何しろ全身鳥肌状態だ。あとはお嬢様らしく、つんと澄ましておくことにした。

「お嬢様がご所望だ。明日の朝にでも用意してほしい」

「かしこまりました。本日ご用意しているものだけお渡しいたします」

「先に行っているわ。すぐに持ってきなさい」

「かしこまりました」

ゆっくりと女子寮の中へ入ると、レネがこそっと呟いた。

「お疲れ様、アリス。あいつはこの後、商品を確保しなきゃいけない。その間にトールに会えると思うよ」

「本当に⁉」

「本当ですよ。今、クリスが見張ってくれています。商人が学校から出たら、一緒に行きましょう」

エドガルドの言葉が、飛び上がりたいほど嬉しい。ボディスーツのおかげで飛べないけれど、気分は風船のようだ。嬉しい感情を詰めて、ふわふわと浮いている。

しばらくしてアーサーが帰ってきて、商人が学校から出たのをクリスがきっちり確認したと報告してくれた。

エドガルドとレネと一緒に、うきうきとマリナの研究室へ行く。周囲を確認してからノックすると、すぐにトールが出てきてくれた。

急ぎつつも優雅に中へ入り、鍵を閉める。カーテンが閉まっていることを確認し、防音の魔道具を起動してから、トールを抱きしめた。

「姉さま！　無事だったんですね！」

「トール、よく姉さまに会うのを我慢したわね。とっても偉いわ。こんなに顔色が悪くなって、クマができるほど頑張るなんて……」

「機械があるから、僕だって分析できます。城に比べたら古い機械だろうけど、それでも！」

「ありがとう、トール。でもきちんと休まないと、姉さまはトールを心配して眠れなくなるかも」

「寝ます」

「いい子ね」

頭をなでて、頬にキスをする。

「もう少しで何かわかりそうなんです。姉さまの役に立ってみせます！」

「トールは、いてくれるだけで姉さまの支えよ」

「姉さまと早く一緒に暮らしたいですから」

なんていい子なの！

感極まって抱きしめると、トールも抱き着いてきた。もうわたしより背が高いのに、いつまでも甘えん坊だ。

「本当に、あと少しで掴めそうなんです。姉さまは、いつでも逃げられるように鍛えておいてくださいね」

「いざとなったらヒールを脱いで走るから大丈夫よ」

トールは微笑んで、頬にキスをしてきた。

日本人の記憶がある身としては、家族同士のスキンシップも少し恥ずかしい。自分からするのは、あんまり恥ずかしくないんだけどな。

「少しでも早く、いい報告ができるように頑張りますね」

「きちんと寝てね」

「もちろんです」

少しの時間だったけど、トールと触れ合えたのは嬉しい。元気満タンだ。

帰り際、気になっていることを聞いてみた。

「マリナも毎日ここに来ているでしょう？　マリナは、一生懸命で可愛いわよね」

「姉さまのほうが可愛いですよ」

「……ありがとう」

いつものやり取りに見えるけど、トールが生まれた時から姉をしているわたしは見逃さない！

トールの頬が、少しばかり色づいていたことを！

これは、もしかして……もしかするんじゃないの!?　あのトールが！　シスコンのトールが！

うっきうきで帰る途中、レネがぽつりと呟いた。

「肝心な時に、アリスを優先させて怒らせなきゃいいけど……」

「………大丈夫よ」

たぶん。

その時は、さすがにお尻を叩いてでもマリナのところへ行かせよう。

わんこの帰還

「ただいまー！　ちょっと遅くなっちゃった」

部屋のドアが開いて明るいレネの声が聞こえ、勢いよく顔を上げる。

「すまん、誰か手伝ってくれ。商品が多い」

「ただいま帰りました」

ロルフとエドガルドも変わったところはなさそうだ。ほっとして、体の力が抜ける。

今日は朝から、レネとエドガルドとロルフは出かけていた。商人に用意させた品物を受け取るためだ。

ロルフがマジックバッグを取り出し、中から大量の品物を出した。奥から出てきたアーサーと一緒に、品物の仕分けをしていく。

「ご苦労だった。商人はどうだった?」

ロアさまの言葉に、レネが進み出る。

「商人から探りを入れられました。ティアンネが過去にいた場所や、何をしていたかなど、どこの貴族令嬢か知ろうとしていました。商品を運ぶのを手伝うと言われましたが、マジックバッグがあるからと断りました。それを聞いても引かず、意見を曲げなかった。こちらを不快にさせない物言いをする、随分と口がうまい人物です」

「俺にも商売気を出してきました。お似合いの小物がある、レディーへの贈り物にいいってね。気になるふりをして聞いてきましたが、あれは商会で扱ってる正規の品だった」

声にわずかな嫌悪感をにじませたロルフは、肩をすくめた。

「最低限、不審に思われないように対策してるってことです」

最後にエドガルドが進み出た。

「帰る前に呼び止められ、ティアンネのことを聞かれました。身分を探るものではなく、体調の変化を知るための問いでした。風邪を引きやすい季節だからと言っていましたが、ティアンネが商品を使い、どう変化しているかを知りたかったのでしょう」

「どう答えた?」

「知る必要はないと答えました。それをどう捉えたかは知りませんが、商品はいつでも用意できると言われたので、ダイソンから何か聞いているのかもしれません」

「わかった。三人とも、本当にご苦労だった」

ロアさまがちらりとクリスを見ると、侍従姿のクリスが軽く頭を下げた。昨日から商人の後を追ってくれ、レネたちが帰る少し前に帰ってきたのだ。

「昨夜、商人がようやく人と接触しました。こちらが大量に注文したので、手持ちの在庫では足りないものがあったのでしょう。商人と接触した使用人を追跡した結果、とある貴族の屋敷へ入っていきました」

空気がぴりりと痛くなる。

クリスが言った貴族の名前は、あまり目立たない伯爵家だった。ノルチェフ家とは関わりがなく、パーティーで会った時に挨拶する程度の間柄だ。

「……そこと繋がっていたか」

真剣な顔でたっぷりと考えたロアさまは、腕を組んだまま、指をトントンとゆっくり動かした。

「……陛下に連絡し、人を回してもらおう。その後は陛下の判断にお任せする」

さらに何か言おうとロアさまが口を開いた時、ドアがノックされた。

部屋に緊張が走る。ドアの陰になるところに移動したロルフとアーサーが、剣の柄に手をかける。ロアさまの前をエドガルドとレネが固めたのを確認したクリスがドアを開けると、マリナがいた。

「マリナ嬢ですか。どうぞ入ってください」

ささっとマリナを招き入れ、クリスが素早くドアを閉める。部屋に残る緊張を察知したマリナは、わたしを見つけてほっとした顔をした。

「突然来てすみません！　ご報告がありまして」

マリナは普通のトーンで、とんでもないことを言った。

「トールが、いくつかの商品の中に毒らしきものを発見しました」

「それは本当か⁉」

「はい。おらが作った毒もどきと、材料や成分が似ています。でも、学校にある機械は古くて、絶対とは言いきれないだす。前に一緒に作った毒もどきも、お城で研究しているんだすよね？　一緒に分析をお願いします！」

「わかった、すぐに伝えよう」

「こちらに、毒らしき成分を、わかるだけまとめてます。トールが見つけただす」

渡された紙をざっと見て、ロアさまは頷いた。

「ここに書いてあることは、マリナ嬢もわかるだろうか？　それとも、トールを連れてきて説明したほうが？」

「おらでもわかりますが、トールのほうが詳しいと思います」

「わかった。クリス」

「かしこまりました」

さすがトール！　わたしの自慢の弟！　すごい！

誇らしくなって笑っていると、マリナがわたしを見て微笑んだ。

「さすがトールの姉さまだすなぁ。昨日、研究室に来たと聞きました。それからトールがすごくて……。執念と熱意と、ティアンネ様に仇《あだ》なす者はすべて炎に焼かれろという思いで見つけただすよ！」

どう返事をしていいか迷ったので、頷くだけにとどめておいた。

しばらくしてトールが侍従の服を着てやってきた。昨日見た時より、さらにやつれている。駆け寄って労わりたいけれど、今それをするべきではない。

「お待たせいたしました。仮説ですが、説明いたします」

明らかに寝ていないトールが説明してくれ、わたしでもなんとなくわかった。

「体を病弱になるように作り変えていく毒なのではないかと推測します。これならば、ゆるやかに体調が悪くなっていくので発覚しづらい。風邪なども、かかりやすく治りにくく、ほかの病気も併発しやすくなる。あくまで僕個人の意見なので、断定はできません。おそらく、城でもすでに突き止めているとは思いますが……」

「城からは報告がないのでわからないが、もし突き止めていたとしても、トールの発見は必ず役に立つ。感謝する」

「城での結果がわかったら、僕にも教えてくださいませんか？」

「もちろんだ。ノルチェフ家には……本当に力になってもらっているな」

「姉さまのためですから！」

ブレないトールはもはや様式美のようになっている。誰もツッコミを入れないまま、なごやかに受け流してくれていた。

「姉さまの力になってくれてありがとう、トール。しばらくはゆっくり休んでちょうだい。本当にありがとう」

「そうさせてもらいます。おやすみなさい、姉さま」

ハグをして思いきりトールをねぎらう。クリスに連れられてこっそり帰っていったトールとマリナを見送ってから、みんな忙しく動き回りはじめた。

お邪魔虫なわたしは、手軽につまめる晩ごはんを作っておくことにした。こっそり考えていた串揚げパーティーは、またの機会だ。


翌日、学校へ行って授業を終えて帰る直前、キャロラインが扇越しにそっと囁いてきた。

「今日、お茶会にいらっしゃって。ティアンネ様の望む情報を得たわ。信頼している者をひとりだけ連れてきてちょうだい。聞かれたくないの」

「わかったわ。一度部屋へ帰ってからお邪魔するわ」

部屋に帰って手土産を用意して、アーサーと行くことになった。

「キャロライン嬢は敵ではないが、油断はしないでくれ。何かあれば防犯の魔道具を起動するように」

「かしこまりました。いってまいります」

緊張した面持ちのロアさまに見送られ、キャロラインの部屋に入る。いつもは複数の使用人がいるが、今はたったひとりの侍女しかいなかった。

緊張しきったわたしを見て、キャロラインが首をすくめる。

「お菓子を食べないと怒るのがひとりいるのだけど、今はそんな空気じゃないわね」

「本当は食べたいのだけれどね。本当に食べたいのよ」

「ぜひ持ち帰ってちょうだい」

くすりと笑ったキャロラインは、机の上に防音の魔道具を出して起動した。

「……怪しい人物を見つけたわ」

空気がぴりりと引き締まった。

「私の家は商家だと伝えたわよね？　行く先々で、いろんな噂を聞くのよ。危険がありそうなところへは行かないようにしたり、売れそうな商品を持っていったりね。あなたに言われてから、私にも情報を流してもらうようにしたの。推測したり予測したりして、すごく楽しいわ」

お茶を飲んで喉を潤し、キャロラインは続けた。

「……おそらく、バルカ領にダイソンの側近がひそんでいるわ」

その瞬間、後ろからぶわっと冷気が漂ってきた。アーサーだ。

殺気を隠そうとせず、何ならここにいる者は斬るくらいの気迫を、背後に感じる。

「わたくしが頼んだのは、学校に関する人物よ。どうしてダイソンが出てくるの？」

「お貴族様は、商人を対等の相手だとは思わないの。ペットの前で素を見せるように、ぺらぺらと喋ってくれるのよ」

「つまり？」

「ダイソンと王弟殿下に関することを、かなり正確に知っているってこと。あなたが本当に知りたいのは、ダイソンとその側近のことなんでしょ？」

「……王弟殿下に関する情報は、極秘で簡単に手に入らないのではなくって？」

思わず、素で尋ねてしまった。

「あら、お貴族様の学校へ入学するほどの大商人よ。私の家を見くびらないでほしいわ」

パンっと扇を広げ、キャロラインは微笑んだ。いつもの明るいものとは違い、少しばかり艶《つや》をはらんでいる。

「病気だと偽って行方不明の王弟殿下、あの執念深いダイソン。城で何かあるたびに、そんな話題には興味がないとばかりにティアンネ様が休んでいる理由。急に現れた、声の違うティアンネ様。増えた侍従。……少し考えれば、わかることだわ」

……まずい。アーサーが今にも斬りかかりそうだ。

「どうしてそれを、わたくしに明かしたの？」

「私は、今のティアンネ様が好きなの。私に新しい道を教えてくれて、ちょっと思考回路が変で、思いきり笑うティアンネ様が。私が協力するのは、あなたがあなただから。それを知っていてほしいのよ」

「……そうなの」

「ティアンネ様のことは、誰にも言うつもりはないわ。ただ、ティアンネ様が探している情報が手に入ったから教えるだけ。情報屋という、素晴らしくも新しい道を示してくれた、顧客第一号のティアンネ様に、格安でね」

扇をたたんだキャロラインは、眩しい笑みを浮かべていた。

「あなたの本当の名前を教えて。そして、もう一度友達になりましょう。私、本当にあなたのことが好きなのよ。この学校で初めてできた友達で……親友だわ」

「キャロライン……」

見つめ合うわたし達。ドラマなら、きっといい音楽が流れている。それをぶった切ったアーサーが、こっそり耳打ちしてきた。

「条件をのんでください。かなり重要な情報です」

頷いて、キャロラインを正面から見つめた。

「わたしの本当の名前は……アリスというの。口調だって、いつもはお貴族様風に話していないのよ」

「たまに口調が崩れてたわよ」

「えっ」

「いい名前ね、アリス。私はキャロラインっていうの」

「よろしく、キャロライン」

こういう時にどうすれば正解かわからないので握手を求めてみたら、キャロラインは笑いながら握手をしてくれた。

「バルカ領とオルドラ領には、結構な頻度で仕入れに行くの。だから、その男の噂は知っていたわ。その男は、定期的に大量に薬草などを購入していくらしいの。別に珍しいことじゃないわ。……でもね、その客は、目立つのよ」

急に真面目なトーンになったキャロラインは語った。この落差についていけていないのはわたしだけのようなので、ちゃんと真面目な顔をする。

「陽気で、穏やかな男だそうよ。でも……目が。目が笑っていないと、みんな口をそろえて言うわ。夢を見ているように、目の前の人を通して何かを見ている。薬草やハーブを大量に購入して、数週間後にはいなくなる。そして、忘れた頃にやってくる。バルカ領とオルドラ領を転々としているのよ」

「どうしてその人をダイソンの手先だと思ったの？」

「ダイソンと繋がりがあった貴族だからよ。前皇后が崩御されてから、ぱったりと出てこなくなったわ。後を追って自死したと噂されていたのだけど……おそらく、その男よ」

「その男の情報と居場所が欲しいわ」

「まとめてあるわ。どうぞ」

封蝋がしてある封筒をアーサーに渡して、すっかり冷めてしまったお茶を飲む。体が変に火照って、今はこの冷たさが心地いい。

「……行ってしまうのね」

「たぶんね」

「せっかく友達になれたのに」

「また会えるわよ。それまでにキャロラインは学校中の情報を網羅して、弱みを握りたいだけ握ればいいのよ」

「ふふっ、そうね。まずはこの学校からよね。任せて、一大組織にしてみせる」

「……わたしのことはあまり探らないでね。変なことしか出てこなくて笑われそうだわ」

「あら、アリスのことを知らないと、ピンチに助けられないじゃないの」

「ううーん、反論できない」

「ティアンネ様の声が変わったことは私しか気付いていないから、安心して。アリス以外がティアンネ様を演じても、誰も気づかないわ」

キャロラインと素のままお喋りをして、早々にお暇《いとま》することにした。寂しそうなキャロラインと抱き合って別れたあと、急いで部屋へ帰る。うまくいけば、敵に気付かれる前に一網打尽にできる。

はやる脚のせいでちょっと転びかけたけど、無事に部屋につくことができた。

アーサーも手紙の内容が気になっていたおかげで、つまずいたことにツッコミやダジャレを言われないで済んだ。よかった。

部屋に帰って、待ってくれていたロアさまに事情説明をして、手紙を渡す。キャロラインがくれた手紙には、その男の素性と似顔絵、簡単な経歴が書いてあった。

その男の名は、モーリス・メグレ。高身長で、波打つ黒髪をもつ、見目麗しい男だという。

メグレ侯爵家の三男で、前皇后に傾倒していた。皇后が崩御されてから公の場にはいっさい出てこなくなった。家族に行方を聞くと、勘当したという。消息、生死不明。このたび、キャロラインにより生存が確認された。

「……キャロライン嬢が、これを……」

求めていた情報を唐突に差し出され、ロアさまが少しばかり混乱している。

「キャロライン嬢からの情報を見るに、モーリス・メグレが毒を開発している、あるいはそれに関わっている可能性があるな。仕入れを担当しているのかもしれない」

レネが珍しく満面の笑みでわたしの手を取った。ぶんぶんと上下に振られる。

「すごいじゃん、アリス！　アリスのおかげだね！」

「そう言ってくれるとありがたいです。あまり役に立てていなかったので……」

「なに言ってるの！　キャロラインに情報提供してもらえたのも、マリナに毒のことを教えてもらったのも、トールが毒の成分を突き止めたのも、商人がすぐにダイソンの手先だと知れたのも、アリスのおかげだよ！」

「そう言われると、活躍している気がしてきますね」

みんなが肯定してくれる気遣いが嬉しい。

「半分くらいはトールの執念ですけど」

「あの執念をもつトールの手綱さばきは見事ですよ。僕だったらとても出来ません」

エドガルドはそう言うけど、なかなか愛が重そうなロルフとずっと一緒にいるあたり、エドガルドも負けていないと思う。エドガルドは天然だから、気付いていないだけかもしれない。

ロアさまが城に連絡をとるのを待つ間、軽く支度をしておくことにした。

早ければ今日、この学校ともお別れだ。わたしは一緒に行くかわからないけれど、どっちにしろここでの役目は終わりだ。

……このボディスーツ、毎日着たんだけど、返してもいいのかな……。これを返されても、クリスは困るだけかもしれない。

みんなで軽口を叩きながら動いていると、ドアが開いてロアさまが出てきた。みんながぴしっと動きを止めて、ロアさまの言葉を待つ。

「陛下から、バルカ領へ移動してモーリスを探るよう命じられた。モーリスが陛下の毒殺計画に関わっている証拠が見つかれば、捕まえることになる。みな準備をしてほしい」

「かしこまりました」

みんなを代表して、アーサーが優雅に答える。

「その前に、あの商人を捕まえて好きにしていいと許可された。五体満足で死なない程度にしてくれ。服従の首輪から出る猛毒を中和する薬が届き次第、奇襲をかけて捕縛する。そのあとは中和剤をちらつかせ、ダイソンの情報を得る駒とする」

「二重スパイですね。あの商人も、自分の命がかかっているとなると、文字通り死にもの狂いで働くでしょう。ああいった輩《やから》は、自分の命を何より大事にしますから」

「そうだといいが」

みんなの目がちょっぴり怖い。あの商人、腕や脚がちょっとえぐれるかもしれないな。

うーん……まぁ、いいか。えぐれても仕方ないことをしてきたんだし。

「中和剤はもうすぐ届く。ドアを開ける時は特に気を付けるように」

ロアさまの言葉を皮切りに、みんなが打ち合わせを始めた。ひとりだけ輪から外れているわたしは、このあいだ断念した串揚げパーティーをするべく準備をすることにした。

まずはみんな大好き牛肉から。牛のいろんな部位を一口サイズにするのを下ごしらえくんにお願いする。ついでに串もさしてもらうと、あら不思議！　材料を下ごしらえくんに入れただけで、パン粉までついた串揚げが出てきたではありませんか！

次は、串揚げの中でもメインといっても過言ではないエビ！　可愛らしいサイズのエビはなかったので、巨大エビフライサイズのものだ。

残念ながら紅ショウガはないので、酸味の強いピクルス各種で代用することにした。ピクルスのフライがあると聞いたことがあるし、きっとおいしいはずだ。

豚ロースと玉ねぎ、チーズ、アスパラガスとズッキーニなども切ってもらう。エドガルド用に、蒸して砂糖を入れて丸めたかぼちゃなども用意した。ホタテ、プチトマト、れんこんもたくさん用意してっと。

串を大量にほしいと言った時、クリスにとても怪訝な顔をされたけど、これを食べて串揚げのおいしさをわかってくれたら嬉しいな。

「デザートには口直しのさっぱりフルーツを下ごしらえくんに切ってもらおう。うーん、シャーベットとかも用意したほうがいいかな。アーサー様は絶対に欲しがるよね」

調理器くんに、シャーベットやソルベ、エドガルド用のシューアイスなどを作ってもらう。

あとは揚げるだけというところまで仕上げてから談話室を覗くと、みんなが緊張してドアを見ていた。

わたしに気付いたロルフにジェスチャーされ、そろそろとキッチンへ戻る。自分の息遣いが聞こえるんじゃないかと不安になる中、ドアを開く音が聞こえた。

「シーロ……！」

ロアさまの声に、我慢できずにこっそりと覗く。そこには、元気な様子のシーロと、フードをかぶった小柄な人がいた。

嬉しさに背中を押されてキッチンから出て、シーロとの再会を喜ぶ輪に加わる。

「遅くなって申し訳ございません。寂しくありませんでしたか？」

いつもの人懐っこい笑みを向けたシーロは、第四騎士団にいる頃と変わらないように見えた。やせ細ってもいないし、動きも機敏だ。

ロアさまに促されて、みんなで変身の魔道具を外す。シーロからするといつもの姿になったロアさまは、シーロの肩に手をのせた。わずかに目がうるんでいる。

「シーロがいないと賑やかさが足りないからな」

「これからは私も共にまいります」

うやうやしく跪いたシーロは、懐から封筒を出した。

ロイヤルブルー。王家の色。王家の紋が、金色の封蝋で輝いている。ロアさまは無言で受け取り、中をあらためた。

「……ここにいる者みなで、モーリスを追えという王命だ」

驚いているのはわたしだけで、みんなは決意を胸に、瞳にゆるぎない信念を燃やしている。

まさか、わたしも行くの？　足手まといじゃない？

うろたえるわたしに気付き、ロアさまは表情をゆるめた。

「陛下のお心遣いだ。ここまで来られたのはアリスの功績でもある。だが、モーリスを捕まえる場にいなかっただけで、功労が認められない可能性がある。もちろん陛下は、そのようなことをお考えではない。だから正式に王命を出し、アリスが私たちと一緒にいるという証拠を作ってくれたのだ。アリスは一緒に来て、安全なところにいてほしいとの配慮だろう」

「ここまで来て、ひとりで安全な場所にいるのは嫌です。わたしに任せられないことも多いと思いますが、やれることはしますので、お任せください！」

「……そうだな。私もそう思う」

ゆるやかに進み出たロアさまの手が、髪にふれて離れていった。

「アリスは貴重な戦力だ。頼りにしている」

「は、はい」

いきなり髪をさわられてうろたえるわたしを見て、ロアさまもわずかに頬を赤らめた。

「突然すまない。……髪に、何かついていたものだから」

……パン粉。串揚げ用のパン粉だ。

「す、すみません、つい夢中になって作業してしまって……」

「アリスの食事はおいしいから、今から楽しみだ。ありがとう、アリス」

さらっと流してくれたロアさまに感謝しながら、そっとレネの近くへと後ずさる。穴があったら入りたいが、ここには隠れるところがない。

「アリスらしくていいと思うよ」

「ありがとうございます……」

レネの優しいフォローが、今はただただ痛い。

「お話し中、失礼いたします」

シーロの後ろでフードを被っていた人が、そっとフードを外し、顔をさらした。波打つ金色の髪が、照明の明かりできらきらと輝く。

「エミーリア・テルハールでございます。少しでもお力になるべく参りました。いかようにもお使いください」

エミーリア・テルハールって名前、どこかで……。あっ、王弟殿下の婚約者だ！

「なぜエミーリアまで……。体調は？」

「薬を開発していただいたおかげで、かなりよくなりました。今から行くバルカ領には、テルハール家独自の伝手《つて》がございます」

「テルハール家の助力は心強い。頼りにしている。だが、体調が悪化しては元も子もない。迷惑などと思わず、体調に変化があれば早めに告げてくれ」

「かしこまりました」

「数日中にここを出る。各自、そのつもりでいてくれ」

みんなの勢いのある返事が部屋に響いて、一気に場が和やかになった。

それぞれがシーロの無事を喜び、シーロはもみくちゃにされている。それを少し離れたところで見ているエミーリアの目には、たっぷりの愛情が詰まっていた。

……エミーリアは、ロアさまのことがお好きなのかな。ロアさまじゃない人を好きだと聞いたけど、本当かどうかわからない。

ずくんと胸が痛む。ロアさまが王弟殿下ならば、エミーリアはずっと婚約者だった。仲が悪いと言われていたけれど、それにはエミーリアのためという理由があった。

病気の特効薬の開発だって始めたし、婚約を解消すると聞いたけれど、実際にそうなったかは知らない。

これは元サヤなのでは……？

いや、婚約が続行しているのなら、元サヤですらない。ただちょっと離れ離れになって、お互いの気持ちを確かめてエンダアアアのハッピーエンドなのでは⁉

「エミーリアもこっちにおいでよ！　俺たちの仲を報告して感謝の平伏をしよう！」

「ええ、そうねシーロ。わたくし達の仲を認めてくださって、ありがとうございます」

ん、んん？

シーロとエミーリアは寄り添いあい、頬を幸せに染めてお互いを見つめている。貴族では、家族か夫婦じゃないと有り得ない距離感だ。

そんなふたりを、嬉しそうに見つめているロアさま。

「当然のことをしたまでだ。平伏などしないでくれ」

「ずっとエミーリアに惚れていたので、毎日幸せすぎて白昼夢でも見てるのかって思ってます！」

「もう、シーロったら」

いちゃいちゃするふたりを、唖然と見つめる。

ふたりは恋人なの……？　ロアさまが言っていた、エミーリアと両想いだった従者って、シーロのこと⁉

何がどうなってこうなったかはさっぱりわからないけれど、エミーリアが王弟殿下の婚約者だったことは確かだ。王弟殿下と婚約しているご令嬢が、婚約者がいるのにほかの男と恋仲になる愚行をおかすはずがない。

どうやら、わたしが知らない間に婚約は解消されていたらしい。エミーリアはわたしを見ると、こちらへ歩いてきた。

「わたくしの恋を、ライナス殿下はずっと守ってくださいました。そのご恩に報いるため、できることは少ないと知りながら、恥を忍んでまいりました。あなたもどうぞ、わたくしを好きにお使いくださいませ」

「あっいえ、そんなことはしないですけれども。アリス・ノルチェフと申します。よろしくお願いいたします」

「エミーリア・テルハールと申します。ライナス殿下との婚約は解消されました。どうぞライナス殿下をお支えください」

深々とお辞儀をしたエミーリアは、恋する乙女特有の、きらきらした顔をしていた。

「……わたくしが言うことでもないですけれど、わたくしはずっとシーロが好きだったのです。ライナス殿下もそれをご存じですわ。わたくしとライナス殿下は、恋仲ではございませんでした。ね、ライナス殿下」

振り返って微笑んだエミーリアは、凍り付いた部屋に気付いて、ゆっくりと青ざめていった。

自分が何かしでかしてしまったが、何をしたかわからないという顔で、シーロに助けを求める視線を送る。シーロは、こわごわと尋ねた。

「……もしかして、まだ正体を秘密にしてたりします？」

「……秘密にしてたりする」

あまりのことに、ロアさまの言葉遣いがおかしくなっている。

「今すぐお詫びを！」

切腹しそうな勢いで懐刀を取り出したエミーリアに飛びつき、手を押さえる。

「お放しくださいませ！　力になろうと来た矢先に、このような失態！　命をもってお詫びせねば気が済みません！」

「大丈夫です、気付いてましたから！　ほんの少し前ですけど、もしかしてって思ってましたから！　きっかけをくださってありがとうございます！」

「そうなの……？　いいえ、でも！」

「ワンコ様！　エミーリア様を押さえてください！」

悲鳴のような声で助けを求めると、シーロは長い脚で走ってきて、さっと懐刀を取り上げてくれた。そのままエミーリアを拘束する。

エミーリアの騒ぎが終わったあと、残るのは気まずい沈黙のみ。

……どうしよう、これ。

わたしがロアさまの正体を知っていると口にしてから、誰も口を開かない。特にロアさまは、見ているこっちが心配するほど真っ青になっている。

しばらく待っても、ロアさまは怯えたように口を閉ざすばかりだったので、わたしから話すことにした。

「この間、ロアさまといた時に、一度だけお話した王弟殿下と似ていると気付いてしまって……。それから、もしかしてと思っていたんです。ロアさまから正体を打ち明けてくれるまで待ったほうがいいと思って何も言わなかったんですが……。気付いてしまって、すみません」

結局はこの一言に尽きる。

ロアさまが隠していた正体に気付いてしまったのだ。気付くのはだいぶ遅かっただろうけれど、ロアさまはそれを望んでいたのだ。ずっと気付かないアホな子のほうがよかったんだろうな。

「それは違う！　気付いてもいいんだ！　私が……弱いせいで、傷つけて、すまない」

「私たちは、あちらで今までのことを詳しく聞いてまいります。一時間は来ませんので」

そう言ったアーサーは、呵責《かしゃく》で今にも倒れそうなエミーリアを連れ、みんなと侍従の部屋へ行ってしまった。

この雰囲気でふたりきりになっても、わたしはシーロやアーサーほど上手にロアさまを慰められない。

「とりあえず座りませんか？」

ロアさまを立ちっぱなしにはさせられない。

のろのろとソファーに座ったロアさまの隣に座る。いつもなら向かい側を選ぶ場面だけれど、今はいつもより意識して近くに座った。

ほんの少しの距離の違いに、ロアさまはすぐに気付いた。

「ロアさまの気持ち、聞かせてくれませんか？」

「……アリスは、男性を怖がっているように見えた。特に細身で見目のいい令息と、上流貴族を。だから、私が王族だと知ると……離れていってしまうのではないかと思って……」

「わたしって、そんなに信用がなかったんですかね……」

思わず、ずーんと落ち込む。

「そうではない！　アリスではなく、私の心の弱さが問題なのだ！」

「でも、わたしが離れていくと思っていたんですよね？」

「アリスならば大丈夫かもしれないと思っていた！　私の側にいてくれるのではないかと！　ただ、そうして期待をして……望んだ通りになったことがない。期待をすればするほど、アリスが離れていってしまう気がして……」

「隠し通そうと思っていたんですか？」

「決意ができたら、告げようと思っていた。……今まで、いくらでも告げる機会はあったというのに」

自嘲気味に笑ったロアさまの手を、ぎゅっと握った。

父親に愛されなかったロアさま。母親が無償の愛をくれなかったロアさま。エミーリア様を死なせないために婚約したロアさま。

兄には愛されていたけれど、立場上ロアさまを優先することは少なかったと聞いている。

ロアさまを一番に思って仕えてくれる人は、たくさんいる。でもきっと、友情と敬愛じゃ埋まらない穴があった。

「ロアさまが王弟殿下でも、離れていきません」

「……本当に？」

いつもより幼い口調に、弱々しい表情。できるだけいつものように笑って、大きく頷いた。

「今も、こうして側にいるじゃないですか」

「側にいてくれるのか？」

「はい。さすがに、ロアさまがどなたかと婚約したら一緒にはいられませんけど」

さすがに、今度はその婚約者と結婚するはずだ。王弟殿下なら、独身ではいられないと思う。もう次の婚約者も決まっているかもしれない。

じくじくと痛い胸に気付かないふりをして顔をあげると、ロアさまの表情がすとんと抜け落ちていた。

「ロアさま……？」

「そうか。……そうなるのか」

「ロアさま、意識はありますか？　この指は何本に見えます？」

「アリスの言葉で、自分の幸せも考えてみることにした。だが、望みが叶ったことはない。だから、口にしながらも、どこかで諦めていた。この期に及んでまだ、私は逃げ道を作っていた」

鋭い意思をたたえた瞳がわたしを貫き、手を握られた。包み込まれた両手が熱い。

「シーロの幸せは願えたというのに、エドガルドとロルフの幸せを心から願うことはできない」

「それは……」

ちょっと勘違いしそうになる台詞だ。

「アリス。私も……努力する。努力するから、いつか……気持ちを聞かせてほしい」

「さすが、努力の君ですね」

「そうだろう？」

「ライナス殿下とお呼びしたほうがよろしいですか？」

「今まで通り、ロアで構わない」

「でも、せっかく名前を教えてもらったのに」

「ロアという名は、特別なんだ。アリスのためだけの、特別な名前」

すり、と手の甲を指でなぞられる。たぶん、顔が赤くなっている。心臓がどくどくとうるさくて、耳の横に来たみたいだ。

「ロアは、夜という意味だ。アリスと私、ふたりきりで過ごした夜。今も、その時間を特別に思っている。だから私は、この名が好きなのだ」

わずかに赤らめた顔で見つめられて動けない。

うーん、これは。私の心に芽生えている感情を、そろそろ認めないといけないのでは？

王族と子爵令嬢では、絶対に叶わない恋なのに。それで諦められたら、皮肉なことにそれは恋ではないのだ。

手を握り合ったまま、しばらく見つめ合うだけの時間をすごす。複雑な心を、ロアさまの眼差しが雄弁に物語っていて、言葉はいらないと思えた。

わたしのほのかな恋も伝わってしまったかもしれない。ロアさまが嫌な顔をせず、嬉しそうに微笑んでくれるものだから、勘違いが加速しそうだ。

「ずっとこうしていたいが……そろそろ、エミーリアを呼ぼう。きっと落ち込んでいる」

「はい。気にしなくていいとお伝えしなくちゃですね。呼んできます」

ドアをノックすると、エミーリアは死にそうな顔で部屋から出てきた。立ち振る舞いの上品さを発揮して、流れるように土下座してから、今なお起き上がろうとしない。

「死なせてくださいませ！　どうぞ斬首を！　今すぐ！」

「落ち着いてください！　大丈夫ですから！　むしろ言ってくれてよかったので！」

「いいえ、お言葉に甘えるわけにはまいりません。力になろうと来た矢先、このような失態！　わたくしの命で償えるとは思いませんが、どうぞ一思いに」

「エミーリア、立ち上がってくれ。私は君を責めなどしない」

「だからこそです！　ライナス殿下はお優しすぎます！」

ロアさまが言葉をかけるたびにエミーリアは縮こまっていき、シーロもどうにもできないようだった。

わたしも床に膝をつき、エミーリアの肩に手をのせる。華奢な体が、びくりと震えた。

「エミーリア様、お聞きください。わたしは、ロアさまが王弟殿下ではないかと気付いていました。気付いていながら、聞けなかった。……どんな答えを突きつけられるか、恐ろしかったから。お前なんて正体を明かすに値しない……そう言われるのが、怖かったんです」

「私はそんなことを考えていない！」

「そうです。ロアさまはそんなことを考える人じゃないのに。ロアさまも、自分の名前を言うのが怖かっただけなのに」

ようやく、おそるおそる顔を上げてくれたエミーリアに微笑んでみせる。

「このままだと、お互い怖がっているばかりで、打ち明けられないままでした。エミーリア様が来てくださってよかったです。ロアさまのことが、もっとわかった気がします」

「ああ……でも……」

「ロアさまと話すきっかけを作ってくださって、ありがとうございます。エミーリア様に来ていただいて、とても心強いです。一緒に頑張ってダイソンを捕まえましょう」

「アリス……なんて心根が優しいレディーでしょう……」

「ロアさまのおかげですよ。ロアさまは、今回のことを気にしていませんから」

「ええ……ライナス殿下の広いお心に感謝いたします」

「さあ、立ち上がってシーロとの話を聞かせてくれ。ふたりの仲が深まって、本当に嬉しいんだ」

ロアさまがエミーリアを助け起こす。エミーリアはまだ泣きながら詫びていたが、さっきのように死ぬとは言い出さなくなった。

みんなほっとしていたが、特にシーロが泣きそうなほど安心していた。さっきまですまし顔で、なんでもないようにエミーリアを見ていたのに、今はエミーリアにしがみついている。

「エミーリア！　俺を残して死ぬなんて言わないでくれ！」

仲睦まじいふたりを見て、ロアさまは心底嬉しいとばかりに微笑んだ。

ロアさまとエミーリアの間には、本当に何もなかったみたいだ。ロアさまの晴れ晴れとした表情に、未練や名残惜しさは欠片もない。

空気も和やかになったところで、クリスが一歩進み出た。

「夕食には、お嬢様が串揚げなるものを用意してくださいました。聞けば、お酒にも非常に合うとのこと。皆様、あとは座って食事をしながら語り合うのはいかがでしょうか」

「クリスの言う通りだ。さぁみんな座って、食事にしよう！」

ロアさまの言葉で、みんなが座る。

「今から作ってきますね。揚げたてをどんどん持ってきますので！　クリス、ソースやお皿を出すお手伝いをしてもらってもいいですか？」

「かしこまりました」

キッチンへ行こうとして、腕を引っ張られる。振り返ると、ロアさまがいた。

「アリス」

様々な思いが、ロアさまの端正な顔に浮かんでは消えていく。

「……ありがとう」

ようやく絞り出したのは、たった一言だった。その一言に、ロアさまの気持ちが詰まっている。

「はい」

どう返事をすればいいかわからなくて、短い言葉しか出てこなかった。でも、ロアさまにはそれでじゅうぶんだった。

泣き笑いのような表情を一瞬浮かべたあと、ロアさまはすぐにいつもの顔に戻ってしまった。腕が離れていく。

「食事を、楽しみにしている」

「すぐにお持ちしますね」

串揚げは、みんなに好評だった。

二度漬け禁止なんて言わず、それぞれの好みにあったソースをたっぷりと用意する。カラシやレモン、レネ用のカレー粉も。レネいわく、カレー粉はなんにでも合うらしい。

「アリス、このチーズの串揚げ、すっごくおいしいよ！　チーズがすごくのびるね！」

「レネ様には、こちらのシシトウもおすすめですよ。ぴりりと辛いんです」

「これもおいしい！」

「アリス嬢には本当に驚かされます……。まさか、かぼちゃを揚げたものがこんなにおいしいなんて」

とうもろこしとかぼちゃを次々と口に放り込みながら、エドガルドがしみじみと呟いた。ついで

に用意しておいたごま団子は、最初に食べつくされてしまった。

「貝類もおいしいな。肉もうまいがエビも止まらない」

「玉ねぎが甘いですね。豚肉と一緒に食べると口がおいしいもので溢れます」

ロルフとアーサーの食べっぷりは、いつ見ても勢いがある。

「ノルチェフ嬢のご飯は久々です！　おいしいなあ！」

「まあ……本当においしいわ。初めて見る料理ですが、どれも味や食感が違って、口に入れるまでわからない楽しさがありますわ」

「エミーリア様はご病気だと聞きましたが、串揚げは重たくありませんか？」

「大丈夫よ。心配してくれてありがとう、アリス。わたくし、ずっとパン粥とおかゆばかり食べていましたの。体にいいとされる薬草やハーブを入れたものを」

「もしかして、エミーリア様独自の伝手って、その関係ですか？」

「ええ。もうずっと同じものを食べていて、正直飽き飽きしていましたの！　だから、食べたかったアリスの食事をいただけて、とても嬉しいですわ！」

エミーリアが立ち直ってくれて何よりだ。ロアさまはお肉が気に入ったようで、ピクルスと交互に食べながら談笑している。

「アリスとクリスも、そろそろ一緒に食べよう。座ってくれ」

大量に揚げて持ってきたので、しばらくは持つだろう。クリスにも、揚げたての串揚げを食べてもらいたい。こそっとクリスを見ると、プチトマトの弾ける熱さに驚きつつも、おいしさに頬をゆるめていた。

座って一息つき、大きなエビから食べることにした。揚げたエビは、どうしてこんなにぷりぷりとしておいしいんだろう。肉厚のしいたけやれんこん、小さな卵も、どれもおいしい。

「アリスが作るものは、いつもお酒と合って困りますね」

酔い覚ましの薬とともにお酒を飲みながら、アーサーはまったく困っていない顔で笑った。

「レモンを使うお酒とも合うと聞いたことがあります。わたしは飲んだことがないんですが」

「用意してまいります」

お酒に詳しくないわたしの代わりに、クリスがささっと用意してくれた。

切られたレモンが氷とともにたっぷりと入り、グラスにもさしてある。見た目も華やかでおいしそうだ。

「お嬢様とエミーリア様には、レモネードをご用意しております」

「ありがとうございます」

新たなお酒とジュースで、何回目かの乾杯をする。グラスが当たり、お酒が軽く舞った。お城では絶対にありえない光景にエミーリアは驚いているが、みんなは笑っている。

お上品に澄ましているのではない、少し荒々しい乾杯が、みんなの喜びの深さを表しているようだった。

学校最後の夜

シーロが毒の中和剤を持ってきてくれたので、ついにあの商人を捕縛することになった。

学校にどう話を通したのか、敷地内の端にある場所を使用してもいいと許可が出た。マリナと商人が会う時に使った、防音と障壁の魔道具を設置してある。

わたしは魔道具内の端っこにいさせてもらう予定だ。あの商人がしっかり捕まえられたことを確認して安心したい。ロアさまたちのことを疑っているわけじゃなくて、自分の目で見て実感したいのだ。

シーロとエミーリアは、部屋でお留守番だ。エミーリアは病弱だし生粋のお嬢様だから、あんまり刺激的なものを見せないほうがいいという配慮だ。ロアさまの正体を暴露してしまったショックを、まだ引きずっているっぽいしね。

ドーム内の端っこに用意した椅子にロルフがハンカチをしいてくれたので、お礼を言って座る。どうしても来たいと言ったトールと、わたしと同じ理由で安心したいと言ったマリナも一緒だ。

わたしを真ん中に、三人でぎゅうぎゅうと身を寄せ合って待っていると、クリスから商人が来たと連絡がきた。ここへ来るには一本道なので、クリスが見張りをしてくれているのだ。

警戒した様子の商人が、それでも笑みを絶やさずに歩いてくる。

「……さて」

更地にしている最中の、どこか荒れた土地。木の根っこや刈った草が重ねられている真ん中で、ロアさまが振り返った。凄みのある、綺麗な笑みだった。

「これから君は一方的に攻撃を受けるわけだが……自分の人生を思い返してみれば、思い当たることはいくらでもあるだろう」

「くそっ！」

警戒していた商人が、踵を返して逃げようとする。その前に、ロルフが立ちふさがった。

「ロルフ」

「かしこまりました」

ロルフは商人を難なく抑え込み、ロアさまのほうへ放り投げた。

受け身もとれずに、したたかに体を打ち付けた商人を、エドガルドが取り押さえる。エドガルドは注射器のようなものを持ち出し、商人の腕に容赦なく突き立てた。猛毒の中和剤が、商人の体に流れ込んでいく。

「なっ、何を……！　俺に何をした！」

これは命を助ける行為だが、それを知らない商人にとっては、恐怖でしかない。

「うるさい」

珍しく語気が荒いエドガルドは、注射器の中身をすべて注ぎ込み、無造作に投げ捨てた。長い指が、ボキボキと鳴らされる。

「……まさか、この期に及んで白を切るつもりじゃないだろうな」

エドガルドの体重の乗った綺麗なパンチが、商人自慢の顔にクリティカルヒットした。

……それからは、マリナと並んでぽかーんと見ていることしか出来なかった。

分厚く布を巻いた木刀でレネが商人を滅多打ちにしている横で、トールが何かをわめきながら蹴ったり殴ったりしている。ロアさまが魔法を出した時は、そりゃあびっくりした。

……魔法って、本当に魔法なんだ。

生まれ変わって初めて見た魔法は、ゲームのようだった。ロアさまが手から炎を出し、エドガルドがそれを風の魔法で増幅させて、炎の竜巻を作り上げる。それに商人を閉じ込めた。

炎の竜巻の内側を氷で囲んだアーサーが、温度や衝撃を抑えつつ、氷のつぶてを出して商人に当てている。

ロルフは全体を見て、やりすぎそうなエドガルドとトールを抑えながら、ボコボコに殴っていた。みぞおちに綺麗に入れたパンチに、ロルフの怒りを感じる。

「はぁー……ティアンネ様、愛されとりますねぇ」

「ううーん……そう、だよね」

頷いたが、正直それどころじゃなかった。エミーリアが来なくてよかったと心底思う。これを見たら気絶していたかもしれない。

あれだけ憎かった商人が、今ではちょっと心配だ。ここでみんながやりすぎたら、情報が聞けなくなってしまう。

はらはらしながら見守っていると、やがて攻撃がやんだ。ロアさまが歩いてきて、座っているわたしの前に跪く。

「ロアさま！　駄目です、立ってください！」

「何かしたいことはあるだろうか。今なら抵抗はできないはずだ」

ボロボロになって倒れている商人は、思ったより怪我をしていなかった。腕が一本や二本なくなってそうな勢いだったけど、きちんと五体満足で、意識もある。

でも、顔は腫れて蜂に刺されたみたいになっているし、服もぼろぼろ、髪の毛は変に短くなっている箇所がある。全体的に薄汚れて血まみれだ。

「わたしは、襲われたあの日にきちんと仕返しをしました。あとは、被害に遭われたご本人やご家族の方がしたいことが出来ればと思います」

「……アリスは優しいな」

きらきらした目で見つめられ、いたたまれなくなって、そっと目を逸らす。

……その商人が家に来るとき、品物をかなり値引きしてもらったんだよね。最初だけサービスですとか言われて、高価なものや新鮮なものを、本当に安く売ってもらった。

それを週に一回、数か月続けてくれたわけで。

昔は股間を滅多打ちにして撃退して、今は呼吸さえつらいほどボコボコにしている。わたし的には、本当にじゅうぶんなのだ。

だから、そんな目で見ないで……！　わたしの無事はお金では買えないものだけど、実際は無事で、旅行に行けるくらい食費が浮いたから！

「姉さま……本当にいいんですか？」

「もちろん。トールはすっきりした？」

「はい。でも、姉さまの恐怖を、まだまだ教えなきゃ……」

「トールがしたいのなら止めないけど、この男は、これから自分が人を踏みにじってきただけ拷問されていくのよ？　懇願しても死なせてもらえないでしょうし」

商人は、怯えたようにびくりと震えた。

「でも……姉さまは」

「姉さまは大丈夫よ。トールはどうしたいの？」

「僕は……」

逡巡《しゅんじゅん》するトールに、ピンク色のものが激突した。マリナだ。勢いがつきすぎて転びかけ、トールのみぞおちに頭が入る。

「ぐうっ……！」

「ご、ごめんなさいだ！」

ぶち当たった衝撃で、マリナの眼鏡が落ちる。おさげを結わえていたリボンがほどけ、髪がするすると広がっていく。三つ編みの癖がつき、ゆるくウェーブがかかったピンク色の髪がマリナを彩る。

とんでもない美少女がそこにいた。

「ひゅっ……」

何かを言おうとしたトールの、かすかな息を呑む音が、やけに大きく響く。

……人が恋に落ちる瞬間を見てしまった。しかも、実の弟の。

「動いたら駄目だす！　眼鏡が落ちたんで！」

ぎゅうぎゅうとマリナに抱き着かれたトールは真っ赤だ。

なんてこと！　あのシスコンのトールの恋よ！　青い春の始まりよ！

トールは前からマリナが気になっていたけど、商人が学校に来たから、自分のことは後回しにしていた。商人のことが一段落した途端、気になっていたあの子が超絶美少女だったという、ラブコメもびっくりな恋の始まりだ！

「う、うあ……」

うめきながら後ずさったトールの足元で、何かがつぶれる音がした。

「め、眼鏡が……！」

「ごっごめん、わざとじゃなくて……！」

「知ってるだす。トールは、わざとこんな事しないだす」

美少女のはにかみ笑顔を間近で浴びたトールは、真っ赤になって沈黙した。

みんながマリナの顔に驚いている間に立ち上がる。ここは姉であるわたしの出番だ！

「マリナ、ごめんなさい。すぐに新しい眼鏡を用意するから、それまで部屋から一歩も出ないでね。絶対に。トールと恋人になりたかったら出ちゃだめ」

「えっ⁉」

いろんな人に求婚される可能性がある。

「疲れているだろうし、よく寝て健やかに過ごしてね。息苦しいかもしれないけど、これで顔を隠していって」

持ってきていたストールで、マリナの顔を隠す。

「トールは、マリナを連れて行ってあげて。トール、いいわね。速攻よ」

「姉さま……でも、僕は姉さまが大事なんです」

「わたしもトールが大事よ。大好きだから、幸せになってほしい。トール、頑張るのよ！」

「……はいっ！」

やりきったと汗をぬぐうわたしの爽やかな笑顔をバックに、ふたりは寄り添って歩いていった。

さて、次は地面にはいつくばってうめいているクズの相手だ。

マリナに驚きつつも商人から目を離さなかったレネは、ロアさまからの視線に口を開いた。

「これだけ危害を加えても、服従の首輪は発動しないようです。お前、体に違和感はないな？」

黙っている商人を睨みつけ、レネが軽く蹴る。

「返事」

「な、ないです……」

どうやら、レネも商人にとても怒っているらしい。

値引きしまくってもらっていた身としては、なんとなくいたたまれない。ここで止めれば、なおさら賞賛の眼差しを向けられるから黙っているけども。

「お前がいま首にしているのは、服従の首輪だと知ってる？」

「……はい」

「ダイソンにつけられたの？」

「ぐっ……！　うぐぅっ！」

ダイソンの名前が出た途端、商人は自分の首をかきむしり始めた。

毒が注入されたのがわかり青ざめていると、やがて商人の手の動きがゆるやかになっていった。

地面に爪をたてながら、必死に呼吸をしている。

「うっ、ぐっ……！」

「最初にした注射は、服従の首輪から出る毒の中和剤。これがなかったら死んでたよ。これで、ボクたちがとーっても優しいってわかったでしょ？」

「なにが……目的だ」

「知っていること、すべて吐いてもらうよ。大した情報は持ってないだろうけどね。中和剤がほしかったら、ダイソンを裏切ってこちらについてもらう。二重スパイだよ」

ダイソンの名でまた毒が注入されたのか、商人が苦しむ。

数分たって、げっそりとした顔を向けてきた商人には、かつての爽やかな面影はなかった。

「ちゃんと死なないように手当てしてあげるから、安心してね」

……わたしは知っている。レネがきゃるるんとしているのは、何かを企んでいる時なのだ。

アーサーが貼り付けたような笑顔でいる時は、とても怒っている。

いつも華やかな笑みを絶やさないロルフが真顔なのも怖い。

ロルフになだめられたエドガルドは、さっきまでの商人を殺しそうな勢いを潜め、無言で岩に木刀を振り下ろしながら商人を見据えている。

そして、見たことがないほど冷ややかな眼差しをしているロアさま。

「ロアさま。ここで見させていただき、ありがとうございました」

商人がボコボコにされるのを見届けて、安心できた。これから、この商人が自由になることはない。ダイソンを捕まえるまでは監視がつき、そのあとは牢屋行きで、そこで一生を終えるのだ。

「今後二度と、この商人が悪事を働くことはないと安心できました。先に帰って、夕食の支度をしてもいいですか？」

「もちろんだ。これ以上は、さすがに刺激が強いかもしれない」

「晩ごはんは何が食べたいですか？」

しばらく考えたロアさまは、はにかむように言った。むきむきマッチョのロアさまが照れると、だいぶ可愛い。

「……アリスが騎士団に来て、初めて作ったものを食べたい」

「任せてください！」

その場をみんなに任せ、エドガルドについてきてもらって部屋まで帰る。興奮していたエドガルドの頭を冷やす意味もあると思う。

しばらく黙っていたエドガルドは、ぽつりと尋ねてきた。

「……本当に、気が済みましたか？」

「はい」

「アリスは、我慢するところがあるので、少し心配です」

しばらく迷って、恥ずかしいけど打ち明けることにした。

ずいぶん値引きしてもらったあげく、商人をボコボコにして追い出した過去を伝えると、エドガルドはぽかんとしていた。

「秘密にしておいてくださいね！　恥ずかしいので！」

呆然と歩みを止めていたエドガルドは、くしゃりと顔をゆがめた。

「あはっ、あははは！　アリスらしい理由で安心しました！　でも、もっとぶちのめしてよかったと思います」

「いやぁ……」

これだけ笑っているエドガルドも、値引き額を聞いたら驚くと思うよ。

「アリスがそれでいいのなら、僕も気にしません。さっきまでは本当に腹立たしくて、腕を何か所か折ってもいいのではと思っていましたが」

「それをすると、さすがにダイソンに怪しまれるのでは？」

「そう思って、やめました。服従の首輪の猛毒はすべて注入したとは思いますが、それを伝えずに恐怖で操ります」

「それくらいはいいですよね」

「そう思います」

なごやかに話をしながら帰り、シーロとエミーリアに軽く状況を説明したエドガルドは、ロアさまの元へ帰っていった。エミーリアが、尊敬を込めた眼差しを向けてくる。

「あのような人間とも思いたくないものを許すなんて……。アリス、あなたは素晴らしい人物だわ」

「……あ、あはは……」

笑うことしかできなかった。

シーロはなんとなく気付いているのか、笑いをこらえる顔をしている。エミーリアの幻想をぶち壊す気はないようで、心配していたエミーリアをなだめることに全力を注ぎ始めた。

イチャイチャカップルの横で、黙ってパイを食べるわたし。男まみれの中にいたので、こういう空気は久々だ。

一時間ほどすると、ロアさま達が帰ってきた。なんだかすっきりした顔をしている。みんなで座って、クリスが出してくれたお茶を飲んだ。

「あの商人はやはりたいした情報を持っていなかった。こちらから間違った情報を流すことに使う予定だ」

トールやキャロライン、マリナと別れるのは寂しいけれど、これ以上ここにいるわけにもいかない。それに、さすがのトールも、姉が見守っているなかでマリナと仲を深めるのは恥ずかしいと思う。わたしがいないほうが、マリナといい雰囲気になるはずだ。

恋人になれたら、一番に教えてほしいと伝えておこう。脱・シスコンのお祝いをするのだ。それはもう盛大に！

学校を去るまでの間、カレーを作ってキャロラインと食べたり、渋るトールを説得したりしていると、すぐにその日になってしまった。

わたしが学校を出ていくと知ったトールは、とてもごねた。

「僕も姉さまと一緒に行きたいです！　無理なら、姉さまはこのまま学校にいましょう！　僕が守ってみせます！」

「ありがとう、トール。その気持ちがとても嬉しいわ」

「なら！」

「でもね、トール。ここで姉さまが引き下がれば、褒美が激減する可能性があるのよ！　姉さまは今回のご褒美として、お店を出すのに必要なものを、できるだけ手に入れる予定なの。金、店、下ごしらえくんと調理器くん！　もらえるだけもらう！」

「姉さま……」

トールの目がきらめいた。

「さすが姉さまです！」

「でしょう？　だからトールは学校にいて、今までの研究を続けてほしいの。将来、姉さまのお店でトールが研究したものを使えるように」

「わかりました！」

「それに、トールまでいなくなったら父さまが悲しむわ。マリナも守ってあげなきゃいけないし」

「……はい。僕は学校に残ります」

マリナがどれだけ美人か知ったトールは、深く頷いた。

寂しさを振り切ってトールとのお別れを終え、簡単に荷造りする。私物は、エドガルドから借りたマジックバッグに入れっぱなしだ。それを持つだけで終わるのだから、準備は一分もかからなかった。

「失礼いたします。お嬢様、準備は終わりましたか?」

ノックをして、クリスが部屋に入ってきた。

「はい。マジックバッグに全部入れたので、これを持っていけばいいだけです」

クリスは学校に残る。わたしが来る前のように、ティアンネとメイドと侍従の三役をこなす生活に戻ると聞いた。キャロラインやトールとの連絡を仲介してくれたり、商人を管理したり、ロアさまからの指示を実行したりするそうだ。

せっかく美少年クリスに慣れてきたところだったのに。クリスにはたくさんお世話になったから、離れるのが寂しい。

「私も、お嬢様とお話するのが楽しみでした。将来、執事としてお仕えする日があれば、その時にお会いいたしましょう」

ロアさまの家臣ならば、お城とかですれ違うかもしれない。

「ええ、また。どうか元気で、気を付けてくださいね」

「かしこまりました。弟君への連絡も承ります」

「トールからたくさん手紙を預かったのなら、こまめに送らなくても大丈夫なので」

クリスは、綺麗な顔でくすくすと笑った。今日はメイド姿なので話しやすい。

「メイド服も貸してくださって、ありがとうございます」

ネグリジェとマント、わずかな私服とキッチンメイドの制服しか持っていないわたしを見かねて、未使用のメイド服を譲ってくれたのだ。

「お返しは結構ですよ。どうぞ、あの方をお守りください」

深々と頭を下げられ、ちょっと困ってしまった。わたしができることはあまりない。ロアさまを守ると言っても、足手まといになるほうが多い気がする。

「ご飯なら任せてください！　掃除も洗濯もできますので、メイドらしく働きます」

一緒に行くメンバーでは、どうしたってわたしが雑用をすることになる。

学校でのお嬢様生活はあまり慣れなかったので、メイドのほうがほっとする。イケメンをはべらせて跪かせるのは、とても心臓に悪かった。寿命が縮んだ気がする。

「出発の前に、みんなでご飯を食べましょう。クリスは何が食べたいですか？」

せっかくなら、お世話になったクリスが望むものを作りたい。

クリスは少し考え、白い頬をほのかに染めた。美少女がはにかむと威力がすごい。

「……カリーが、食べたいです」

「わかりました！」

キャロラインと一緒にカレーを食べた時に、クリスもいた。茶色いカレーにずいぶんと驚いていたけれど、食べたら気に入ったようだ。

「第四騎士団でも、カリーを食べたらみんなずっと食べたがっていましたよ。何種類か用意するので、食べ比べをしましょう。レシピを残していきますね」

「お願いします」

入念に作戦をたてて打ち合わせをするみんなと違って、時間を持て余しているわたしは、ご飯の準備をすることにした。

クリスご所望のカレーをいくつか。ココナッツカレーは新作だ。

シソのようなものがあったので、薄切りの牛肉と一緒に巻いて串に刺し、食べやすいようにする。騎士団で作っていたソースを何種類か作り、それをつけて食べてもらうことにした。

新鮮な魚を揚げて作ったマリネ、エビフライ、ローストビーフ。わたし用に、豚汁と海鮮丼も作った。お刺身もりもりで、見るだけでテンションが上がるやつだ。

「ご飯ができましたよー！　運んでもらえますか？」

まだ夕方だけど、今日は早めにご飯を食べて仮眠して、明け方に出発する予定だ。みんながわらわらと来て、ご飯や取り皿を運んでくれた。

お皿を並べて、学校最後のご飯の始まりだ。シーロが満面の笑みでスプーンを手に取る。

「学校に来るまで城にいたんですが、そこでは病人扱いされていたんです。薄味で消化のいいものばかりで、カリーが恋しかったんですよ！」

「これがカリー……聞いていたより茶色くはないようですけれど……」

「エミーリア様はカリーが初めてでしたね。それはココナッツカリーで新作ですよ！　無理をしなくていいので、食べられそうなものを食べてくださいね」

「新作なの⁉　ボク、もーらいっ！」

「レネ様のぶんはこちらにありますよ。辛くしてあります」

「ありがとうアリス！　んん、独特な味だけど、それが癖になる感じ！」

「シーロ、わたくし、カリーが怖いわ……こんなに食べたいのに」

「俺が食べさせてさしあげますよ」

のんびりした空気の時、シーロとエミーリアはわりとイチャイチャしている。それをにこにこ見ているロアさまは、本当に嬉しそうだ。

「アーサー様とエドガルド様のために、デザートも用意してありますよ。パンケーキに、アイスとフルーツとソースをトッピングできるようにしてあります。ソースもフルーツもたくさんありますからね」

「嬉しいです。アリス嬢のおかげで、今夜は元気でいられそうです」

「ありがとうございます！　アイスがたくさん食べられるなんて嬉しいです！」

「アイスのおかわりは駄目ですよ、アーサー様。移動の途中でお腹が痛くなったら大変ですから」

「……そうですね、わかっていましたよ……ええ……」

拗ねるアーサーが珍しくて、思わず声をあげて笑ってしまった。

「アリスの笑顔で、俺たちは元気が出るよ。少し長旅になるけど、体調はどう？」

「大丈夫です。ロルフ様は馬車酔いはしないですか？」

「もちろん。騎士は馬に乗るものだからな」

みんなで談笑しつつお腹を満たしていると、シーロが思い出したように口を開いた。

「そういえば、第四騎士団で別れた後、それなりに大変だったんですよ。ライナス殿下と別れたあと、第四騎士団に戻って、事情説明をしたんです。誰かの部屋に入ったわけじゃないので、真っ暗な廊下でひとり言を言ってるだけになっていましたけど」

「あの騒ぎだと、みな起きていただろう」

「はい。様子を窺っている気配がしたので、大声でひとり言ですよ。これから誰が来ても無関係で通せ、気付かないふりをしろ、できればキッチンメイドの名は誰にも言うなと」

突然わたしが出てきて驚く。シーロは苦笑して肩をすくめた。

「ライナス殿下は、こういったことに巻き込まれる覚悟を、ノルチェフ嬢にはさせなかった。ライナス殿下の意思を守るため、ノルチェフ嬢やその家族に危害が及ぶことは、どうしても避けなければならなかったんです。キッチンメイドの名前を知らないのは不自然ではありますが、口裏を合わせればそこまで追及されない。ノルチェフ嬢はダイソンに狙われていたので、一緒に学校へ来てよかったと思いますよ」

「そうだったんですか」

「おや？　意外と冷静ですね」

「終わってから言われたからだと思います。まだびっくりしていて……」

大きな目をくりくりと動かしたシーロは、いたずらっぽく微笑んだ。

「実際、ここへ来てよかったですよ。マヨールもノルチェフ嬢を狙っていましたから」

マヨールとは、マヨラー騎士さまの名前だ。しっくりしすぎていたからマヨラーと呼んでいた、お洒落坊ちゃん刈り騎士さまがわたしを狙う？

「ダイソンの手先だったんですか？」

「違う違う！」

シーロが心底おかしそうに笑う。

「ノルチェフ嬢と結婚しようとしてたってこと！」

「ええ？　どうしてまた……あっ、マヨネーズ目当てですね!?」

「ご名答！　ノルチェフ嬢を妻にしてふたりきりになる時間を作れば、家でも好きなだけマヨネーズを食べられますからね。本人は気付いていないみたいだけど、ノルチェフ嬢のことをかなり気に入っていたようですよ」

心からのため息がもれる。それはもう大きなやつが。

「ロアさま、ここへ連れてきてくれてありがとうございます。マヨネーズ目当てで結婚させられるなんて耐えられない。マヨラー騎士さまは、マヨネーズと結婚すればいい！」

「お嬢様はたくさんの方に好かれますね」

クリスの言葉も、今は気にならない。なぜなら、ロアさまが見るからに狼狽していたからだ。

「アリスが……いや、わかってはいたが……アリスはすごいな……」

「どうも」

ぶすっと返事をする。

商人に狙われ、マヨネーズ目当てで結婚させられるところだったのだから、少しくらいふてくされてもいいはずだ。

こうしてみるとエドガルドとロルフがいかにまともだったかよくわかるけど、あのエドガルドとロルフだ。いざとなればわたしよりエドガルドを優先しそうなロルフと、恋に恋しているエドガルド。あれからちょいちょい軽いスキンシップをしてきたり、わたしの負担にならない程度の愛をささやいてくるけれど、やっぱりふたりを恋愛感情で好きだとは思えない。

さっさと断ればいいと言われそうだけど、今はそれを伝えるタイミングじゃない。絶対に。

これからダイソンの尻尾を捕まえて一網打尽にしようという時に、ふたりのパフォーマンスが落ちることは言えない。できるだけリスクは避けるべきだ。

シーロがグラスをかかげた。

「とにかく！　今夜出発なので、それまで仮眠を取りましょう！　馬車に乗って、エドガルドの祖父のところへ行くんですよね？」

「はい。祖父に怪しい動きはないと陛下に調べていただきましたし、バルカ領では祖父に頼るのが一番だと思います」

「そういうことで！　乾杯！」

自分で話題をふったくせに、無理やり話題を変えたシーロに、冷ややかな視線を送る。

視線で謝ってきたシーロがあまりに申し訳なさそうな顔をするので、すぐに許してしまいそうになる。わたしは許しても、エミーリアは許していないようなので、これからたっぷりと謝り倒せばいいと思う。

この夜が終われば、エドガルドの領地へ行く。エドガルドにトラウマが植え付けられた地。

ロルフはときおり心配そうにエドガルドを見て、それに気づいたエドガルドが微笑んでみせるということが繰り返されている。

そんな二人を、みんなはさりげなく励ましたり元気付けたりしている。お互いに信頼しあい、尊重しているのが伝わってくる光景だ。

わたしも、わたしに出来ることを精一杯しよう！　えいえいおー！

書き下ろし番外編

kikangentei
daiyon kishidan no
kitchen maid

穴につめた思い出

どこか気の抜けた、停滞した空気が漂う午後のことだった。

今日は授業のない休日で、アリスは部屋にいた。ほかの人たちは外に出て、各々するべきことをしている。

そう、つまり……アリスは暇だった。そして、アリスをひとりきりにするのはよろしくないと、常に誰かが部屋に残ることになっている。

「心苦しいんだけど、何かできるわけでもないし……。むしろ足手まといになることがわかりきっているしね。部屋でおとなしくしているのが一番なんだろうけど」

ううん、とアリスは唸った。

アリスの私室にと与えられた部屋は、一番広くて豪華だ。ベッドはふかふかでありながら適度に硬く、とても寝やすい。寝転がって何回転すれば端にたどり着くのか、こんなに広いベッドに縁がなかったアリスにはわからない。

それをしようとしても、ボディスーツに止められるだろう。

「……そろそろ動こうかな」

みんな、アリスは巻き込まれたのだと言って、最低限のことしかさせようとしない。アリスは誰かに忠誠を誓ったわけでも、特別な訓練をしたわけでもないので、危険なことを任されないのは当たり前だ。

それでも、みんなが忙しく動き回っているのにアリスだけが暇を持て余し、自分のために誰かひとりが部屋にいなければならないのは、とても申し訳ない気持ちになるのだった。

部屋のドアをそうっと開けると、エドガルドがソファーに座り、何かの書類を読んでいた。

「アリス、どうかしましたか？　お腹がすいたとか？」

「いいえ、先ほど昼食をとりましたから」

「そうですか？」

たくさん食べて、それを全てエネルギーにしているエドガルドには、ピンとこないようだった。いつもなら、ここでふたりで談笑をしたり、一緒におやつを食べたりする。それをしないのは、先日アリスがエドガルドに告白をされたからだった。

その後に寝込んだおかげで、こうしてアリスは暇になっている。倒れたレディーを気遣う騎士たちがたくさんいて、クリスさえも休むべきだと主張したからだ。

それから、エドガルドの悪あがきという名の猛攻は鳴りを潜めた。

それがアリスに、一歩進む勇気を与えた。エドガルドならば、アリスの嫌がることはしない。むやみに触れてきたりもしない。

エドガルドを信用し、アリスは緊張しながら口を開いた。

「……もし時間があるのなら、一緒にお菓子を作りませんか？」

「お菓子？」

エドガルドの涼やかな目が、わずかに開かれる。

「ドーナツです。第四騎士団にいた時、一緒に作れなかったので」

「あっ……そういえば、そうですね」

エドガルドの目がやわらかに細められ、口が笑みを形作る。穏やかなエドガルドの顔が、午後の光に照らされた。

「……自分が忘れたことさえも、こうして覚えていてくれ、叶えてくれる。それがどんなに嬉しいことか。アリスは本当に素晴らしい女性です」

そんなことはない。

アリスの顔に大きく書かれた言葉を見て、エドガルドは噴き出した。

「僕にとっては、そうなんです。お菓子を作るどころか、あまり食材にさわったことすらないですが、そんな僕でもよかったら」

「時間はありますから、ゆっくり作りましょう！」

手を洗ったふたりは、キッチンに移動した。

「エプロンはクリスが用意してくれましたが、さすがにこれは……」

料理をするアリスのために用意されたエプロンは、パステルカラーのイエローとピンクのふたつだった。片手にひとつずつエプロンを持ったアリスが、エプロンを持ち上げて、視界の中でエドガルドに着せる。

「……エドガルド様、どちらも似合いますね」

「やめてください……」

「ピンクが似合うのはイケメンの特権ですよ！」

「いけめん？」

「顔が整っている男性のことです」

「アリスがそう思ってくれるなんて……嬉しいです」

頬を染めたエドガルドの背景に花が咲き乱れて、少女漫画のようになる。

「アリスがそう言ってくれるのなら、ピンクのエプロンを着てみます。……誰かが帰ってきたら、脱いでもいいですか？」

「もちろんです！」

初めてのことで戸惑うエドガルドの前で、アリスがエプロンを着て見せる。

「最後に、後ろでちょうちょ結びをすれば終わりです！　簡単でしょう？」

「紐を、そのような状態にすればいいのですね？」

アリスの知らない手順で、ささっと後ろで結んだエドガルドは、軽く動きを確認した。

「これならば動きを阻害されないですね」

「エドガルド様、よく似合っていますよ！」

実際、色白のエドガルドにピンクは似合っていた。イケメンは何を着てもイケメンということが証明された瞬間だった。

「ありがとうございます。アリス、よろしくお願いします」

「わたしも調理器くんの手伝いなしで作るのは久しぶりなので、ちょっと緊張しています。よろしくお願いしますね」

はにかんだような笑みを見せるアリスに、エドガルドの緊張が解けていく。

「何からすればいいでしょう？」

「まずは、調理器くんに聞きます」

「調理器くん、よろしくお願いします」

ふたりで律儀に調理器くんに頭を下げてから、アリスは慣れた手つきでレシピを出した。半透明のウインドウに並ぶ文字に、エドガルドが驚きの声をあげる。

「最近、レシピを表示してくれることに気付いたんです！　同じ料理でもレシピが何種類もあったり、自分好みに調整できるんです。調理器くんはすごいでしょう!?」

「ええ、すごいですね！」

「計量は下ごしらえくんにお任せしますね。エドガルド様は、レシピの手順をよく読んでおいてください」

アリスは手際よく材料を選び、下ごしらえくんに入れていく。計量すら、下ごしらえくんに頼めば数秒で終わるのだ！

くるくると動くアリスの横で、エドガルドは言われたとおり、レシピを熟読した。表示されているのは一番簡単なものなので、手順もそこまで複雑ではない。

「まず、卵を割る。卵は、殻に入っていますよね。どの機械で割るのですか？」

「手で割るんですよ。最初に見本を見せますね」

卵を手に取ったアリスは、台に打ち付けてヒビを入れ、ボウルに卵を割り入れた。

「すごい！　魔法のようです！」

「実際に魔法を使うエドガルド様に言われると、なんだか照れてしまいますね」

「卵を手に取って、ヒビを入れる……あっ！」

台の上で卵が割れ、黄身が潰れる。

「す、すみません！　なんてことを……！」

「いいんですよ。みんな、一度はするんです。わたしなんて、油断すると未だにしちゃいますし」

「アリスもですか？」

「もちろんです！　だから大丈夫ですよ」

「……はい」

気を取り直したエドガルドの横で、アリスは深く頷いた。

エドガルドには悪いが、これは一種のお約束であり、想定内のことだ。実際に見たかった光景ともいえる。

（エドガルド様が上手に卵を割ったら、絶対に物足りない気持ちになってただろうな。エドガルド様には悪いけど）

「次はもっと優しくします！　僕が筋肉を増やしたばかりに起こった悲劇を、繰り返してはいけない……！」

なんだか熱血バトルものみたいな台詞だな、と思うアリスを置いて、エドガルドが卵を持つ。今度はきれいに卵を割り入れたエドガルドは、パッと花咲くように笑った。

「やった……！　やりました！」

「やりましたね！　とっても上手です！　まだ卵はありますから、この調子でいきましょう！」

卵を片付けるアリスの横で、コツを掴んだエドガルドが卵を割っていく。ふたつ失敗したが、アリスは気にすることなく卵を回収した。

（キッチンの台は魔法のおかげでとっても綺麗だし、細かい殻はたくさん入ってるけど、取り除けば食べられる。貧乏性というか、もったいない精神というか……こういう時、前世の感覚が出ちゃうよね。いや、今世も貧乏だけども。あとで出汁巻き卵にでもして、食べちゃおう）

さすがにエドガルドの目の前で割れた卵を調理することはしない。アリスにも、恥ずかしい気持ちがちょっぴり残っているのだ。

「こんなに失敗したのに怒らないアリスは、穏やかで素敵ですね。割ってしまった卵も丁寧に集めて、食材への愛情を感じます」

「そうでもないですよ」

アリスの根底にあるのは貧乏性である。

「僕は今まで、食事の時間を好ましく思ったことはありませんでした。祖父が食べていた料理を食べる……そういう場だったんです。体調が悪い日でも、残さず食べなければいけませんでした。第四騎士団に行って、アリスがキッチンメイドとして来てから、食事の時間が楽しくなりました。食べたことのない料理が出てきて、そこに好みの味になるよう調味料を足したり、自分で作ったタレにつけたり。……食事が待ち遠しくなる時間が、初めてわかったんです」

「キッチンメイドとして、これ以上嬉しい言葉はありません。おいしいという声や、残さず食べてもらったのが力になるんです」

卵を入れたボウルを間にはさみ、ふたりは微笑みあった。恋愛ではなく、人として尊敬しあっている空気が、甘い香りのする空間を満たす。

「今まで僕がいやいや食べていたものも、作ってくれる人がいたんですよね。今度家に帰った時に、感謝を伝えてみます」

「それはいいですね！　きっと喜ぶと思います！」

貴族は大皿料理を食べない。ひとり一皿、食べ残してもゴミ箱に直行だ。

コックに味方になってもらい、エドガルドの好きな味付けに変えてもらえばいいのだ！

そう言おうとしたアリスは、エドガルドの純粋な瞳の前で口をつぐんだ。食事の大切さ、作ることの大変さを少しずつ知り、清らかな心で感謝を伝えようとしている年下の人間に、そんなことは言えない。言えないのだ……。

「アリス、続きを教えてください！」

「……はい。次は、卵を混ぜます。泡立て器でするんですよ」

「これが泡立て器ですか。軽いですね」

エドガルドは、気合いを入れて泡立て器を握った。さっき卵を割ってしまったばかりなのを、もちろん忘れていない。

「僕は、同じ過ちを繰り返さない男です！」

熱のこもった言葉とともに、そろそろと卵がかき混ぜられる。時間をかけて綺麗に混ざった卵に、アリスは砂糖とはちみつを加えた。

牛乳と溶かしバターも加えられ、キッチンには泡立て器が動く音だけが響く。

アリスは唇を引き結んで、ボウルを覗き込んでいた。真剣なエドガルドを邪魔するのはよろしくない。

「……加えるものによって、混ぜる手に伝わる感触が違うのですね。楽しいです」

出会った頃は無口で無表情だった青少年の、きらめく笑顔がアリスに突き刺さる。

「うっ……！」

思わず腕で顔を隠してしまいそうになるのを、なんとかこらえる。美形に慣れたとはいえ、至近距離でイケメンの満面の笑みを浴びるのは心臓に悪い。

（告白されてもエドガルド様のことをそういう目で見られないけど、たまにドキドキしちゃうんだよね……）

アリスは誰とも付き合っておらず、婚約者もいない。誰のことをどう思っても問題はないのだが、なんとなく罪悪感を抱えてしまう。

（ロアさまが気になっているから、浮気みたいに感じちゃうのかな。この感情にあえて名前をつけ

るのなら、一方的な片思いなのに）

「アリス？」

「すみません、少しぼーっとしていました。次は、薄力粉とベーキングパウダーをふるいます！」

「粉を……ふるう……？」

「粉ふるいに薄力粉を入れて、左右にゆするんです。こうするとおいしくなるんですよ」

新たな動作に戸惑うエドガルドだったが、楽しみながらすることは習得が早い。疲れることなく、ささっと粉をふるっていく。

「この混ぜ合わせた生地を冷やすのに少し時間がかかるんですが……なんと、下ごしらえくんがしてくれます！　しかも短時間で！」

「下ごしらえくんはすごいですね！　アリスが信頼するのも納得の仕事ぶりです」

「そうでしょう⁉　下ごしらえくんに頼んで少ししか経っていないのに、もう生地が冷えてかたくなっています！　しかも生地をのばしてくれているというアシストまで！」

「本当ですね！　これはすごい……」

ごくりと喉をならして、エドガルドはおそるおそる薄黄色の生地にふれた。生まれて初めてふれた、しっとりと冷たいドーナツの生地に、気分が高揚していく。

「ドーナツを抜く型があればよかったんですが、ないのでコップで代用します。先に、生地に薄力粉をまぶしちゃいますね。こうすると、生地がくっつかないんです」

「ついに、以前言っていた、お楽しみの時間なのですね」

わくわくしているエドガルドが、粉をつけたコップを生地に押し当てる。

「見てくださいアリス！　丸ができました！」

「できましたねえ。真ん中を、この小さなコップでくり抜いていてください」

「はい。……できました！　ドーナツの形をしています！　すごい……！」

目をきらきらさせたエドガルドは、ハッとドーナツの生地を見つめた。

「このくり抜いた生地はどうするのですか……？」

「このまま揚げるつもりです。おいしいですよ」

「穴があいていないのに？」

「丸くせずにねじっても、穴があいていなくても、ドーナツはドーナツですよ。エドガルド様だって、甘いものを食べる前も、たくさん食べている今も、エドガルド様であることに変わりはないでしょう？」

丸い小さなドーナツを見つめるエドガルドからは、すとんと表情が抜け落ちていた。

「……でも、人は変わります。良くも悪くも……どうして変わってしまうのでしょう」

「私的な考えですが、努力と工夫をしているからだと思っています」

「それが間違った努力だとしても？」

「間違いというのは、どの側面から見るかによって違うと思うので、一言では言えませんが……。人が努力しないのは無理だと思います」

「なぜです？」

アリスは、珍しく小難しい顔をした。

「努力しないのなら、その人は生まれた時から何も成長していないと思うんです。……いい歳した大人が、ずっと赤ちゃんみたいにバブバブ言っていたり、指をしゃぶったり、ハイハイしていたら怖くありませんか……？」

「それは……怖いですね」

とっさに答えたエドガルドは、その光景を鮮明に想像してしまい、ぶるっと震えた。

ちなみに彼の頭の中では、父親がハイハイしている。

「……怖いです。そうか……そういうのも努力に含まれるのか」

「あくまで、わたしの考えです」

エドガルドにとって、父親は恐怖の象徴だった。思い出そうとすると、怒った顔や、眉間に皺《しわ》を寄せた顔ばかりが浮かぶ。それと一緒に、祖父と自分を比べる声も。

アリスの発言で、その父がハイハイしている姿を思い描いてしまった。衝撃的すぎて、しばらく忘れられそうにない。

父のことを考えると、実際に見ていないその姿が一番に思い浮かびそうですらある。

「……アリスは、いつでも僕に新しいものを見せてくれますね」

「あっ、お父さまが指をしゃぶっているのを想像しましたか？」

「……今、しました」

「申し訳ありません……」

「気にしないでください。なんだか……少しだけ、すがすがしい気持ちです」

アリスはいつでも、自分の意見を押し付けない。馴染みのない価値観で話すことはあれど、他者に理解を求めない。

父親にそれらを強要されてきたエドガルドにとっては、新鮮で嬉しいことだった。

「……この丸いドーナツは、このまま揚げてもいいですか？　見慣れない形ですが、きっとおいしいでしょうから」

「そうしましょう！　ほかに、好きな形にしてみましょうか？」

「では、トウガラシの形にします」

「トウガラシ？」

「ロルフはトウガラシが好きなので。初めて僕が作ったドーナツを、ロルフにあげたいんです」

アリスは神妙な顔で頷いた。

（さすがエドガルド様だわ。この状況でもロルフ様のことを忘れていない。ロルフ様にあげるために、一緒にお菓子を作っている気持ちになってきた……）

様々な形のドーナツが出来上がると、アリスは揚げ物用の鍋に、油をたっぷり注ぎ入れた。

「さすがにこれは慣れていないと危ないので、わたしがしますね」

初めて料理をした人が揚げ物に挑戦するなど、ハードルが高すぎる。

「わかりました。お願いします」

ドーナツを揚げる前に、アリスは最終確認をした。

下ごしらえくんに頼んで、ドーナツにかけるチョコを溶かしてもらっているし、最後にふりかける粉砂糖もたっぷり用意してある。

「いきます！　エドガルド様、少し離れていてくださいね！」

少しばかり不格好なドーナツが、じゅわわわっといい音をたてて油に浮かぶ。色づいたところでひっくり返し、さらに数分揚げれば完成だ。

ドーナツの油を軽くきってから砂糖をまぶし、用意していたお皿にのせる。

「ちょっとお行儀が悪いですが、揚げたてが一番おいしいですので、そのままどうぞ！」

「手づかみで立ったまま……ですか？」

「あっ」

行儀が悪いと自覚しながら、揚げたてを頬張る快感を、アリスは知っている。だが、その姿は人様に見せられるものではない。

アリスひとりならば問題ないが、今はエドガルドがいる。立ったまま食べるなんて、エドガルドは考えたことすらないだろう。

エドガルドの前にあるのは、お皿に置いてあるだけのドーナツ。貴族の食卓に出てくるように見栄えがいいわけでもなく、カトラリーもない。そもそもここはキッチンで、テーブルですらない。

エドガルドにとっては、初めての経験だ。戸惑うのも無理はなかった。

「向こうのテーブルに持っていきましょう」

「……いいえ。このままいただきます。アリスが少量ずつドーナツを揚げてくれている心遣いを受け取らないのは騎士ではありません！」

「無理をしなくていいですよ」

「いただきます！」

まぶされた砂糖が指につくことを僅かにためらったが、エドガルドはむんずとドーナツを掴んだ。熱さに驚きながらドーナツを口元まで持っていき、頬張る。

「あふっ……お、おいしい！　おいしいです！」

「自分が作ったものだと、なぜかおいしく感じるんですよ」

「本当においしい……！　アリスと初めて一緒に食べたケーキと同じくらいおいしいです！」

「それは高評価ですね。わたしもひとついただいていいですか？」

「もちろんです！」

アリスはころんとした丸い小さなドーナツをつまみ、口に放り込んだ。

ふんわりと、それでいて揚げたて特有のさくっとした食感だ。粉砂糖がダイレクトに甘さを伝えてくる。

これぞ手作りドーナツの王道という出来に、アリスは満足して頷いた。シンプルな材料で、凝ったことはしていない。素朴な味だ。それがおいしい。

「次のドーナツを揚げますね。エドガルド様はたくさん食べてください」

「このままだと食べつくしてしまいます。アリスは先に自分のものを確保しておいてください。僕は……自分が恐ろしい……」

エドガルドからちょいちょい出る中二病のような言葉を受け流しながら、アリスはドーナツをひっくり返す。

「エドガルド様ほど甘いものを食べられないので、たくさん食べてください。たぶん三つも食べられませんから」

「そんな！　アリスなら、十個食べてもいいんですよ⁉」

「無理です」

しばらくキッチンで揚げたてを堪能したふたりは、何回目かのドーナツで、ソファーに座って食べることにした。たっぷりのあたたかい紅茶と一緒に食べるには、広々としたキッチンでも少々狭い。

大きなお皿に山盛りのドーナツを重ね、慎重に持っていく。

テーブルにお皿を置いて向かい合って座ったふたりは、緊張からの解放で、細く長い息をはいた。

「なんだか、鍛錬より疲れました。料理は大変なのですね」

「エドガルド様は、緊張して体に力が入っていましたから、それで疲れたんですよ」

「……緊張は、します」

頬をぽうっと桜色に染めたエドガルドは、気付いていないアリスを少しばかり責める目で見つめた。

「好きな人とふたりきりは、緊張します」

「あっ、そういう……」

にぶいアリスでも、ここまで言われるとさすがに察する。

エドガルドにつられて、アリスの頬が熱くなっていく。エドガルドの告白には、きちんと考えて返事をすると言ったものの、その「きちんと」を考えれば考えるほど思考の沼に落ちていってしまう。

「……冷める前に食べましょうか」

「は、はい。熱いうちがおいしいですから」

見るからにほっとした様子のアリスに、エドガルドはわずかに苦笑した。カップにあたたかい紅茶とミルクを注ぎ、香りと味を楽しんでから、ドーナツを頬張る。

「チョコレートをかけてもおいしいですね。ホイップクリームがあると、もっとおいしいと思うのですが」

「今のエドガルド様は、騎士団にいた時より運動していませんから、これくらいがいいですよ。育ちざかりですけど、油断するとお腹がぶよんぶよんになりますからね。だから、次はたっぷり運動したあとに、山盛りのクリームをつけて食べましょう！」

「次……ええ、そうですね。鍛錬したあとの甘いものは格別ですから」

「エドガルド様は、ケーキを食べる時にココアを飲める人ですもんね……」

「そういう時は、甘さ控えめのココアにしていますよ」

エドガルドの言葉は、さらっと流された。

しばらくして、たくさんあったドーナツを全てたいらげたエドガルドは、満足しきって紅茶を飲んだ。

「本当においしかったです。素晴らしい時間をありがとうございます、アリス」

「わたしでよければ、また一緒に料理しましょう。もちろん、こっそりと」

笑い声さえも秘密だというように、アリスがくすくすと笑う。愛しい人の姿を、エドガルドは目を細めて見つめた。

「もちろんドーナツも素晴らしかったですが、僕が忘れないのは、この時間です。アリスとふたりきりで、初めてお菓子を作って、一緒に食べる……。これ以上の経験はありません」

「エドガルド様……」

「どれだけ時間が経っても、僕の中で色あせることなく、今日の思い出は輝き続けるでしょう。それはきっと、勇気をもらえる」

まばたきをひとつして、エドガルドは真剣な顔をした。カップを持っているアリスの手に、そっと手を伸ばす。嫌だと思ったのなら、逃げられる速さで。

逃げてもいい。むしろ逃げてくれたほうが、この恋を捨てられる。

そう願うのに、アリスは逃げなかった。手を握られるのを期待しているのではなく、混乱して、エドガルドの顔を見つめるのに精一杯で。

どんなに異性と親しくなろうと、アリスは自分の中できちんと線引きしている。自分の心に異性を近付かせない。それなのに、こういう時には無防備になる。

きっと、今なら何でもできる。この距離と身体能力の差があれば。

けれどエドガルドは、決してそれを選ばない。欲望がいくらあふれそうになっても、アリスにぶつけることはしない。

「とても楽しかったです」

エドガルドより小さな手に、手を重ねる。

アリスは謙遜して、一般的な貴族令嬢よりも手が荒れていて白くないと言っていた。けれどエドガルドからすれば、握っただけで折れてしまいそうなほど細くて、信じられないほどやわらかい。

「今日のことは、ふたりの秘密にしてください。誰にも話さないで」

「……でも、ロルフ様にもドーナツをあげるんですよね？」

「あっ」

途端に空気がゆるみ、アリスが胸をなでおろす。エドガルドは、この空気を壊すことなく、そっと手をひいた。

「僕が作ったものだと気付かせたくないんですが……」

「一番はロルフ様にあげないことだと思いますよ。ロルフ様は鋭いですから、絶対に気付きます」

「でも、せっかくロルフへあげるために作ったのに。そうだ、何も言わずにあげればどうでしょう？　ロルフが聞いても、僕は何も言いません。ロルフが察しても、絶対に言いません！　これで秘密は守られます」

「エドガルド様がいいのなら、それでいいですよ。わたしも、ロルフ様に聞かれても秘密にしておきますね。今のうちに、このお皿を片付けてきます」

立ち上がったアリスにお礼を言い、エドガルドはゆっくりと目を閉じた。

アリスが異性を苦手だと思っていることは知っていたが、仲良くなった自分は例外だと思っていた。実際そうだったし、それがある種の特権のように思えて、優越感を持っていたこともある。

それなのに、エドガルドが恋愛感情をあらわにした途端、これほど壁を作られるとは思っていなかった。

親しくて、信頼しあっていて、それでも分厚い壁がある。アリスが誰かと無理やり結婚させられることがあれば、自分が何とかしようと思っていた。バルカ家の名誉は、いまだ健在だ。

(でも……その役目は、僕じゃないんだろうな)

アリスを助けるには、もっとお似合いの人がいる。なにより、アリスがそれを望んでいるように見える。

「……悪あがきだからな。最後まで、あがいてみよう」

今まで、こんなふうに何かにしがみついたことはなかった。これを見苦しいと言う人もいるだろうが、エドガルドにとっては雑音でしかない。

ここで簡単に諦めてしまったら、きっと前の自分に逆戻りだ。

「アリスと結ばれたら、きっと幸せなんだろうな」

エドガルドはまだ十七歳。聞きかじった知識で、ほわほわとした想像をしてしまうお年頃だった。

ちなみに、アリスからロルフに渡したドーナツは、すぐにエドガルド作だとバレた。エドガルドは何も言わなかったが、態度や反応で大体を把握したロルフはさすがだった。

それでも、ドーナツを作りながら小さなことで一喜一憂した感覚は、ふたりにしかわからない。

ふたりしかいなかった空間の、独特な空気感も。

この出来事は、エドガルドにとっては胸の奥底に丁寧にしまった宝物で、時折思い出しては気持ちをあたためた。アリスもまた、ふとした時に思い出すひと時となったのだった。

あとがき

このたびは「期間限定、第四騎士団のキッチンメイド2～結婚したくないので就職しました～」を手に取ってくださり、ありがとうございます！

作者の皿うどんと申します。

一巻のキッチンメイドとしての日々から急展開、今作は学校が舞台となりました。

アリスは人にかしずかれることに慣れておらず、イケメンに世話を焼かれても動揺しないようにクリスと特訓しています。対してほかの人物は、意外とノリノリで従者役をしているんじゃないかと思いながら書きました。

今作の番外編は、学校での一場面です。番外編でメインとなった人物が、アリスとふたりきりになった時、アリスへ対する気持ちを整理するお話が多くなっております。

本編と合わせて楽しんでいただけたら嬉しいです！

最後に、皆様にお礼を申し上げたいと思います。

「第四騎士団のキッチンメイド」を読んでくださった皆様、本当にありがとうございます！

読んでくださる方のおかげで、二巻が発売いたしました。

素晴らしい表紙と挿絵を描いてくださった茲助様、今回も素敵なイラストをありがとうございます！

この本のために描いてくださった絵を見て、何度もやる気を出してきました。

編集の方々、校正をしてくださった方々など、私が思っている以上にたくさんの方がこの本を出すために時間を割いてくださったことと思います。この本に関わってくださったすべての方々に、本当に感謝しております！

そして本を購入してくださった方々。楽しんで読んでいただき、アリスをはじめとするキャラクター達を気に入ってくださると、とても嬉しいです。

最後まで読んでくださり、ありがとうございました！

コミカライズ第六話試し読み

［漫画］あまよかん
［原作］皿うどん

kikangentei
daiyon kishidan no
kitchen maid

第6話

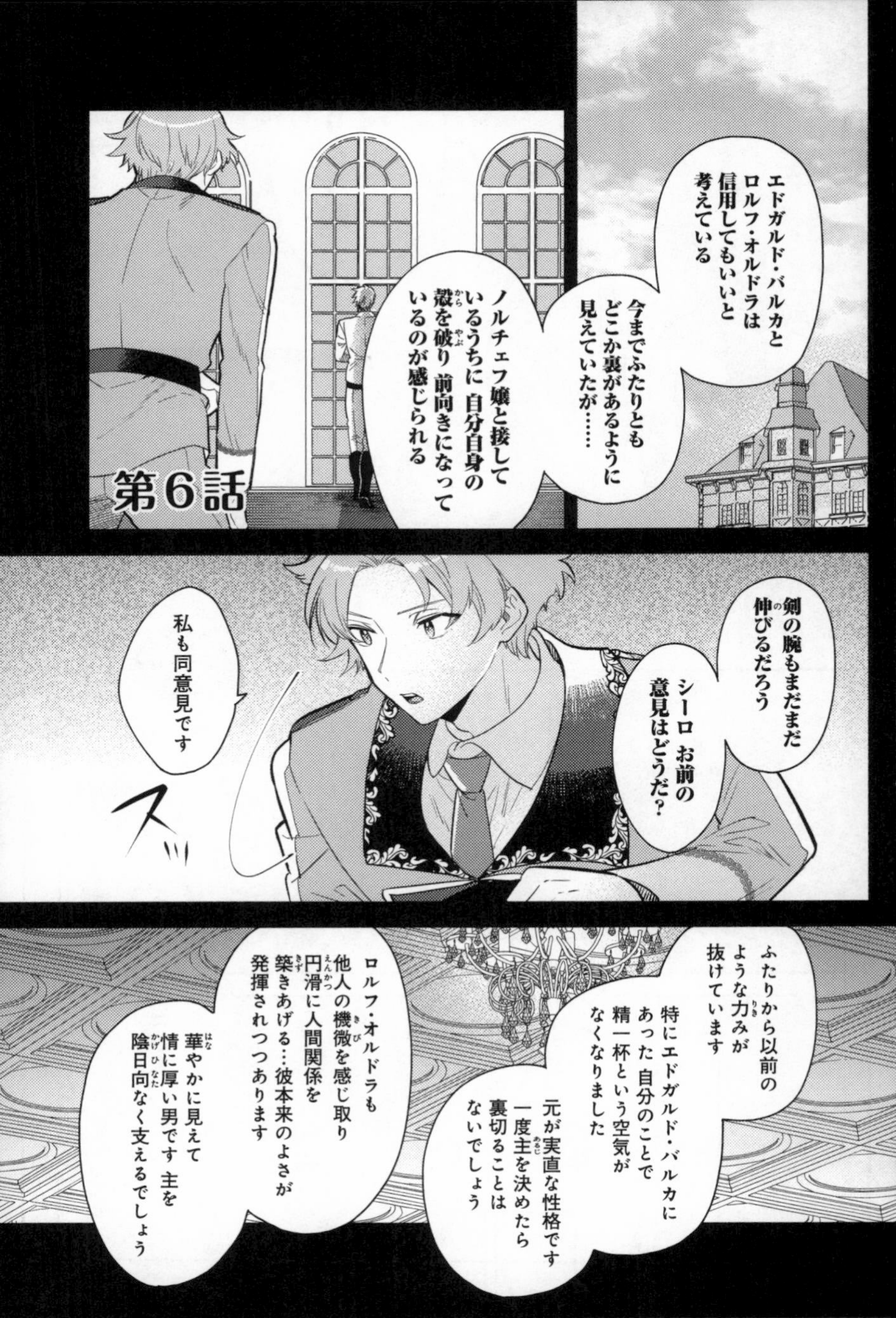
エドガルド・バルカとロルフ・オルドラは信用してもいいと考えている
今までふたりともどこか裏があるように見えていたが……
ノルチェフ嬢と接しているうちに 自分自身の殻《から》を破《やぶ》り 前向きになっているのが感じられる
剣の腕もまだまだ伸《の》びるだろう
シーロ お前の意見はどうだ？
私も同意見です
スッ
ふたりから以前のような力《りき》みが抜けています
特にエドガルド・バルカにあった自分のことで精一杯という空気がなくなりました
元が実直な性格です 一度主《あるじ》を決めたら裏切ることはないでしょう
ロルフ・オルドラも他人の機微《きび》を感じ取り円滑《えんかつ》に人間関係を築《きず》きあげる…彼本来のよさが発揮されつつあります
華《はな》やかに見えて情に厚い男です 主を陰日向《かげひなた》なく支えるでしょう

りを今晩
へ
チャリッ
スッ
はっ
できた！
今日はお休みの日だけれど
騎士《きし》団寮のキッチンを
使わせてもらっている
許可を取ってくれたのは
ロアさまだ
権力を感じる…

ほかほか〜
こんなにたくさん作れたのも便利調理器たち《きみたち》のおかげ…
もう知らなかった頃には戻れない……
好き…♡
ぎゅっ
タタタタタッ
遅れて申し訳ありません！

ノルチェフ嬢！
目的地までは少し歩く
ゆっくり行こうか
料理に夢中で
エプロンを付けたまま
来ちゃったけど
なんだか今日のロアさまは
すごいオシャレだ……
荷物を持とう
レディには
重たいだろう
いえっ!!
お気持ちだけ
頂きます
上流貴族に荷物持ち
なんかさせられない
こんなところを誰かに
見られたら父さまが
クビになる……
あ！

ロアさま
ご覧《らん》ください！
綺麗《きれい》な花ですね
王城でしか見られない
青い花……
なんて綺麗…
ブチッ
ではノルチェフ嬢に
これを
私からのプレゼントだ

不敬……!!!
王族以外が直接触《ふ》れることを許《ゆる》されていない青の花を触《さわ》った！
だけでなく千切《ちぎ》った!!
早く!! 花を捨《す》てて……
いや それでも痕跡《こんせき》が残る!!
わ
わたしは何も見ていません！見ていないので早く証拠隠滅《いんめつ》してください！
え？
ロアさま 先ほど千切った花の根元を掘《ほ》り返して！すべて焼きましょう!!
ななぜ

王家に見つかったら
ロアさまが殺されて
しまうかもしれません!!
わっ
ぷるぷる
——今日行く場所は
陛下《へいか》の許可がなければ
行けない
私がすることを
陛下はすべて許して
くださるよ
……本当ですか?
ああ ノルチェフ家にも
決して罰《ばつ》は与《あた》えられない
………罰がご褒美《ほうび》とか
そういう解釈の不一致
みたいなのは
キリッ
ガーン
私の名にかけてない
チラッ
名にかけてって……

ロアさま 偽名《ぎめい》じゃん
それにしても…
ふふっ あははっ！
燃やして証拠隠滅って… ノルチェフ嬢は ずいぶんと大胆《だいたん》な ことを考えるな！
いきなり花を 引きちぎる ロアさまに言われたく ありません!!
あっ
ひょいっ
機嫌《きげん》をなおしてくれ

そっ…
サァ
わぁ…っ

綺麗…!!

気に入って
もらえただろうか
目的地はこちら
ですか？
きょろ
きょろ
はい！

私はどうも息抜きが下手らしい
このまま訓練を続けるのであれば強制的に休息させると言われた
だから今日は息抜きを模索《もさく》しようと思って…
ひとりで過ごすとまた訓練を始めるから誰かとともに休日を過ごすことを勧《すす》められたんだ
どうして息抜きの相手がわたしなんだろう…でも
だから騎士団以外の人は誘えなかったのかもしれない
第四騎士団はおそらく存在が秘匿《ひとく》されている
聞きしたこと感じたことは他言無用です
お話しした場合は投獄もあり得ますのでご注意くださいますよう
それにロアさまはいつもひとりだし…
いざとなれば権力で黙《だま》らせることができるとかそういう…
ち違う！
何を考えているか知らないが絶対に違う！

わかりました
本日はゆっくり体と心を
休める日 ということで
？
ではロアさま！ 今から
全力でくつろぐ姿を
お見せしますね！
えいえいおーー！
ああ ぜひ手本を
見せてもらいたい
クッションダイブ!!
ぼすんっ
昼間から気持ちいい風に
包まれてのんびりごろごろ…
体の力を抜いてリラックス…
最高の息抜きです

なるほど…眠るとき以外に横になるのは慣《な》れないが……
たしかに気持ちがいいな
何かしていないと不安ならしりとりでもしましょうか？
しりとり……とは
ご存《ぞん》じない!?
ロアさまへのしりとり講座終了
では わたしから！
ぴっ
雲！
モングモッシュ
もんぐ……
え？ 何…？
【モングモッシュ】我《わ》が国の海沿いの小さな村の風習で
食事の前に感謝の意を込めて鼻と口を3回触る行為のことだ

へぇ…
ロアさまは物知りですね！
チチチ…
…………
すまない 嘘《うそ》だ 冗談のつもりだった
素直に感心しちゃったじゃないですか!?
わっ
すくっ…
出来心で つい
まさか信じてしまうとは
続きはWEB&コミックスにてお楽しみください！
コミックシーモアにて
コロナEXにて順次配信！
コミックス2巻はコチラ！

期間限定、第四騎士団のキッチンメイド2
～結婚したくないので就職しました～

2024年6月1日　第1刷発行

著　者　皿うどん

発行者　本田武市

発行所　TOブックス
〒150-0002
東京都渋谷区渋谷三丁目1番1号　PMO渋谷Ⅱ　11階
TEL 0120-933-772（営業フリーダイヤル）
FAX 050-3156-0508

印刷・製本　中央精版印刷株式会社

ISBN978-4-86794-199-7